17

Per Nilsson

17

Lemniscaat 8 Rotterdam

© Nederlandse vertaling: Femke Blekkingh-Muller 2003
De vertaler ontving voor deze vertaling een werkbeurs van de
Stichting Fonds voor de Letteren
Omslag: Bas Sebus
Nederlandse rechten Lemniscaat b.v. Rotterdam 2003
ISBN 90 5637 525 3
© Text: Per Nilsson, 2002
Oorspronkelijke titel: *Sjutton*
First published by Rabén & Sjögren Bokförlag, Sweden, in year 2002.

Druk: Drukkerij Haasbeek b.v., Alphen aan den Rijn
Bindwerk: Boekbinderij De Ruiter b.v., Zwolle

*Dit boek is gedrukt op milieuvriendelijk, chloorvrij gebleekt en verouderingsbestendig
papier en geproduceerd in de Benelux waardoor onnodig milieuverontreinigend
transport is vermeden.*

I built my prison stone by stone,
how many useless knots I tied
Robin Williamson

Seagull come fly me your song
your high song
Mike Heron

INHOUD

DE VADER

1

Hier. Tot hier zijn we gekomen. De wegen die ons hiernaartoe hebben geleid, waren lang en bochtig. Een tijd lang liepen we samen,
korte tijd volgden we dezelfde weg. Hier zijn we nu, tot hier zijn
we gekomen. Jij en ik. Jij ligt op de grond, ik zit hier en kijk naar
jou. Je ogen zijn dicht, maar je ademt.

2

Ik was de eerste die je zag. De eerste van de hele wereld die je zag.
Nee, de tweede. In hetzelfde ziekenhuis, in dit ziekenhuis, maar in
een andere kamer. Zeventien jaar geleden. Toen je op de wereld
kwam.
Ik was er. Ik zag je. Ik was de tweede die je zag. De derde was je
moeder, die jou negen maanden lang in haar lichaam had gedragen, die de persoon die jij zou worden bij zich had gedragen. Nu
kwam je de wereld in, ik zat naast haar, we ademden samen als de
weeën kwamen, we hadden geoefend, diep-langzaam en kort-vlug.
Verschillende ademhalingstechnieken, zo ging dat in die tijd. We
brachten samen een kind ter wereld, niet alleen de moeder, ook de
vader. We hadden geoefend, ik hielp mee door te ademen. Dat
kind was jij.
Misschien moet je zeggen dat toen alles is begonnen. Misschien is
dat het moment dat een mens begint, een mensenleven.
Je was bijna kaal en hulpeloos, je werd aan je moeders borst gelegd
en je zoog de eerste gele, zoete melk naar binnen, ik zat op de rand
van het bed en keek toe en ik werd vervuld van liefde. Het was een
wonder. Liefde zoals nooit tevoren en nooit meer daarna.
Je was zo hulpeloos. Even nietig en hulpeloos als alle pasgeboren

mensenkinderen. Zoals we allemaal zijn geweest. Even afhanke-
lijk. Een niets, een levende klomp die niets weet en niets kan behalve melk zuigen, poepen, plassen en huilen, en die erop vertrouwt
dat er warmte en eten en liefde is op deze wereld. Merkwaardig.
Het is een merkwaardig iets.

Ik hield je hoofd in mijn hand, jouw zware hoofd. Ik zocht je blik.
Pappa. Ik was jouw pappa, jij was mijn zoon.
Jouw pappa. Jouw vader. De vader. Dat was ik.
Je bent nog steeds mijn zoon.
Je bent nu ook bijna kaal. En je ziet er heel erg hulpeloos uit, zoals
je daar op die matras ligt in het scherpe licht. Je ogen zijn dicht.

3

Maar misschien begint een mens niet daar, bij zijn geboorte;
misschien is het juister om te zeggen dat jouw leven eerder begon.
Je was er al toen je geboren werd. Je was meer dan een leeg omhulsel, je was meer dan een klomp klei die gevormd moest worden.
Je droeg iets bij je. Jij was van het begin af aan al jij.

Dus alles begon bij de bevruchting, toen een van mijn zaadcellen
de race naar het eitje van je moeder won en erin binnendrong,
toen de chromosomen zich verenigden, toen de instructies werden gegeven: dit gaat een mens worden. Dit ga jij worden, precies
jij.

De eerste cel, dat kleine klompje gelei dat zich in het slijmvlies van
je moeders baarmoeder nestelde, dat was jij al. Dat kleine embry-
ootje was jij. De foetus was jij. Alle instructies waren gegeven. Dus
jij begon negen maanden voordat je de wereld inkeek.

Je begon in een hut op de veerboot tussen Kopenhagen en Oslo.
Ja, echt waar. Het moet zo zijn geweest, we hebben het uitgerekend, je moeder en ik. Daar ben jij ontstaan. Je ouders waren niet
nuchter, je ouders hadden wat gedronken in de bar, je ouders had-

den gedanst op de muziek van een slechte coverband die The Pink Panthers heette en liedjes van Creedence Clearwater Revival speelde en andere oude hits uit de jaren zestig en zeventig, je ouders hadden wild en dicht tegen elkaar aan gedanst en ze hadden de refreinen meegeschreeuwd, je ouders hadden gegiecheld en hadden op onvaste benen de weg teruggevonden door de lange gangen naar hun hut, je ouders waren vrolijk en hitsig, je ouders neukten. Beng.

Daar begon jij.

Dat betekent niet dat jij een vergissing was. Nee, we wilden je hebben. We probeerden het. We waren gestopt met voorbehoedsmiddelen. Ik was achtentwintig, je moeder was zevenentwintig. Ooit hadden we gezegd: Kinderen, nooit. Kinderen nemen is je eigen leven opgeven, kinderen nemen is ophouden met leven, ophouden met vechten, jezelf week en kwetsbaar maken en laf en berustend. Bovendien zijn er al veel te veel kinderen op de wereld. Maar nu wilden we het. Je moeder had het tikken van haar biologische klok gehoord. Zoals dat heet. Haar wil kwam eerst, maar de mijne kwam meteen erna. We wilden kinderen. We wilden jou.

We wilden jou. Nu doe ik belachelijk. Alsof je kunt kiezen. Alsof je je kunt voorstellen dat je kind iemand anders zou worden. Een populaire voetballer. Of voetbalster misschien. Een jonge popster. Een goede profgolfer. Dat jij iemand anders zou kunnen zijn dan jij. Nu doe ik belachelijk. *We wilden jou.* Hoe weet ik dat?

In elk geval kregen we jou. Je kwam en er werd van je gehouden.

4

Tot hier zijn we nu gekomen, van hieraf kunnen we elke weg kiezen. We kunnen al onze bagage hier langs de kant van de weg laten staan, onze zware rugzak in de greppel gooien.

We hoeven niets mee te dragen. We kunnen alles achterlaten. Vrij.

Zonder alles wat ons bindt, alles wat aan ons schuurt en ons neer-drukt en begrenst. Vrij als kinderen, alsof we opnieuw geboren zijn. We kunnen alles vergeten, alles achterlaten.

Nee. Zo is het niet. We kunnen niets vergeten, nooit, we moeten altijd alles bij ons dragen.

Een mens laat zich niet opnieuw formatteren. Alles laat sporen achter op de harde schijf.

5

Ja, je hebt veel mee te dragen. Niet alleen wat in jouw zeventien-jarig leven is gebeurd, nee, je draagt een veel langere geschiedenis mee, je draagt de geschiedenis van de mens mee.

Een mens begint veel eerder dan bij zijn geboorte. Eerder dan bij de bevruchting. Er komt ook chemie aan te pas, er komen DNA-moleculen aan te pas. Pappa's zaadcel bracht iets mee, in mamma's eitje lag iets te wachten.

Je bent gevormd door generaties. Je hebt ervaringen, herinne-ringen en eigenschappen van vele generaties bij je. Tientallen, twintigtallen, honderden generaties staan in een rij achter je. Een ononderbroken ketting, een achterwaartse estafette door de geschiedenis.

Een man ontmoet een vrouw. Een bevruchting. Een kind.

Een ontmoeting, een bevruchting.

Een ontmoeting, een bevruchting.

Een ontmoeting, een bevruchting.

We zijn al terug in de negentiende eeuw. Een andere tijd, een andere wereld om in te leven. Uit deze tijd en deze wereld draag je iets bij je.

En nog veel verder terug: een ontmoeting, een bevruchting, een ontmoeting, een bevruchting, een ontmoeting, een bevruchting, een ontmoeting, een bevruchting…

Laten we hopen dat de ontmoetingen vol liefde waren, laten we hopen dat de man en de vrouw van elkaar hielden. Dat weten we niet. Misschien ben jij een liefdeskind, misschien draag jij niet alleen de liefde van je vader en moeder bij je, maar ook de liefdevolle ontmoetingen tussen honderd mannen en honderd vrouwen. Misschien is dat niet zo. Waarschijnlijk is het niet zo. Bij sommige van de ontmoetingen die leidden tot bevruchting en een kind, ontbrak waarschijnlijk de liefde. In plaats daarvan: Dwang. Geweld. Gewoonte. Afhankelijkheid. Lust. Dronkenschap. Of toeval. Sommige van de kinderen moesten opgroeien in eenzaamheid, angst en kilte. Misschien draag je dit ook bij je.

Hm. Merk je dat ik een beetje plechtig klink? Als een priester bijna. Maar ik ben niet hier gekomen om te preken, echt niet.

6

Je rook zo lekker toen je pas geboren was. Je rook naar leven. Nu ruik je vies. Nu ruik je naar braaksel en alcohol en zweet en sigarettenrook. Jouw stank vult dit kleine, kale kamertje.

Maar je ademt, ik zie dat je ademt. Dat is het belangrijkst.

Toen je pas geboren was, kon ik je in mijn geopende hand houden. Jouw hele lijfje paste in mijn hand, een heel leventje in mijn hand.

Nu ligt er een jongeman voor me op de grond. Een jongen, een jongeman. Lang. Bijna een meter negentig, denk ik. Heel slank. Niet getraind, niet dik. Hoeveel weeg je? Zeventig? Een glimmende, ongezonde huid in het schijnsel van de tl-balk. Een paar littekens van puistjes op je ene wang. Een klein beetje baardgroei, het is eigenlijk niet meer dan wat verspreid donshaar.

Een jongen of een jongeman? Ik weet het niet. Heb je al eens met iemand gevreeën? Ik weet het niet. Er is zoveel dat ik niet van je weet.

Ik weet niet wat voor iemand je bent. Het is niet aan je te zien, ik kan het tenminste niet zien. Je haar is gemillimeterd, maar je bent niet kaalgeschoren, nee, een bier zuipende racistische klootzak kun je niet zijn, nee, dat kan niet, dat zou té ironisch zijn, al kan de afwezigheid van een vader veel ellende veroorzaken, dat hoor je en lees je immers overal, maar nee, geen racist, nee. Een hiphopper misschien. Misschien luister je naar rapmuziek en heb je een heleboel vrienden met vreemde achternamen, ik bedoel vrienden die geen Svensson of Andersson of Persson of zo heten, ik bedoel vrienden van wie de ouders uit Bosnië of Chili of Somalië of Iran of Kosovo naar Zweden zijn gekomen. Maar dat zie je meestal, toch? Wijde, laag in het kruis hangende broeken, wijde kleren, toch? Ach, ik weet veel te weinig van de verschillende jongerenculturen.

Wat heb je nog meer voor soorten? Veganisten en dierenrechtenactivisten. Je bent er dun genoeg voor. Een antifascist en activist misschien, die demonstreert tegen globalisering en politiegeweld, die etalageruiten ingooit met een bivakmuts op en de straten wil terugveroveren. Dat zou kunnen, zo iemand zou jij kunnen zijn, zo'n soort iemand.

Maar misschien ben je dat helemaal niet, misschien ben je zo iemand die zich nergens druk om maakt, alleen om zichzelf. Iemand die achter zijn computer zit. Iemand die de hoogste cijfers wil halen en met aandelen en valuta wil handelen en heel veel geld verdienen. Iemand die de nieuwste mobiele telefoon heeft.

Ik denk eigenlijk niet dat je een voetbaltype bent, iemand die iedere avond traint en in het weekend thuiswedstrijden en uitwedstrijden speelt, bij de supportersgroep van het eerste elftal hoort en zit te schreeuwen op de tribunes. Nee, dat zou een beetje merkwaardig zijn met jouw ouders.

Ik weet niet wat voor iemand je bent, ik weet niets over je. Ik weet niet wat je belangrijk vindt. Ik ken je niet. Het was mijn bedoeling om deel uit te maken van jouw leven. Natuurlijk. Om een van de mensen te zijn die je vormden, die je verschillende wegen lieten zien. Het was mijn bedoeling om jou op je weg te volgen. Zo is het niet gegaan.

Maar je hebt in die zeventien jaar veel lichaam gekregen. Ik kan je niet langer in mijn hand houden.

Nu gaat de deur open, nu komt de verpleegkundige terug, dezelfde als eerst, de kleine dikke met krullen, nu controleert ze je hartslag, ze doet een van je ogen open en bekijkt de pupil, dan wendt ze zich tot mij en lacht een wat weemoedige nachtglimlach.

'Alles in orde.'

Ik weet niet zeker of het een vraag is of een constatering, ik weet niet of ze bedoelt hoe het met jou gaat of hoe het met mij gaat, dus ik knik maar en schraap mijn keel.

'Hrmm.'

'De toestand lijkt stabiel nu,' fluistert ze. 'Ik kom straks terug, dan moeten we een paar formulieren invullen.'

Ik knik en schraap mijn keel nog eens. Ik heb het haar nog niet verteld, maar ik heb het idee dat ik dat nu gauw zal moeten doen. De verpleegkundige blijft met haar hand op de deurknop staan en neemt me op met een gezichtsuitdrukking die ik niet goed kan doorgronden.

'De politie wil met hem praten als hij wakker wordt,' zegt ze. 'Het lijkt erop dat er meer is gebeurd… meer… dan dit. Maar dat hangt van hemzelf af, wij geven zijn naam niet door… maar, ja…'

Ze knikt naar je, dan doet ze de deur open en laat me alleen.

7

Zeventien jaar. Nooit is een mens zo wijs, en nooit zo dom.

Nooit wordt een mens ouder, daar heb ik vaak over nagedacht, dat ik nog steeds zoveel een zeventienjarige ben hoewel ik de vijftig nader. Even wijs en even dom. Even zeker en even onzeker. Even trots en even laf.

Nee, volwassen worden is me niet gelukt, in veel opzichten. Ik weet niet of dat voor de anderen ook geldt, of het voor iedereen hetzelfde is. Maar dat geloof ik niet. Veel mensen lijken zich zo prettig en stabiel te voelen in hun rol als volwassene, veel mensen hebben zich zo natuurlijk in de kleren van volwassenen gehuld. Op televisie zie ik wel eens mensen van vijfentwintig die volwassen en zelfverzekerd overkomen, op een manier die ik nooit heb weten te bereiken.

Nu zit ik hier te zuchten, als een sentimentele ouwe vent.

Ja, ja, dat word ik snel, regelmatig ook. Bereid je daar maar vast op voor.

En ik herinner me dingen. Ik ben niets vergeten. Zo'n warboel aan overbodige herinneringen uit die tijd draag ik nog steeds bij me, en tegelijkertijd zijn er periodes in mijn leven die een leeg gat zijn. Country Joe & The Fish, om een voorbeeld te noemen.

Heb je wel eens van Country Joe & The Fish gehoord? Nee, waarschijnlijk niet. Veel bands uit de jaren zestig en zeventig zijn weer in de mode geraakt. Dat heb ik gehoord en gezien, maar zij waarschijnlijk niet. Ze waren wel groot in het begin van de jaren zeventig en eerder. Een Amerikaanse westcoastband. De zanger heette Joe McDonald, de gitarist Barry Melton. Ze waren groot hoewel ze maar één hit hebben gehad, maar wel een nummer één-hit: *I-feel-like-I-am-fixing-to-die-rag*, een van de felste nummers over de oorlog in Vietnam. Ze speelden op alle festivals en ze waren helden in het hippiewereldje. Maar moet je horen: de groep heette dus Country Joe & The Fish. Die naam hadden ze ontleend aan een Stalin-citaat, iets als: de revolutionairen moeten leven onder het volk als vissen in het water, of iets dergelijks. En Country Joe is dus Josef Stalin. Joe. Josef. Zo was de tijd waarin we leefden. Dezelfde band die een nummer maakte dat *Acid Commercial* heette, een reclamenummer voor LSD, eerde een van de grootste dictators en volkerenmoordenaars van die eeuw. Zo dom waren wij, zo naïef.

Dat herinner ik me, dat van die naam.

Ik draag heel veel soortgelijke, totaal overbodige feiten bij me.

Hoewel ik later heb gehoord dat het een Mao-citaat was.

En dan The Doors, over namen van bands gesproken. The Doors hoorden ook bij de populairste bands. Die ken je toch wel? Jim Morrison was de zanger. Hij werd een van de grote helden van de jaren zestig. Seksheld in de vochtige dromen van de meisjes en dichterheld in de hoofden van de jongens die mistig waren van de hasj. Hij was ook een van de jonge doden van de jaren zestig, samen met Jim en Janis en vele anderen. Maar goed – The Doors hadden hun naam ontleend aan de titel van een boek, *The doors of perception*. Dat is een dun boekje van de schrijver Aldous Huxley en het gaat over zijn ervaringen met mescaline, het gaat over wat er gebeurde toen hij de hallucinogene drug mescaline had genomen. Dat is een natuurlijke variant van het synthetisch vervaardigde LSD. Hoewel Aldous Huxley op zijn beurt de titel van zijn boek aan een gedicht van de achttiende-eeuwse Engelse dichter William Blake had ontleend: *When the doors of perception are cleansed, everything will appear to man as it is, infinite.*

Zulk soort dingen herinner ik me. Dit aag ik met me mee uit mijn tijd als zeventienjarige. Dat is toch raar? Zoveel andere dingen vergeet ik, zoveel andere dingen ben ik vergeten. En nu glijdt alles weg, niets lijkt zich vast te hechten, ik vergeet namen en feiten en haal alles door elkaar tot een brij in mijn hoofd.

Veel belangrijke dingen vergeet ik. Maar Barry Melton herinner ik me. En dat Aldous Huxley doodging op dezelfde dag als president Kennedy werd vermoord in Dallas.

8

De weg die hiernaartoe leidde, was lang en kronkelig.

Jij ligt daar voor me op de grond in het felle licht, ik zit hier op de ongemakkelijke roestvrijstalen kruk en kijk naar je. Daar lig jij. Hier zit ik. Tot hier zijn we gekomen. De weg was lang en kronkelig. Dat is wat ik denk.

Het is hier niet stil. Er bromt een ventilator, er klinkt een onafgebroken knetterend geruis van de tl-verlichting, op de gang klinkt gerommel en gekletter, het geluid van voetstappen, soms rennend, soms haastig lopend, het geluid van deuren die worden geopend en gesloten, er klinken stemmen maar je hoort geen woorden.

Ik sluit de wereld buiten. Tot hier zijn we gekomen, denk ik.

We leven nog, denk ik. Jij en ik. Ondanks alles.

Ik weet waarom ik hier ben. Ik ben hier om te vertellen.

9

Zeventien jaar.

Ja, jij bent inderdaad zeventien jaar.

Zeventien jaar, dat is… even denken… zeventien keer driehonderdvijfenzestig dagen, dus ongeveer twintig keer driehonderd, dus zesduizend dagen. Iets meer. Zesduizend plus nog een paar honderd dagen heeft iemand van zeventien geleefd. Hoe heb jij je dagen gebruikt, hoe hebben jouw zesduizend dagen je gevormd? Ik ken je niet, ik weet niet wie je bent.

Ik weet niet hoe je bent.

Als iemand jou zou beschrijven, als iemand twee woorden mocht kiezen om jou te beschrijven, welke woorden zou hij dan kiezen?

Vrolijk & Grappig.

Slap & Laf.

Saai & Sloom.

Lief & Dom.

Eenzaam & Tobberig.

Zelfzuchtig & Gierig.

Trots & Zelfverzekerd.

Attent & Vrijgevig.

Wat denk je zelf? Hoe zou iemand jou met twee woorden beschrijven? Welke twee bijvoeglijk naamwoorden vangen het best jouw karakter? Ach, wie laat zich nou beschrijven met twee woorden? Niemand natuurlijk.

Jij bent mijn zeventienjarige zoon, je ligt hier voor me op de grond, maar ik ken je niet.

Zeventien jaar.

Een mens wordt nooit wijzer dan wanneer hij zeventien jaar is. Nooit wijzer en nooit dommer. Nooit zo eerlijk.

Waar ben ik mee bezig? *Een mens wordt nooit wijzer dan wanneer hij zeventien jaar is.* Wat is dat voor onzin? Zeventienjarigen zijn vreselijk. Egocentrisch, laf en onecht, ze leven alleen maar om te worden gezien, ze zoeken wanhopig verschillende maskers die ze kunnen opzetten, verschillende rollen die ze kunnen spelen. Trots en zelfverzekerd staat de zeventienjarige daar als het middelpunt van de wereld. Bang en onzeker zoekt de zeventienjarige zichzelf, terwijl hij voortdurend verstolen blikken werpt op alle anderen, om niet te veel hetzelfde te worden, om niet te anders te worden, voortdurend dat pathetische zoeken naar balans.

Voortdurend gestuurd door anderen, in de wil om zichzelf te zijn. Dat is de zeventienjarige.

Maar inderdaad. Inderdaad. Er is nóg iets. Een… kracht, ja. Een nieuwsgierigheid. Misschien toch ook een soort eerlijkheid. Ik weet het niet, dat verschilt denk ik.

Ouder dan zeventien worden we misschien nooit. Ik bedoel… we worden gedurende een aantal jaren gevormd. Natuurlijk, je kunt zeggen dat er periodes in onze kindertijd zijn die ons vormen, maar… maar als ik naar mezelf kijk, lijkt het of ik nooit helemaal loskom van de manier waarop ik de wereld zag toen ik zeventien was. Toen ik begreep hoe de wereld in elkaar zat. Toen ik alles wist, toen ik alle antwoorden had. Hoe verward ik me nu ook voel, toch gelden sommige van die antwoorden nog steeds voor mij. Al zie ik nu hoe duidelijk ik onderdeel van een tijd was, hoe ik een tijdgeest deelde. En toch… Ouder en wijzer zal ik nooit worden. Begrijp je wat ik bedoel? Ach, ik kan het niet uitleggen.

Ik weet alleen dat er een zeventienjarige in me huist, de zeventienjarige die ik ooit was. In 1972 was ik zeventien. Volwassener word ik niet. Ja. Ja, natuurlijk ben ik volwassener geworden. Maar ik draag voor altijd iets van die tijd en dat leven bij me.

Ik ben hier om te vertellen. Ik ga beginnen. Hier komt mijn eerste beeld. Luister en probeer het voor je te zien.

10

Vier zeventienjarige jongens zitten op de grond in een appartement in een oud huis in de buurt van het Värnhemsplein in Malmö. Het is vrijdag, begin mei 1972. Luister naar hun gesprek:

'Tijd voor een blowtje?' vraagt de een.

'Tijd voor een blowtje!' echoot de ander.

'Wat hebben we?' vraagt de derde.

'Uitstekende zwarte Afghaan, de beste die ik heb gerookt sinds die gele Libanon van afgelopen winter, we moeten eigenlijk investeren in een partijtje, Kjellgren kent iemand die het heeft meegenomen, ze zeggen dat hij twee kilo heeft, we zouden…' zegt de eerste.

'Ik heb gehoord dat het een krenterige lul is,' zegt de tweede.

'Praat niet zoveel, rook wat meer,' zegt de derde.

'Weet je, voor tweeduizend kronen kunnen we driehonderd gram krijgen, onze zomer zou gered zijn,' zegt de eerste.

'Weet je, we hebben geen tweeduizend kronen,' helpt de tweede herinneren.

'Weet je, dan kunnen we toch zorgen dat we het krijgen,' zegt de eerste.

'Heeft iemand mijn chillum gezien?' vraagt de derde.

'Weet je, tweeduizend is geen probleem, we jatten gewoon een paar overhemden, een paar dure broeken en twee kunstboeken,' houdt de eerste vol.

'Weet je, we mogen geen van allen meer bij de grote warenhuizen kopen, dus als we dat willen, moeten we iemand anders sturen,' zegt de tweede terwijl hij een pijp doorgeeft aan de derde.

'Weet je, er wordt te veel gepraat in dit huis, trouwens weten jullie hoe *Do it* in het Zweeds heet? dat zag ik gisteren in een boekhandel, dat is *Niet praten maar doen*, volkomen belachelijk…' zegt de vierde.

'Vertaald? Turn on, tune in, drop out… dat wordt… eh… word high… eh,' zegt de derde.

'Val in?' probeert de vierde.

'Val in? Hi hi hi, dat klinkt alsof je met z'n allen een liedje gaat zingen, "val maar in, dan zingen we allemaal samen van paardebloemen en de geur van pekanjers, een twee drie…",' plaagt de derde.

'Word high, val in, drup uit…' grinnikt de vierde.

'Drup uit? Heb je trouwens de kraan gerepareerd, Göran? Je hebt beloofd dat je dat zou doen,' zegt de eerste.

'Dat is toch Timothy Leary?' zegt de tweede.

'Wat? Wat is er met hem?' vraagt de vierde.

'Dat heeft hij toch gezegd. Of geschreven. Turn on, tune in, drop out. Dat is toch niet Jerry Rubin,' beweert de tweede.

'Zorg dat je weg bent, verdomme. Zorg dat je weg bent. Niet drup uit. Idioot. Word high, eh… kom mee, zorg dat je weg bent,' zegt de eerste.

'Kom mee? Kom mee, kom mee naar buiten allemaal, dan zoeken wij de wielewaal…' zingt de derde plagerig.

'Houd eens op met praten! Geef die hasjpijp door!' zegt de eerste.

Vier zeventienjarige jongens zitten op de grond, een van hen steekt een pijpje op, inhaleert diep en geeft hem dan door, het is een mooie voorjaarsdag, de zonnestralen vallen schuin naar binnen door de vuile ramen en worden gevangen in de rookwolk die als een atoompaddestoel boven de hoofden van de vier opstijgt, de zoetige geur van de hasjrook vermengt zich met de geur van wie-rook en gedroogde kruiden, het gesprek is gestopt, slechts een hoestaanval of een giechelaanval verstoort af en toe de muziek die uit de stereo komt, een krakende elpee van Grateful Dead of Jefferson Airplane draait rondjes op de platenspeler, meer elpees staan in kratten langs de wanden, boeken liggen op stapeltjes, een bosje narcissen staat in een wijnfles op de vensterbank.

Kun je dat beeld voor je zien?

Begrijp je zelfs maar wat we zeggen, begrijp je waar we over praten? Als we 'tijd voor een blowtje' zeggen betekent dat 'een hasjpijp maken'. Het klompje hasj verwarmen en verkruimelen, vermengen met de tabak van een halve sigaret, en daarmee een pijp of een chillum stoppen.

'Krenterig' is een grappig oud woord uit die tijd. Ik was het kwijt, maar een vriend herinnerde me eraan. Als iemand krenterig is, dan is hij gierig of zuinig. Een egotripper. Een zielig figuur dus.

Zo. Dat was een hele korte les in Malmös slang uit het begin van de jaren zeventig. De rest heb je vast wel begrepen.

Jerry Rubin was trouwens een gekke hippie-yippie-figuur uit Amerika die twee boeken heeft geschreven die voor veel mensen in die tijd een bijbel waren. Timothy Leary was een LSD-goeroe.

Voor mij is dat beeld heel duidelijk. Het zonlicht dat door de rook danst, het rondwarrelende stof, de muziek, de zachte stemmen. En de verwelkte narcissen in de vensterbank. Het weekend ervoor had ik drie uur van een LSD-trip doorgebracht terwijl ik zat te staren naar die narcissen en dacht: Geel. De kleur Geel. Dit is de kleur Geel. Nu ken ik de kleur Geel.

Het zijn vrienden, die vier jongens. Drie van hen wonen in dat huis. Mattsson woont er officieel, zijn afwezige vader heeft het appartement voor hem gehuurd in een aanval van slecht geweten. Mattsson is anarchist. Mattsson heeft tijdens de vorige verkiezingen vierduizend affiches geplakt met de tekst STEM OP JEZELF. Mattsson weet alles over de gebeurtenissen tijdens de Democratische Conventie in Chicago in 1970 en alles over het proces dat daarop volgde. Mattsson weet veel, hij leest veel. Mattsson heeft een rond Lennonbrilletje. Mattsson verlangt ernaar om de wereld in te trekken.

De tweede heet Per-Inge, dat is die grote met het lange, krullende haar, twee meter lang en breed en groot en sterk sjokt hij rond als een reusachtige, vriendelijke brombeer, gekleed in een grote witte Afghaanse jas. Alle meisjes worden verliefd op zijn mooie glimlach en zijn vriendelijke ogen. 'I'm a poet and I know it, hope I don't blow it' staat op een papiertje dat boven zijn matras op de muur is geprikt. Dat is een citaat van Bob Dylan, maar ook Per-Inge weet dat hij een dichter is. Hij verzet geen stap zonder een zwart aantekenboekje mee te nemen. Hij was mijn beste vriend. Ik krijg tranen in mijn ogen als ik aan hem denk.

De derde is Jonny. Jonny heeft krullen en bruine kraaloogjes en zijn blik dwaalt meestal af naar een punt in de verte, alsof hij iets zoekt. Ik zoek de Waarheid, zegt hij en je kunt de hoofdletter W horen. Dat is mijn taak hier op aarde, zegt hij. Vaak zoekt hij door grote delen van de dag stil in de lotushouding op de grond te zitten, hij heeft alle meditatietechnieken die er bestaan geprobeerd en hij vertelt ons grappige zenverhalen of leest ons voor over verschillende boddhisatva's en Krishna en Meester Eckehart en de Tibetaanse yogi Milarepa die zoveel spinazie at dat hij groen werd. En andere geestelijke zaken.

De vierde ben ik. Ik ben degene die Göran wordt genoemd. Ik woon niet in dat huis, maar ik ben er altijd. Bijna altijd.

23

Wie ben ik en wie was ik? Toen al had ik mijn ding gevonden, toen al was ik Göran-met-de-camera, ik was dat voorjaar aan mijn derde camera toe, een bijna nieuwe Minolta die ik van een heler in Kopenhagen had gekocht. Bij de koop waren drie lenzen inbegrepen, een gewone, een 210 mm telelens en een 28 mm groothoeklens.

'Ik had zo'n mazzel,' zei ik toen mijn moeder zich afvroeg hoe ik eraan kwam, 'er was een verzamelaar in een fotowinkel die precies zo'n camera zocht als mijn oude, en toen gaf hij mij deze mooie ervoor in ruil, wat een mazzel, hè…'

Ze geloofde me, ze geloofde me altijd en ik loog zo makkelijk tegen haar. Toen al loog ik makkelijk, tegen wie dan ook, natuurlijk het makkelijkst tegen degenen die mij het meest vertrouwden. Leugens komen zo makkelijk bij mij op, net zo makkelijk als waarheden. Maar vannacht zal ik eerlijk zijn.

Ik droeg een camera. Daaraan kon je mij herkennen.

Ik was Göran met de camera. Mijn fototas hing altijd aan een riem om mijn schouder. Thuis had ik een kleine donkere kamer in een kast en op school een echte donkere kamer met een goede kopieermachine. Papier en vloeistof stal ik in fotowinkels. Filmrolletjes ook. Altijd zwart-wit, altijd Tri-X. De muren van Mattssons appartement waren bedekt met mijn foto's.

Ik had mijn ding. Ik had mijn ding gevonden. Per-Inge schreef poëzie, Jonny mediteerde en Mattsson deed gekke dingen. Ik maakte foto's. Ik zag de wereld in foto's, waar ik ook keek in de wereld, ik zag overal foto's.

Ik had mijn ding gevonden. Iedereen moet zijn ding vinden.

Vier jongens, vier vrienden. We zien elkaar elke dag. We roken elke dag pot. Soms nemen we sterkere psychedelische drugs, we hebben het meeste wel geprobeerd, maar we spuiten niet. Speed kills. En nooit H. Wij willen graag leven, niet doodgaan. We willen graag méér leven.

Aan het geld voor de illegale preparaten die we innemen, komen we door te stelen. Of jatten. We nemen dingen mee uit warenhuizen en brengen ze later terug om het geld terug te vragen:

'Ik heb dit overhemd van mijn oma gekregen voor mijn verjaardag. Maar ik wil het graag ruilen.'

Of:

'Mijn ouders hebben dit mooie kunstboek voor me gekocht, maar ik heb het al.'

We zijn aardig, beleefd en keurig als we daar bij de Klantenservice staan en vragen of we onze gestolen goederen mogen omruilen tegen contanten. Professioneel zijn we, in het stelen en in het ruilen.

'Diefstal,' snuift Mattsson. 'Ha. Wij herverdelen gewoon de overvloed. Het kapitalisme als systeem is gebaseerd op diefstal, ze stelen onze tijd en ze stelen onze levens, die klootzakken, ze zeggen dat wij slechts iets waard zijn als domme werkezels of domme consumenten. Ha. We zullen die klootzakken eens wat laten zien. Wie het laatst lacht, lacht het best. Wie het meest lacht, lacht het best. Ha.'

Waarom vertel ik dit aan jou? Moet een vader zoiets aan zijn zoon vertellen? Ik vertel het omdat het vannacht mijn opdracht is om eerlijk te zijn. Mijn opdracht vannacht is om niet te liegen en spannende verhalen te verzinnen, mijn opdracht is niet om jou op te voeden of jou te leren wat goed is.

Waarom herinner ik me nou juist die vrijdag in mei, toen de stofdeeltjes dansten in het zonlicht? Het was immers een dag als alle andere. We zaten op de grond en rookten pot, precies zoals we altijd deden.

Het komt natuurlijk door die narcissen. Maar er is nog een reden, een veel belangrijker reden: ik herinner me die vrijdag om wat er de zaterdag daarop gebeurde. Die vrijdag was de laatste dag van een periode in mijn leven. Nu zou er een nieuwe periode aanbreken, maar dat wist ik toen natuurlijk nog niet.

11

Ik zal je twee beelden schetsen van de dag dat mijn leven veranderde. Twee beelden van een zaterdag in mei 1972.

Een van die beelden is het duidelijkste beeld van mijn hele leven. Een beeld dat nooit zal verdwijnen, een beeld dat ik bij me zal dragen tot ik sterf, dan zal dat beeld ook sterven, want het bestaat alleen maar in mijn hoofd. Ik had mijn camera bij me, maar ik heb hem nooit opgeheven. Ik kon het niet en het hoefde niet.

Ik heb uitgelegd dat ik er mijn leven van heb gemaakt om de wereld in beelden te zien, dat had ik als zeventienjarige al. Misschien zag ik daarom dat beeld zo duidelijk voor mijn ogen, die zaterdag in mei, het leek of de hele wereld stil bleef staan, het leek of God zijn vette wijsvinger optilde, wees en zei: Kijk!

Zo voelde het. Als het anders was geweest, had jij hier nu niet voor me gelegen. Als het anders was geweest, was jij er niet geweest.

Ja, ik zal vertellen. Er was een fietsdemonstratie. Zoals ik het me herinner, waren er een paar zaterdagen achter elkaar fietsdemonstraties in het centrum. We waren met een stuk of honderd jongeren en we fietsten van de Triangeln naar het grote plein, Stortorget, en daarna weer terug door de Söderstraat naar het Gustav Adolfs plein, we fietsten langzaam en probeerden de auto's zoveel mogelijk in de weg te zitten, de automobilisten raakten natuurlijk geïrriteerd en begonnen te toeteren. We riepen: 'Binnenstad autovrij!', we riepen: 'Doe iets, neem de fiets!', we riepen: 'De macht ligt op straat!' We riepen: 'Auto eruit, toeter luid. Fiets erin, tring, tring, tring!' en dan belden we met onze fietsbellen en we lachten en joelden.

Ik kan me niet herinneren wie het hadden georganiseerd, misschien de 'Allhus-groep', een los verband van jongeren die probeerden de gemeente zover te krijgen dat er een huis zou komen voor allerlei activiteiten, een 'Al-huis' waar iedereen elkaar kon ontmoeten en dingen samen kon doen. Zoals het heette. Een niet-commerciële ontmoetingsplaats. Zoals het heette.

Er waren ook volwassenen bij; meestal fietste er een oude excentriekeling met een grijze baard die Fiets-Bengtsson heette voorop en er deed altijd een hele bekende toneelspeelster van de Stockholmse Schouwburg mee. Ze had rood haar, ze had meegespeeld in een televisieserie waar iedereen naar keek en ze werd beschouwd als radicaal en communiste. Mattsson ergerde zich aan haar, hij fietste naast haar en siste: 'Stalinist, niets gemist', net zolang tot ze tegen de fiets voor haar opbotste en viel en er grote scheuren kwamen in haar mooie zachte Mahjong-kleren. Toen zei Mattsson sorry, maar de bekende actrice schold hem uit in woedend Stockholms.

Praat ik te veel? Wil je dat ik je het beeld laat zien? Oké, hier komt het, ik wilde je alleen eerst de achtergrond laten zien.

Hier zijn we nu: een zonnige zaterdag in mei, we fietsen vanaf het Stortorget terug naar het Gustav Adolfs plein, nee, dat was toen nog geen voetgangersgebied natuurlijk, de hele Söderstraat is verstopt door toeterende auto's waar wij tussendoor zigzaggen; als we langsfietsen slaan we met onze vlakke hand op de door de zon verwarmde autodaken, boze stemmen volgen ons op onze weg, we zijn met velen en we zijn sterk en jong.

Ik voel me goed. Ik weet het nog. Al voordat ik haar zie, voel ik me goed. De zon schijnt en samen kunnen wij de wereld veranderen, zo voelt het.

We zijn jong, we geloven in liefde en vrede en begrip. We begrijpen de wereld, we zien en begrijpen de wereld. Wij voeren de strijd die onze ouders niet kunnen of willen voeren, onze ouders die in slaap zijn gevallen voor hun televisies, onze ouders die hun ziel hebben verkocht voor spullen en geld en welvaart en gemak en veiligheid en een extra chartervakantie. Zo staan de zaken ervoor. Maar wat gebeurt er nu, wat gebeurt er daar vooraan, bij de voetgangersoversteekplaats?

Er is ruzie ontstaan. Boze kreten en geschreeuw klinken boven de leuzen en het getoeter uit, ik zie dat Mattsson zijn fiets neergooit en naar voren rent. Als er iets gebeurt, wil hij erbij zijn. Ik zie borden en spandoeken heen en weer zwaaien door de lucht die dik is van de uitlaatgassen, het lukt niet meer om me tussen de auto's door naar voren te dringen, dus ik til mijn fiets op en draag hem boven mijn hoofd terwijl de automobilisten mopperen en schelden. Met veel moeite slaag ik erin om bij de stoep te komen, ik laat mijn fiets staan voor Tempo en ren naar voren, en daar, op de voetgangersoversteekplaats bij de Store Nystraat, zie ik haar.

Daar staat ze.

Er is ruzie, ze vechten bijna, een groep demonstranten is blijven staan en heeft het verkeer tegengehouden, Mattsson is er natuurlijk ook bij. Enkelen van hen houden een spandoek omhoog met de tekst WIJ WILLEN ADEMEN, STOP HET PRIVÉ-AUTOGEBRUIK. Er staan drie automobilisten met witte overhemden en rode zwetende gezichten. Ze schelden en ze proberen de jongeren weg te duwen, er komen twee goedgeklede jongemannen van de Democratische Alliantie met hun bord HELP DE VS HET COMMUNISME TEGEN TE HOUDEN, ze proberen de automobilisten te helpen. De boze stemmen en het geroep trekken een steeds groter wordend publiek naar zich toe en het duwen, trekken en schelden zal gauw overgaan in vechten en geweld, dat begrijpt iedereen. Daar staat ze.

Rebel Girl. Het rebellenmeisje.

Daar staat ze, en ik zie haar.

Dit is het beeld: Een zonnige zaterdag in mei 1972. De binnenstad van Malmö. Demonstratie. Ruzie bij de voetgangersoversteekplaats. Auto's, auto's, auto's. Uitlaatgassen. Boze stemmen. Zwetende automobilisten. Daar staat ze. Stel scherp op haar, al het andere wordt opeens wazige achtergrond.

Daar staat ze, het trotse rebellenmeisje, ze staat met haar gezicht naar de auto's toe gekeerd, haar ene arm omhoog, haar vuist gebald, gekleed in een vaalgroen Amerikaans legerjack, een versleten spijkerbroek en een Palestijnse sjaal. Koppig en trots staat ze daar, ze houdt het verkeer tegen, het lijkt wel of ze de chaos om haar heen niet opmerkt. Ze schreeuwt iets wat ik niet versta, achter haar en naast haar vechten nu mensen, maar ze blijft staan met haar arm in de lucht, alsof ze een soldaat is in een leger, alsof ze een heilige is met een opdracht van God, alsof ze een beeld is van De Strijd zelf.

Dat beeld zal ik bij me dragen tot mijn dood. Het bestaat alleen in mij, dat beeld. Ik heb mijn camera niet opgeheven.

Ik ben versteend, verlamd, betoverd en verliefd. Wie is ze, ik herken haar niet, het is een heel klein meisje met steil donker haar en een pony. Zelfs vanwaar ik sta, kan ik de vastberadenheid in haar ogen zien.

We kunnen de wereld veranderen. Dat zegt haar blik.

Ja, denk ik. Ja.

Dan zie ik het gebeuren. Ik zie dat de bril van een van de jongens van de Democratische Alliantie kapot wordt geslagen en dat hij boos wordt en bang. Nu slaat hij wild om zich heen met een afgebroken plank, ik zie dat hij haar raakt, ze is er totaal niet op voorbereid, ik zie het bloed op haar voorhoofd, ik zie haar vallen en ren ernaartoe.

Ik ben moedig. Misschien is dit de enige keer in mijn leven dat ik moed heb getoond. Lafheid, aarzeling, vluchten, oneindig vaak, ja, maar nu, deze zaterdag in mei, ben ik moedig, ik duw en wring me naar voren door de mensenmenigte, ik aarzel geen seconde, ik wil maar een ding: voor dat meisje zorgen. Haar redden, haar beschermen.

Mijn wil is zo sterk en mijn moed is zo groot dat het me lukt. Als ik dat niet had gedaan, had jij hier nu niet gelegen. Als ik dat niet had gedaan, was jij jij niet geweest.

Het volgende beeld: Ze ligt op de grond, om haar heen is het gevecht in volle gang, voeten stampen vlak bij haar lichaam, struikelen bijna over haar, ik hoor het geschreeuw en de klappen, maar ik zie alleen haar. Een bebloed, bleek gezicht. Open ogen. Niet bang maar… in de war. Een klein kind dat niet begrijpt wat er gebeurt.

Nu vinden haar ogen de mijne, ja, een piepklein beetje angst, ja, nu zie ik het en ik ga naast haar op mijn knieën zitten, ik fluister in haar oor dat ik haar zal helpen, ik fluister dat ze met me mee moet komen, ik vraag of ze kan opstaan, ik trek haar omhoog, ik veeg haar gezicht af met de mouw van mijn shirt en zie dat ze een diepe snee in haar voorhoofd heeft waar het bloed in golfjes uit stroomt. Ik ruk mijn shirt uit en bind het stevig om haar hoofd.

Ze steunt op mij, ze hangt zwaar aan mijn zij, ze struikelt, ze is heel bleek, wit als een maan is haar gezicht en haar bruine ogen kijken mij verbaasd aan: Wat is er gebeurd, wat gebeurt er? Ze is veranderd in een klein hulpeloos meisje, de trotse revolutionair.

Nee, niet hulpeloos natuurlijk, zo wil ik het natuurlijk, ik wil de held zijn die haar met ontbloot bovenlijf wegsleept uit de ellende, de held die haar redt. En ja, dat doe ik ook, in zekere zin. Ze was waarschijnlijk niet overleden, ze was waarschijnlijk niet doodgebloed daar op straat, maar ze had lelijk onder de voet gelopen kunnen worden en erger gewond kunnen raken. Zeker. Laat mij een beetje een held zijn. Eén keer in mijn leven.

Ja, ik sleep haar weg, ik vervloek de fietsers die het hele centrum hebben verstopt, maar het lukt me om haar mee te trekken naar het warenhuis NK. In de Amiralsstraat rijdt het verkeer, ik houd een taxi aan.

'Naar het ziekenhuis. De eerste hulp. Snel!'

De taxichauffeur aarzelt even, bedenkt of hij het risico loopt dat zijn taxi onder het bloed komt te zitten, maar opent dan toch de achterdeur en laat ons erin.

Ik zit achterin naast haar, mijn shirt is helemaal rood, maar het heeft het bloeden wel gestelpt. Ze leunt met haar hoofd op mijn schouder en ik strijk voorzichtig over haar wang. Ze ruikt lekker. 'Het komt goed,' fluister ik. 'Alles zal goed komen.'

Alles komt goed. Maar niet meteen. Als we bij de ingang van de eerste hulp van het Malmö Allmänna Ziekenhuis komen en uit de taxi stappen, willen de benen van het meisje haar niet dragen; de shock en het bloedverlies hebben haar veranderd in een lappen-pop die zwaar aan mijn zij hangt. Maar de taxichauffeur komt snel aanlopen en drukt op de bel en meteen komt er in het wit gekleed personeel dat met ervaren handen het meisje overneemt en haar op een brancard legt; ik moet een paar korte vragen beantwoorden en dan wordt ze weggereden.

'Wat is er met dat grietje gebeurd?' vraagt de taxichauffeur terwijl hij terugloopt naar zijn auto.

'Een of andere gek heeft haar een klap met een stuk hout gegeven,' zeg ik en ik haal mijn portemonnee uit mijn achterzak.

'Ja verdomme, je heb van die idioten, je vraagt je af waar het alle-maal naartoe mot,' zegt hij terwijl hij met een enorme zakdoek het zweet van zijn voorhoofd veegt. 'Ach wat, je hoeft niet te betalen kerel. Ga nu maar vlug naar binnen, dan ken je de hand van je meissie vasthouden als ze wordt gehecht.'

Dan stapt hij in en rijdt weg. Solidariteit, denk ik. Of tenminste ouderwetse vriendelijkheid.

Dan moet ik bij de receptie nog meer vragen beantwoorden en daarna moet ik wachten in een wachtruimte die naar ongelukken en bloed en tranen ruikt. Ik krijg een deken die ik om me heen kan slaan, doe mijn ogen dicht en doezel weg.

31

Ik weet niet hoe lang ik daar heb gezeten, maar nadat ik een poosje half heb zitten slapen, merk ik dat de geur van ziekenhuis zich
vermengt met de geur van rijkdom en dat er iemand in het licht
gaat staan dat door het raam valt.

Ik kijk door half dichtgeknepen ogen. Ja, het klopt. Hij ruikt naar
rijke vent, de elegante, goed geklede man met het grijze haar die
voor me staat. Aftershave. Een mannenparfum. Een maatpak. De
geur van rijkdom. Je kent het wel.

'Ahem,' zegt hij terwijl hij zijn hand uitsteekt. 'Ik neem aan dat jij
de jongeman bent die mijn dochter heeft geholpen. Het is mij nog
niet geheel duidelijk wat er precies is gebeurd, maar ik begrijp dat
ik jou veel dank verschuldigd ben. Mijn vrouw en ik. Ja, en Karin
ook natuurlijk.'

Karin, denk ik terwijl ik zijn harige hand schud.

Nu zie ik haar ook. Ze staat een paar meter achter haar vader,
bleek, een verband om haar hoofd. Een vrouw ondersteunt haar,
een zwaar opgemaakte vrouw uit de betere klasse, gekleed in een
grijs mantelpakje, ja, haar moeder natuurlijk. Dochter Karin lacht
flauwtjes en trekt een gezicht. Ik begrijp het. Rijkeluiskind dat
Rebel Queen is geworden. Keurig meisje dat in opstand is gekomen. Ze schaamt zich voor haar ouders.

Maar haar glimlach verwarmt mijn hart. Zoals nooit tevoren, zoals
nog nooit eerder is gebeurd.

'Als vergoeding voor je shirt. En de taxi. En als dank.'

Ik wend me weer tot Rijke Pa en neem de biljetten aan die hij me
voorhoudt. Ik stop ze zonder te tellen in mijn zak.

'Bedankt. Maar… bedankt.'

'Wij moeten jou bedanken. Zoals ik al zei.'

Zijn vrouw knikt instemmend. Ze staat in de schaduw van haar
man, een paar stappen achter hem.

'Zo. Nu moeten wij naar huis, zodat Karin kan rusten en bijko-
men van haar avontuur.'

Maar voordat ze de wachtkamer van de eerste hulp uitlopen, komt Karin naar me toe, de rebellendochter Karin, gewond tijdens de strijd. Ze gaat naast me op de bank zitten en haar ouders doen discreet een paar stappen in de richting van de uitgang.

'Hoe voel je je?' fluister ik.

'Vier hechtingen,' fluistert ze. 'Het valt mee. Ik zal er een klein litteken aan overhouden, als herinnering.'

Ik knik. We zwijgen en kijken elkaar recht in de ogen terwijl we de aanwezigheid van haar vader achter ons voelen. En die van haar moeder.

'Ik heet Karin,' fluistert ze.

'Ik heet Göran,' fluister ik.

Haar blik rust kalm en vast in de mijne en mijn wangen beginnen te gloeien door haar woorden, alsof ik te dicht bij een kampvuur zit.

'Bel me,' fluistert ze terwijl ze stiekem een papiertje in mijn hand drukt.

Ik knik, ze buigt zich naar me toe en kust me zacht op mijn wang, dan is ze weg.

Ik blijf zitten met een gele ziekenhuisdeken om me heen gewikkeld en een papiertje in mijn hand. Opeens ril ik alsof ik het koud heb, ik weet wat het is, het is eenzaamheid en gemis en ik weet dat ik net als zij een litteken zal overhouden als herinnering aan deze dag, een litteken op mijn hart en ik verlang, ik verlang er nu al naar om haar weer te zien, ik weet dat ik haar weer zal zien.

Ze heet Karin.

Ze heeft me op mijn wang gekust.

Ze zal jouw moeder worden.

Zo was het. Dit waren mijn twee beelden.

Het beeld van haar zoals ze met haar arm omhoog op de voetgangersoversteekplaats staat.

En dan het beeld van haar terwijl ze op de grond ligt en haar blik de mijne ontmoet.

Een litteken op haar voorhoofd en een litteken op mijn hart.

Ik was zeventien, zij was zestien. Mijn leven veranderde die zaterdag in mei, een nieuw leven begon. Niet opeens, in een moment, zoals wanneer je je hand omdraait, of met je vingers knipt, niet zo; ik liet mijn oude leven niet opeens in een seconde achter me, maar ik was al veranderd, ik had een nieuwe weg gevonden die ik in mijn leven ging volgen en dat wist ik al toen ik die zaterdagmiddag het Allmänna Ziekenhuis verliet en naar huis liep met mijn blote bovenlijf in het felle zonlicht.

Een liefde die zo begint, zou een leven lang moeten duren. Dat zou je denken.

12

Zeventien jaar. Ik was zeventien jaar toen ik haar ontmoette.

Zeventien jaar lang leefden wij samen. Zeventien jaar lang waren wij nooit langer dan af en toe een paar dagen weg van elkaar. Zeventien jaar lang deelden wij ons leven.

En nu… nu is het… laat me denken… ruim elf jaar geleden dat we uit elkaar gingen, dat ik wegging. Ik zag haar een paar jaar geleden in Göteborg. Ze draaide zich om. Natuurlijk draaide ze zich om. Maar het deed pijn, ook al weet ik dat wat ik na die rampzalige gebeurtenis heb gedaan, onvergeeflijk is. Ze zal me nooit kunnen vergeven. Ik heb haar niet gezien sinds ik weer in Malmö woon, vreemd genoeg. En ik heb haar nooit meer gesproken sinds toen. Toen, in dat andere leven.

Nu lig jij hier, je bent zeventien, zoals ik was. Ik ken jou niet en jij kent mij niet maar ik vertel het je omdat ik je… je verhaal wil geven. Ik wil dat je iets zult weten over de weg die je tot hiertoe hebt afgelegd.

34

Ik ken je niet, ik weet niets over het leven dat je leeft. Ik weet niet waarom je hier ligt. Ik weet niet wat er is gebeurd.

Maar onze wegen hebben zich vannacht hier gekruist, jij bent hier en ik ben hier, en ik vertel, hoewel ik niet weet of je het kunt horen, ja, ik denk wel dat je me hoort, ik denk dat wat ik zeg tot je doordringt, terwijl je hier zo voor me op de grond ligt.

Ik had het eerder moeten vertellen. Maar het kwam er niet van, opeens was het allemaal te laat. Ik weet dat ik het al had bedacht toen je pas geboren was, ik dacht: ik wil dat je mij leert kennen, mij, je vader. Je hebt een stukje van mij in je. Als je mij leert kennen als kind en als jongere, leer je ook iets over jezelf. Op een dag zal ik het je vertellen. Dat dacht ik.

Het was een goede gedachte, maar het is er nooit van gekomen. Nu vertel ik. Ik weet dat je me hoort.

13

Over mijn kindertijd. Heel kort. Een paar beelden.

Ik ben geboren in 1955. Mijn vader en moeder waren van doorsnee leeftijd, doorsnee maatschappelijke klasse, doorsnee in alle opzichten. Jouw opa en oma van vaderskant dus. Mijn vader werkte bij de posterijen en mijn moeder was secretaresse, maar ze stopte met werken toen mijn oudste broer Krister werd geboren; daarna was ze huisvrouw totdat ik naar school ging. Ze maakte koolpudding, ruimde op, poetste, deed de afwas, deed boodschappen en spaarde supermarktzegeltjes.

Een Zweeds doorsneegezin met twee kinderen, een rijtjeshuis en een Volvo Amazon. Ik was zes toen we onze eerste zwart-wit televisie kochten. Het was hetzelfde jaar dat ik tegen de kapper op het marktplein zei dat ik een 'Kennedykapsel' wilde. Ik herinner me nog de plagerige grijns van de kapper: 'Daar heb je wel wat meer haar voor nodig, ventje.'

Toen millimeterde hij me. Een jaar later zag ik op datzelfde markt-plein Juri Gagarin.

Je weet misschien niet wie Gagarin was? De Sovjetunie en de VS waren verwikkeld in hun zogeheten ruimtewedloop en de Sovjet-unie triomfeerde toen ze eerst de ruimtehond Laika en later de kosmonaut Juri Gagarin de ruimte in stuurden. Daarmee bewe-zen ze dat het communisme als maatschappijsysteem superieur was aan het kapitalisme. Volgens de propaganda dan.

Die arme Laika moest sterven daar in de donkere, koude ruimte, maar Gagarin kwam terug naar de aarde en ging op tournee door heel Europa om zichzelf te vertonen. Hij lachte, hij was charmant en hij zei: 'nu is het atheïsme eindelijk bewezen, want ik ben in de ruimte geweest en ik heb nergens ook maar een spoor van God gezien'.

Ja, dat hij dat zei herinner ik me natuurlijk niet, dat heb ik later gehoord. Maar Juri Gagarin kwam zelfs naar ons kleine markt-pleintje. Ik was erbij en ik heb hem gezien.

Ik had een plastic model van een drietrapsraket gebouwd. Ik was nooit zo goed in het maken van bouwpakketten, alles zat altijd onder de lijm en ik hield altijd onderdeeltjes over.

Zo was het. Het was een andere tijd. We kochten melk in glazen flessen. Bij de coöperatieve supermarkten Konsum of Solidar. Nooit bij ICA of Pålssons of andere kapitalistische uitbuiters. Mijn vader was sociaal-democraat van zijn voetzolen tot zijn kruin en solidariteit betekende voor hem dat je boodschappen deed bij een van de coöperatieve supermarkten. En dat je tankte bij OK, het coöperatieve benzinestation. En dat je naar studiebijeenkomsten van de arbeidersbeweging ging. En dat je je verzekerde bij de Volksbank. En dat je Volvo reed. En dat je zoons bij de jongeren-afdeling van de arbeidersbeweging gingen.

Hij was misleid, van top tot teen.

Ik las stripverhalen van helden als Sheriff Mickey, Davy Crockett en Allan Kämpe. Ik ging ook op zaterdag naar school. We kregen 's ochtends rijst met vruchten of sagosoep en 's middags waren we vrij. Mijn klasgenootjes hadden ouderwetse namen als Britt-Marie, Kjell-Åke, Pia, Ronny en Lars-Göran. Ik ging wedstrijd-zwemmen omdat ik grote voeten had, ik had een boek gelezen over de Zweedse wereldkampioen zwemmen Arne Borg en daar-in stond dat hij grote voeten had.

Ach, waarom vertel ik dit? Gewoon een sentimentele brei van her-inneringen, daar praten mannen en vrouwen van mijn leeftijd over op feestjes als ze met de laatste fles wijn rond de keukentafel zitten: 'Weet je nog, dat blaadje dat we allemaal lazen, weet je nog dat je zoute droppen kon kopen voor een öre per stuk? Weet je nog die mooie plakplaatjes die we op zondagsschool kregen? Weet je nog dat IFK Malmö tegen Rapid Wien speelde in de kwartfinale van de Europacup? Weet je nog de steunzolen, en de smeerkaas in een tube? Herinner je je dit televisieprogramma nog, herinner je je dat radioprogramma nog, en die popgroep?'

Sentimentele praat van oude mannen en vrouwen. We leren er niets van, totaal niets. Jij ook niet, vooral jij niet. Je leert niets over jezelf of over je vader als ik door de Poel van Herinneringen waad. Nee, ik wilde iets anders vertellen. Op een andere manier.

Ik begin opnieuw. Ik probeer het nog eens.

Ik was een kind dat veel nadacht. Ik was een kind dat dagdroom-de. Ik was een kind dat werelden schiep in mijn hoofd. Ik praatte met mezelf. Ik praatte met God. Ik was een uitverkoren kind, dat wist ik. Ik was niet zoals de anderen.

Herken je jezelf hierin? Voelde jij je bijzonder?

Maar ik was niet eenzaam. Dat is gek. Ik had eigenlijk eenzaam moeten zijn, ik was zo'n jongen die over zou moeten blijven. Maar het tegendeel was het geval, ik was populair, ik werd snel gekozen, of liever gezegd, ik was vaak een van de twee die een team mochten kiezen. De anderen wilden bij mijn team horen. Ik vraag me af waarom, ik was niet sterk of stoer, het moet iets met mijn vindingrijkheid te maken hebben gehad. Ik heb daar veel over nagedacht.

Herken je jezelf hierin? Was jij een leider?

Ik was bang voor de grote jongens die bier dronken en met harde bromstemmen praatten en lachten. Ik was bang voor de jongens uit Persborg die op zomeravonden in grote groepen kwamen om te vechten. Ik was bang om nachtmerries te krijgen: er waren perioden in mijn kindertijd dat ik iedere nacht kletsnat van het zweet en trillend wakker werd uit een droom, dan durfde ik niet meer te gaan slapen en ging ik rechtop in bed zitten om niet terug te hoeven naar die verschrikkingen.

Waar ben jij bang voor? Waar was jij bang voor?

Nog iets waar ik bang voor was: een erectie krijgen in de sauna. Ik ging iedere vrijdagavond met Kjell-Åke en zijn vader naar de sauna in de kelder van het huis waar zij woonden en als we daar zaten, dacht ik altijd: ik mag geen stijve krijgen, ik mag geen stijve krijgen, ik moet niet aan naakte meisjes denken, ik moet niet aan naakte meisjes denken… En dan dacht ik natuurlijk aan naakte meisjes en schunnige dingen. Maar ik heb nooit een erectie gekregen in de sauna.

Mijn eerste seksuele fantasieën waren trouwens heel bizar. Ha, ik weet het nog. Ik was het liefste, braafste negenjarige jongetje dat je je maar kunt indenken, maar ik verbond seks aan geweld, ik weet het nog heel goed. Ik fantaseerde dat Ulla-Britt of Helen uit mijn klas naakt vastgebonden zat op een stoel terwijl ze werd bedreigd door gemene schurken. Ik fantaseerde bijvoorbeeld dat gemene schurken de sportzaal binnendrongen als we gym hadden en alle meisjes dwongen om zich helemaal uit te kleden en dan moesten ze op elkaar poepen en plassen en zo.

Ha. Vreemd. Ik heb er vaak over nagedacht of andere jongens dat ook hadden, of iedereen dat heeft? Want die beelden en fantasieën kwamen uit mezelf, ik had nog nooit een seksboekje of een seks-film gezien. Ik speelde soms wel doktertje met de meisjes, samen met een paar oudere jongens uit de straat, maar ik begreep eigen-lijk niet echt waar dat om ging, ik begreep niet waarom ze giechel-den en veelbetekenende blikken wisselden, zover was ik nog niet.

Herinner jij je je eerste seksuele fantasieën? Voordat je echt wist waar het allemaal over gaat bedoel ik?

Ha, ik weet nog een keer dat…

'Ahem…'

14

O jee. Ik voel dat mijn wangen beginnen te branden en ik wend mijn blik af. De verpleegkundige is terug. Hoe lang staat ze daar al? Ik heb de deur helemaal niet horen opengaan. Hoeveel heeft ze gehoord van wat ik allemaal heb gezegd? Het moet hebben geklonken als kinderporno, ze moet hebben gedacht dat ik een of andere perverse pedofiel ben of zo.

Daar zit ik met een rode kop, als een pukkelige puber die door zijn moeder is betrapt met zijn handen onder de dekens.

Precies. Zesenveertig jaar oud en binnen een seconde ben ik weer dertien. Dat bedoel ik.

'Ik denk niet dat hij hoort wat u zegt.'

Ik kijk op en ontmoet haar blik, ze lacht een voorzichtig madon-nalachje. Mijn kinderlijke onrust verdwijnt als bij toverslag. Er is iets met haar ogen. Ze heeft meisjesogen. Of liever gezegd, een meisjesgezicht. Ze is behoorlijk zwaar. Twee dikke armen met tril-lende roodbleke putjes, een brede vetrol rond haar middel, paffe-rige wangen, en toch is haar gezicht dat van een klein meisje. Ze doet me denken aan een plaatje in een prentenboek dat we lazen toen jij klein was.

'Ik denk het wel,' zeg ik en ik probeer haar lachje te beantwoorden, 'ik wil hem een heleboel vertellen, een heleboel dingen die ik van plan was te vertellen, maar nooit heb verteld, en nu doe ik het, ja, ik denk wel dat hij me hoort.'

Ik zie een vriendelijke, licht weemoedige nieuwsgierigheid in haar blik als ze mij opneemt, haar hoofd een beetje schuin.

Ze zwijgt en wacht. Ze heeft nog niet gezegd wat ze kwam doen.

'Ik… Ik vertel over mezelf,' ga ik verder. 'Aan mijn zoon. Ik vertel over mezelf als kind. En toen ik een jongere was. Dingen die ik hem nooit heb verteld. Dingen die ik zelfs nooit… nooit eerder aan iemand anders heb verteld.'

Ik weet niet waarom ik het haar uitleg, een vreemde verpleegkundige van de eerste hulp. Ik heb er al spijt van op het moment dat ik het doe. Wat hier vannacht gebeurt, is iets tussen jou en mij, het gaat niemand anders iets aan.

Maar ze neemt me serieus, heel serieus. Ze knikt nadenkend en ik zie een lichte schittering in haar grijze ogen.

'Vreemd…' zegt ze. 'Merkwaardig.'

Nu schittert ze als een heel binnenmeer bij zonsondergang.

'Apart,' zegt ze.

'Merkwaardig,' zegt ze.

Ze is veranderd in een wandelend synoniemenwoordenboek, ze doet een stap naar achteren en leunt tegen de muur. Haar blik is naar binnen gericht, ik moet een paar lange minuten wachten voordat ze weer naar buiten treedt.

'Het is vreemd,' zegt ze dan. Ze ziet er bijna een beetje beschaamd uit. 'Het is vreemd, want ik zat net gisteravond met mijn dochter te praten over… zulke dingen, ja, ze… ze vroeg wat mijn eerste herinnering was en toen vertelde ze dat ze zich nog dingen herinnerde van toen ze één was en in de peutergroep zat en ik vertelde haar mijn vroegste herinnering. Later die avond bedacht ik dat je zou moeten vertellen. Iedere ouder zou moeten vertellen. Precies zoals jij zegt. Maar… zoals ik al zei, misschien zou je die dingen aan je zoon moeten vertellen als hij je beter kan horen…'

Ze zwijgt. Ik wacht. Ze denkt na. Ten slotte kan ik het natuurlijk niet laten om te vragen:

'Wat is jouw eerste herinnering, je vroegste herinnering?'

Even zie ik een klein rimpeltje tussen haar wenkbrauwen, ze aarzelt, een paar seconden maar, dan vertelt ze:

'De zandbak. Dat ik in de zandbak speelde op het speelplaatsje voor ons huis en dat een meisje onaardig deed, ze pakte mijn emmertje en schepje, ze trapte mijn zandtaartjes kapot en ik was… vertwijfeld, en… verbaasd, ik begreep het niet, ik wist niet wat ik moest doen, mijn moeder was er niet. Ik huilde alleen maar en rende weg en toen… was er een volwassene die mij opving. Ik denk… ik denk dat ik die dag boosaardigheid ontdekte… ach, dat klinkt waarschijnlijk dwaas…'

Een beschaamd lachje, dan zwijgt ze weer.

'Helemaal niet,' zeg ik. 'Het klinkt helemaal niet dwaas.'

Ze zucht, ze blijft zwijgen en mijn korte repliek blijft in de kamer hangen als een kapotte ballon in een boomtak. Dan zucht ze nog eens en zegt:

'Maar ik was drie toen. Mijn eerste drie jaar zijn blanco. Ik heb fotoalbums gezien, ik heb mijn ouders horen vertellen, maar ik kan geen herinnering oproepen.'

'Zo is het bij mij ook,' zeg ik vlug. 'Mijn eerste herinnering is een wandeling door het bos. Een zondagsherinnering. Mijn vader heeft me op zijn schouders. Mijn moeder heeft een suède jas aan. Het is een lichte herinnering, de zon schijnt door de bladeren, het is zo licht en groen dat het bijna pijn doet aan je ogen, mijn moeder is vrolijk, ze lacht, haar gezicht is ook licht, zo herinner ik het me. Ik denk dat ik ook drie was. Ik denk dat ik mijn eerste jaren ook kwijt ben, maar natuurlijk, alles wat er is gebeurd, zit in mij, dat geloof ik. Sommige mensen… sommige mensen beweren dat je alles naar boven kunt halen, sommige mensen beweren dat we nooit iets vergeten, dat we het alleen maar wegstoppen…'

Ik zwijg, ik voel me dom.

Terwijl ik praatte, zag ik dat ze haar belangstelling verloor; haar belangstelling voor mij, mijn herinneringen en mijn amateur-psychologische speculaties is tot onder nul gezakt. Nu zijn haar ogen tot op de bodem bevroren wintermeren. Ze heeft spijt van wat ze me heeft verteld, dat ik haar een moment heb weten te verleiden haar uniform uit te trekken en te veranderen in een moeder en een huilend driejarig meisje. Ik heb haar zover gekregen dat ze een paar minuten mens werd in plaats van verpleegkundige.

Ik voel me dom, lelijk, dwaas en vooral: oud. Veel te oud.

Dus ik zucht, grijns dom en zeg:

'Sorry.'

Ze wuift mijn excuses weg, werpt een snelle blik op jou en verlaat de kamer.

15

Waar was ik? Wat zei ik? Wat is het laatste dat ik je heb verteld?

Te veel ballen in de lucht nu, te veel losse draden, hoe moet jij nou een patroon ontdekken in dit weefsel?

Ik haal alles door elkaar: ik praat over mijn eerste ontmoeting, toen ik zeventien was, met het meisje dat jouw moeder zou worden en over mijn prepuberale seksfantasieën als negenjarig jongetje en over de herinnering aan het lichte groen en de lichte blijdschap als driejarig jongetje. Mijn leven borrelt naar buiten, ik ben een pan die overkookt. Maar ik weet wat het belangrijkst voor me is, wat ik het liefst wil vertellen.

Ik wil vertellen over mijn leven en mijn wereld als zeventienjarige.

Ik wil vertellen over mijn leven met Karin, jouw moeder.

Ik wil vertellen over mijn leven als vader, met jou.

Ik wil vertellen over die rampzalige gebeurtenis en wat er daarna gebeurde, ja, je moet me de kans geven om het uit te leggen, ik verlang niet dat je het zult begrijpen en al helemaal niet dat je me zult vergeven, maar je moet me laten vertellen.

Dat heb ik nog nooit gedaan.

Nu wil ik het, nu vertel ik het aan jou.

Weet je het nog?

Ik had Karin ontmoet die zaterdag tijdens de demonstratie en haar naar de eerste hulp gebracht. Ik had haar vader een hand gegeven en hij had mij geld gegeven. Op de terugweg van het Allmänna Ziekenhuis de stad in, telde ik de biljetten die ik in mijn zak had geprept. Tweeduizend kronen. Jij begrijpt natuurlijk niet hoeveel geld dat was in 1972. Tweeduizend.

Het kostte me een paar uur sjoemelen en sjacheren om die verkreukelde briefjes om te zetten in ruim driehonderd gram uitstekende hasj uit Afghanistan, daarna wandelde ik tevreden en zo stoned als een garnaal naar Mattssons huis.

'It's partytime!'

De monden van mijn vrienden vielen open toen ik mijn drie in folie verpakte pakketjes op de keukentafel legde.

'Verdomme zeg.'

'Waar heb je het geld vandaan gehaald?'

'Van God,' giechelde ik.

Verder vroeg niemand iets. We waren gewend om niet te veel te vragen.

Toen zweefden we weg.

Maar ik was haar niet vergeten. Geen illegale drug ter wereld kon mij haar doen vergeten, een papiertje met een rijtje cijfers brandde de hele avond in mijn broekzak en toen het bijna middernacht was, rende ik naar een telefooncel, haalde het briefje uit mijn zak en draaide haar nummer.

Terwijl ik met de hoorn tegen mijn oor gedrukt wachtte, begon ik te zweten, verdomme, ik leek wel gek, midden in de nacht opbellen, stoned, giechelend en met een mond zo droog als een woestijn na een paar uur onafgebroken roken, stel je voor… stel je voor dat rijke pappa opneemt, nee, dit gaat nooit goed… Ik wilde net ophangen, toen ze opnam.

'Hallo!'

'Ik ben het!' schreeuwde ik in de hoorn. 'Ik bedoel: Hallo. Ik bedoel…'

Ik zweeg. Wat wilde ik eigenlijk van haar? Weer wilde ik bijna ophangen toen ik haar stem hoorde:

'Hallo. Wat leuk dat je belt. Ik hoopte dat je zou bellen.'

Er gebeurde iets merkwaardigs. Voor het eerst in mijn leven voelde ik de kracht van de liefde. The Power of Love. Een zaterdagnacht eind mei 1972, in een telefooncel op het Värnhemsplein, voelde ik voor het eerst de kracht van de liefde. Of in elk geval verliefdheid. Het voelde sterker, o, zoveel sterker dan de roes van de hasj en ik werd vervuld van een verlangen, een blijdschap en een lust die ik nog nooit eerder had gevoeld.

Verliefdheid. De krachtigste drug van allemaal.

Ja. Zo is het. Of zo was het.

'Ik wil je zien,' zei ik. 'Snel. Nu. Meteen. Onmiddellijk.'

'Goed,' zei ze. 'Want ik wil jou ook zien. Nu onmiddellijk, meteen. Kun je hiernaartoe komen?'

'Waar woon je?'

'Bellevue. Waar de rijken wonen.'

Ze gaf met het adres.

'Dat is ver,' zuchtte ik. 'En de tram rijdt niet meer.'

'Neem dan een taxi,' zei ze. 'Je hebt toch wat geld gekregen van die ouwe?'

Ik zuchtte weer. Het geld was immers op, geïnvesteerd in hersencelverbranding en bewustzijnsverruiming. Een taxi nemen paste niet in mijn wereldbeeld. En mijn fiets had ik een eeuwigheid geleden in de Söderstraat tegen een muur gekwakt, daar had natuurlijk iemand anders zich over ontfermd, die was weg.

'Nee, ik kom met de fiets,' zuchtte ik. 'Maar het kan wel even duren.'

'Ik houd het hek wel in de gaten,' zei ze. 'Niet proberen binnen te komen, dan gaat het alarm af. Wacht maar gewoon tot ik kom.'

'Oké,' zei ik en ik rende terug naar het appartement, leende de fiets van Per-Inge en begon aan mijn lange tocht door Malmö.

Hoewel ik vol was van de Kracht der Liefde, werd het een zware nachtelijke fietstocht op een afgeragde oude damesfiets met zachte banden. Ik was doornat van het zweet toen ik een halfuur later voor een dicht hek in een hoge muur stond die een van de oude, op paleizen lijkende villa's van de betere klasse omgaf. De villa stond in een buurt waar ik anders alleen maar doorheen fietste op weg naar de veerpont in Limhamn of naar Sibbarp. Ik stond naar binnen te turen in een tuin zo groot als een park terwijl een bewakingscamera naar mij staarde. Al na een minuut hoorde ik voetstappen op het grind en toen stond ze daar en liet me binnen.

'Hallo,' fluisterde ze.

'Hallo,' fluisterde ik.

'Je hoeft niet te fluisteren,' fluisterde ze.

'Waarom fluister jij dan?' fluisterde ik.

Toen deed ze een stap naar voren, ging heel dicht bij me staan, sloeg haar armen om me heen en drukte zich tegen me aan. Haar haar kriebelde in mijn neus. Ze rook lekker, ze rook net gedoucht.

'Ik was zo blij toen je belde,' fluisterde ze.

Dit is ook een beeld-voor-altijd, dit is ook een beeld dat hoort bij de Greatest Hits Of My Life, maar het is een beeld dat ik van buitenaf wil zien, het is een beeld waar een andere fotograaf voor

45

nodig is: we staan dicht tegen elkaar aangedrukt, Karin en ik, in die zachte, bleke meinacht, hoge bomen rijzen achter haar omhoog alsof we in een verwilderde kasteeltuin staan, de volle maan weerspiegelt zich in een vijver met een fontein, je hoort een dun waterstraaltje klateren en te midden van een paar buxusheggen verrijst een wit standbeeld, een naakte Griekse discuswerper die op het punt staat zijn discus in de richting van Limhamn en de Sont te gooien. Klik.

'Ik ben bezweet van het fietsen,' fluisterde ik.

'Ik voel het,' fluisterde ze. 'Kom.'

Ik keek onrustig op naar de grote villa, ik zag hem als een donker, duister stenen kasteel tussen de bomen door schemeren, maar ze trok me mee de andere kant op, haar warme hand in de mijne terwijl we over de keurig aangeharkte grindpaden naar een hoek van de tuin liepen.

'Hier woon ik. Welkom in mijn huis.'

Ze opende de deur van het tuinhuisje, deed een stap opzij en liet me binnen. Ik stapte voorzichtig naar binnen en keek nieuwsgierig rond. Het eerste dat ik zag was Lenin. In het flakkerende licht van de kaarsen staarde een enorme poster van Lenin streng op mij neer. Op de muren om hem heen waren nog veel meer communistische affiches geprikt, op een boekenplankje verdrongen de communistische boeken zich, er stond een lage tafel en er lagen wat zitkussens en in een van de hoeken lag een brede schuimrubberen matras, keurig opgemaakt met een sprei. Overal stonden brandende kaarsen in wijnflessen.

'Heb jij een eigen huis?' vroeg ik verbaasd.

'Inderdaad. Een kamer met keuken. En een badkamer,' antwoordde ze lachend.

'Hoe gaat het met je hoofd?' vroeg ik.

'Goed. Het trekt een beetje. Ik heb de hele avond geslapen. Maar het doet geen pijn,' antwoordde ze nog steeds lachend.

Ze deed een kast open en pakte een grote rode badhanddoek.

'Als je wilt douchen, daar is de douche,' zei ze terwijl ze me de handdoek gaf.

'Dat zou wel fijn zijn,' zei ik en ik pakte het badlaken aan. Ze liet me eigenlijk geen keus.

Toen ik in de zachte badhanddoek gewikkeld uit de douche kwam, was ze weg. Ik liep naar de boekenplank en bestudeerde de boeken. Niet alleen Marx en Lenin. Kijk eens aan, een paar bekende boekruggen, *De Steppenwolf, Catch 22* en zelfs *The Lord of the Rings* in drie Engelstalige pockets, aha, dus Tolkien was niet contrarevolutionair…

Toen stond ze achter me. Opeens was ze er, ik had haar niet horen aankomen. Ze trok de badhanddoek van me af. Toen stond ik daar naakt terwijl ze van achteren haar armen om me heen sloeg en zich tegen me aan drukte, zij was ook naakt, ik voelde haar zachte borsten tegen mijn rug, ik voelde haar lippen in mijn nek. Ja. Haar borsten. Haar lippen. Haar ademhaling op mijn ruggengraat, als een heel zacht zomerbriesje, haar handen op mijn borst en op mijn buik als hele zachte jonge katjes op ontdekkingsreis door het gras. Ik deed mijn ogen dicht. Mijn hart bonkte. Mijn pik knalde bijna uit elkaar, hij wees trots en stijf recht omhoog naar een kleine gipsbuste van Mao Zedong.

We bleven een hele tijd staan, zwijgend en naakt. Toen fluisterde ze:

'Kom.'

Sorry. Maakt dit je verlegen? Je eigen vader, je eigen moeder, zo lang geleden. Maak je maar niet ongerust, intiemer dan dit zal ik niet worden, dat is niet het soort onthullingen dat ik wil doen. Dat zou ik ook niet kunnen trouwens. Ik word er zelf verlegen van. Als je ogen open waren, zou je zien dat ik bloos.

Nee, ik spoel die uren op haar matras snel door. Ik zeg alleen: nooit eerder, en daarna nooit meer ben ik zo… Ja, wat was het? Vol van iets geweest. Zo aanwezig. Blij. Gelukkig. Ja, gelukkig is waarschijnlijk het juiste woord als ik eerlijk ben, ja. Nooit eerder, en daarna nooit meer.

Als ik een uur van mijn leven opnieuw mocht beleven, zou ik een uur uit die nacht kiezen. Ja. Of het moment dat jij geboren werd natuurlijk.

Het is wel wonderlijk hoe de cirkel zich sluit. De naakte borsten van dat zestienjarige meisje tegen mijn rug. Elf jaar later zoog jij de eerste zoete gele druppels melk uit die borsten, jouw kleine mondje vond de weg en je wist meteen vanaf het begin dat mamma eten betekende, dat mamma veiligheid betekende, dat mamma warmte betekende, je was een nieuwkomer in de wereld en je wist al zoveel.

Nu dwaal ik weer af, nu raak ik de draad kwijt. Maar het is wel wonderlijk, het leven is wel een wonderlijke puzzel.

16

Ik was een beginneling in de seks toen ik Karin ontmoette, maar ik was geen maagd meer. Mijn hele ervaring bestond uit twee dronken vrijpartijen en een beetje zoenen en friemelen zoals tieners in de disco en op klassenfeesten doen.

Mijn eerste keer was op het strand na een zomerdisco in Höllviken. Ik weet niet eens hoe het meisje heette, maar voor haar was het niet de eerste keer, dat begreep ik wel. Het ging heel snel. Achteraf voelde ik me dwaas.

De tweede keer was op een klassenfeest, toen was ik ook dronken en ik belandde samen met Bitte uit mijn klas in een slaapkamer.

'Ik heb je altijd al leuk gevonden,' zei ze. 'Je bent anders dan de rest.'

'Mm,' zei ik terwijl ik worstelde met haar bh-sluiting.

Ik begreep dat ik mezelf verried als beginner. Maar dat was zij waarschijnlijk ook, we lieten tenminste bloedvlekken achter op de sprei van het tweepersoonsbed van Lars-Görans ouders.

Het duurde nog weken voordat we op school weer met elkaar spraken, we keken zelfs de andere kant op als we elkaar tegenkwamen, ik denk dat we ons allebei schaamden, maar ik weet eigenlijk niet waarvoor. Misschien juist omdat we hadden laten zien dat we beginners waren.

Twee keer eerder dus, ik was een beginneling in seks en ook een beginneling in verliefdheid. Een korte romance in de derde met een meisje uit de parallelklas en een roodharige zomerverliefdheid de zomer ervoor, dat was alles.

En jij? Jij die hier voor me op de grond ligt, ben jij al met iemand naar bed geweest?

Ik denk dat het nu anders is. Wij waren jong in de tijd van de seksuele vrijheid. Aids en hiv bestonden nog niet. Seks was een leuke vrijetijdsbesteding waar iedereen recht op had, zonder dat er trouw of jaloezie aan te pas hoefde te komen, en…

Nu lieg ik. Ik bedoel: dat is wat ze zeggen over die tijd. De waarheid is dat ik niet weet of het zo was. De waarheid is dat ik niet veel belangstelling had voor seks op het moment dat ik Karin ontmoette.

Ja, dat is waar. Ik zocht geen seks of verliefdheid of meisjes, voor mij waren heel andere dingen belangrijk. Toen. Je kunt waarschijnlijk zeggen dat ze mij iets leerde, dat ze een deur opende, dat ze mij een andere wereld liet zien. Je kunt waarschijnlijk zeggen dat ik groeide. Of misschien was het andersom.

Toen het begon te schemeren, toen we afscheid namen, leerde ik dat je een prijs moet betalen. Al dat heerlijke vochtig zachte borrelende geluk heeft een prijs en die prijs spel je:

p-ij-n.

Ze had gezegd:

'Je moet weg zijn voordat mijn ouders wakker worden. Anders is het zo'n gedoe…'

Ik had gezegd:

'Dat wil ik niet.'

Ze had gezegd dat zij het ook niet wilde, maar dat het moest en ik had gehoorzaam het warme, zachte bed en haar warme, zachte aanwezigheid verlaten, was opgestaan in de vochtige ochtendkou en had me aangekleed terwijl zij bleef liggen met het dekbed opgetrokken tot aan haar kin en me met een nadenkend lachje bekeek. Toen ik klaar was, ging ik op mijn knieën bij de matras zitten en zei:

'Wanneer zien we elkaar weer?'

'Eigenlijk…' begon ze, ze aarzelde voordat ze verderging, maar toen zei ze het:

'Eigenlijk heb ik al een vriendje.'

Ik dacht dat ze een grapje maakte. Natuurlijk maakte ze een grapje. Geintje. Ha ha.

'Had,' zei ik. 'Je bedoelt dat je een vriendje had. Je zei het verkeerd. Je gebruikte de verkeerde tijd. Je bent niet zo goed in grammatica. Je had maar een zes voor Zweeds.'

'Een tien,' zei ze.

Het duurde vier seconden voordat ik begreep dat ze geen grapje maakte. Een ijskoude ochtenddouche, dankjewel, ik haat je, kleine hoer, vuile… En dat vriendje van je zal ik castreren met een bot mes.

De koers van seksuele vrijheid stond heel laag op dat moment.

'Wacht even,' zei ze.

Ze ging overeind zitten en legde haar hand op mijn wang.

'Niet boos zijn,' zei ze. 'Niet verdrietig zijn. Je bent zo… heerlijk. Ik heb alleen wat tijd nodig. Je moet me even de tijd geven. Ik bel je.'

Ik knikte. Ik hield van haar zoals ik nog nooit eerder van iemand had gehouden. En dat afschuwelijke vriendje zou binnenkort een ex-vriendje zijn, dat wist ik zeker nu.

'Wanneer bel je?' vroeg ik. 'Als je niet belt, spring ik uit het raam.'

'Ik bel,' beloofde ze terwijl ze over mijn wang streek. 'Vanavond. Of morgen. Ben je thuis?'

'Ik ga bij de telefoon zitten wachten,' zei ik. 'De hele avond. En als je niet belt, blijf ik daar morgen ook de hele dag zitten. En als je dan nog niet belt, spring ik uit het raam.'

'Ik bel,' zei ze en ze boog zich naar me toe en kuste me op mijn voorhoofd.

Ik verliet haar, liep in de grijze ochtendschemering door de verwilderde parktuin, de dauw glinsterde op het gras, de vogels zongen hun ochtendlied, buiten het hek stond de fiets tegen de muur, ik fietste naar de zee, liep langs het lege strand bij Ribersborg, een zachte deining rolde het strand op, de zon begon langzaam warmte te geven en ik was zo gelukkig als ik nog nooit eerder was geweest.

Tegen de zoute wind in zong ik: '… for you've touched her perfect body with your mind', en ik probeerde mijn puberstem te laten klinken als Leonard Cohens volwassen, krachtige bas.

Gelukkig en ongelukkig als ik nog nooit eerder was geweest. Wijs en in de war als ik nog nooit eerder was geweest.

Zo volwassen was ik geworden sinds de vorige dag, en zo kinderlijk. Zo vrij en zo gebonden.

Zo veel had ik geleerd.

Zo weinig wist ik.

Een ding wist ik zeker toen ik daar stond uit te kijken over de Sont met de krijsende meeuwen boven mijn hoofd: Er was een nieuwe tijd aangebroken. Een nieuwe tijd in mijn leven.

17

Heerlijk en mooi, zeker. Een vroege ochtend na een nacht die ik nooit zal vergeten, een nieuwe tijd in mijn leven en zingende vogels en blablabla. Ieder woord is waar.

Ik heb één ding overgeslagen dat die ochtend gebeurde, iets wat helemaal niet heerlijk en mooi was, alleen belachelijk en gênant. Iets wat ik nog nooit aan iemand heb verteld. Zoiets wat niemand aan een ander zou moeten vertellen

Maar ik zal het vertellen. Aan jou zal ik het vertellen, omdat het Toeval of het Lot ons vannacht hier bij elkaar heeft gebracht, omdat ik eerlijk wil zijn, omdat ik zo lang heb gewacht en… Opdat mijn verhaal niet al te zoetsappig en romantisch wordt. Liever schijtrealistisch.

Het ging zo: ik was die ochtend naar de wc geweest. Voordat ik daar naast Karins bed zat, voordat ze me over haar vriendje vertelde, was ik naar de wc geweest.

Ik bleef heel lang zitten en dacht na over alles wat er was gebeurd sinds ik daar een paar uur eerder had gedoucht, en door die gedachten voelde ik me natuurlijk lekker. Ik had een beetje een opgeblazen buik, daarom bleef ik zitten. Toen stond ik op, veegde m'n billen af, trok door en waste mijn handen. Ik wilde net de badkamer uitlopen, toen ik ontdekte dat er een grote, dikke drol in de wc dreef.

Pff, wat een mazzel, dacht ik toen ik het zag, en ik trok nog eens door, en… Er gebeurde niets. Alleen een gorgelend geluidje. Geen water, hij spoelde niet door. Mijn grote, glimmende drol draaide zich alleen een halve slag om als een trage walvis in de oceaan.

Ik wachtte even tot het water in het reservoir weer bijgevuld zou zijn, toen probeerde ik het nog eens. Slurp. Er gebeurde niets. Begrijp je wel hoe stom dat was, hoe pijnlijk?

Wat moest ik doen? Als Karin naar de wc ging en zag dat ik zo'n groet had achtergelaten, zou ze me nooit meer willen zien. Ze zou zelfs niet aan me kunnen denken. Ik zou voor altijd veranderen in Göran Drol.

Begrijp je wel hoe vreselijk dat was? Mijn handen zweetten, mijn wangen gloeiden, mijn hart bonkte. Wat moest ik doen?

Ik probeerde nog eens door te trekken. Niets. Niet eens een gorgelend geluidje. En hij was zo groot. Hij was gigantisch.

'Hij zat zo barstensvol shit,' zou Karin zeggen als ze met haar vriendinnen over mij praatte, en dan zou ze giechelen en zou ze het vertellen en het meisjesgegiechel zou door heel Malmö weerklinken. Göran Drol.

Eigenlijk konden Malmö en mijn goede naam me niets schelen, maar Karin kon me wel iets schelen, haar wilde ik niet missen, nu ik haar net had gevonden.

Ik heb zeker een halfuur in Karins badkamer gestaan voordat ik uiteindelijk had bedacht wat ik zou doen. Er was een klein raampje dat uitkwam op de grote tuin. Ik deed het voorzichtig open en met wat wc-papier pakte ik de drol uit het water en gooide hem naar buiten. Voordat ik terugging naar Karin, waste ik heel zorgvuldig mijn handen.

Toen ik bij haar matras ging zitten, was ik mijn grote probleem in de badkamer alweer vergeten. Mijn liefde was zo groot en zo sterk dat al het andere klein werd. Toen praatten we en vertelde ze over haar vriendje en zei ze dat ze me zou bellen en blablabla. Toen ik bij haar wegging en de deur van haar huisje achter me had dichtgetrokken, zocht ik een grote, in wat vochtig wc-papier gewikkelde drol die op het grindpad onder het wc-raampje lag. Ik raapte hem op en nam hem mee de tuin uit.

Voor het hek bleef ik staan en bekeek hem nieuwsgierig. Nu was hij niet langer mijn vijand, nu voelde hij meer als een vriend. Stevig en netjes, bijna mooi. Mijn geluksdrol. Ha. Ik begon in mezelf te grinniken toen ik daar vroeg in de ochtend voor de luxe villa in Bellevue stond met een drol in mijn hand.

Toen dacht ik ineens aan de bewakingscamera. O jee. Zou hij aanstaan? Zou de familie de film die avond kunnen bekijken? 'Hm, het ziet ernaar uit dat je vriendje een beetje wonderlijke interesses heeft, Karin,' zou haar rijke vader lachen, en haar moeder zou haar neus optrekken en… Ik grinnikte nog eens, draaide me om naar de camera, lachte trots en hield mijn drol omhoog alsof het een recordvis was die ik uit de Sont had opgehaald. Niets kon mij raken nu.

Daarna stapte ik op Per-Inges fiets en fietste naar de zee. De drol liet ik achter op het brede grindpad van de buurvilla. Vuile kapitalisten, dacht ik. Hier hebben jullie een groet van de arbeidersklasse. Pas maar op, stelletje klootzakken.

18

Tot hier zijn we gekomen, hier zijn we nu. Ik zit hier, jij ligt daar. De ventilator bromt, de nachtelijke geluiden van de stad worden buitengesloten door het isolatieglas. Onze gemeenschappelijke weg begint daar, dat kun je wel zeggen. Tijdens een weekend in mei 1972, het weekend dat ik Karin ontmoette, het meisje dat jouw moeder zou worden. Een van de wegen die hiernaartoe hebben geleid, begon daar. Het zou nog ruim elf jaar duren voordat jij geboren werd, maar vanaf dat weekend bestond jij als mogelijkheid, dat kun je wel zeggen. Als ik haar niet had ontmoet, als ik niet van haar had gehouden, dan was jij er niet geweest. Of: dan was jij iemand anders geweest.

Kun je zo denken? Tja… Je kunt alles denken. Betekent het iets om zo te denken? Nee.

Maar nu ben je er, nu ben je wie je bent, nu lig je hier en nu wil ik je jouw verhaal vertellen. Het mooie en het lelijke, het serieuze en het dwaze.

19

We zijn allemaal kinderen van onze tijd. Velen van ons willen dat niet onder ogen zien. Maar natuurlijk zijn we onderdeel van een patroon, natuurlijk worden we gevormd door een tijdgeest, door stromingen en ideeën die bij een tijd horen. Sommige daarvan zijn gepland en geplant door mensen die geld willen verdienen of die ons voor een ideologie willen winnen, maar sommige gedachten en idealen die een generatie van jongeren vormen, lijken volkomen onvoorspelbaar, lijken opeens door de lucht te zweven, als de pluisjes van duizenden paardebloemen, om zich vervolgens ergens aan vast te hechten en te groeien.

Wij die jong waren in het begin van de jaren zeventig, waren kinderen van onze tijd. Niet iedereen dacht en leefde natuurlijk zoals wij, zoals mijn vrienden en ik. Sommigen gingen naar diner dansants, sommigen hadden een pak, sommigen luisterden naar de hitparade, sommigen hadden vetkuiven en reden in grote Amerikaanse auto's, sommigen hadden totaal geen belangstelling voor politiek of de wereld buiten Malmö. De meesten, denk ik eigenlijk. Maar het beeld van die tijd is toch het beeld geworden van jongeren die op allerlei manieren in opstand kwamen. En toch herken ik mezelf nooit helemaal als ik iemand van een jaar of vijftig op televisie zie praten over De Grote Jongerenopstand of De Vietnambeweging of De Muziekbeweging. Ze herhalen steeds maar hoe Goed & Geweldig wij waren. Altijd weer:

'In die tijd waren we heel erg betrokken.' Heel anders dan de jeugd van tegenwoordig die alleen maar denkt aan z'n mobiele telefoon. 'We voelden ons betrokken bij belangrijke zaken zoals internationale gelijkheid en de strijd tegen het Amerikaanse imperialisme.' Tegenwoordig maken jongeren zich alleen maar druk over batterijkippen of het recht om feesten te mogen houden op straat.

'Het enige geweld dat wij ooit hebben gebruikt, was dat ene ei dat naar de Amerikaanse ambassadeur is gegooid.' Tegenwoordig kun je demonstranten niet onderscheiden van hooligans.

'… en wij waren zo wijs en zo geweldig en zo eerlijk en oprecht en blablabla…' Heel anders dan nu. Heel anders dan de jeugd van tegenwoordig.

Het kan zijn dat dat komt doordat die veteranen van de jongerenopstand vaak een jaar of vijf of tien ouder zijn dan ik. Wij leefden eigenlijk aan het einde van een periode, mijn vrienden en ik. Maar toch vind ik dat het niet helemaal klopt. Ik bedoel: ik weet niet veel meer over de jeugd van tegenwoordig dan wat ik op televisie zie of in de krant lees, maar het klopt niet met de beelden en herinneringen die ik van mijn eigen jeugd heb.

Ik bedoel: ja, natuurlijk demonstreerden we. Zodra we de kans zagen. Tegen de VS, tegen het automobilisme, tegen kernenergie, tegen het kapitalisme en de commercialisering en vóór het volk van Vietnam en Chili en Griekenland en de zwarten in Zuid-Afrika en de vrede en het milieu en de liefde. En nog veel meer. Ja, natuurlijk dachten we dat we het antwoord wisten op alle vragen. Ja, natuurlijk rekenden we onszelf tot links. Ja, natuurlijk hoorden we bij een beweging. Maar alle communisten waren gewoon academische dikdoeners die Lenin aanhingen of Mao of andere dictators en massamoordenaars. Dat begrepen we. Wij waren anarchisten. Of vrije socialisten. Thoreau, Bakunin en Kropotkin waren onze politieke huisgoden.

Het ging ook om een revolutie in je hoofd.

Het ging erom dat je de revolutie leefde, niet alleen erover praatte.

Het ging ook om het kunstmatige paradijs. Het ging om hasj, het ging om LSD, het ging om kleine witte vrolijke pilletjes.

Het ging erom dat gesloten deuren opengingen.

Het ging erom dat je sleutels vond.

Het ging erom dat je lol had.

Hoe anders is het nu? Ik weet het niet en jij kunt het natuurlijk ook niet weten. Nu zijn er computers en mobieltjes en skinheads en bendes en nieuwe synthetische drugs en nieuwe muziek en hele stadsdelen vol mensen die hun wortels hebben in de Balkan of in Afrika, of Azië, of Zuid-Amerika. Dat had je toen nog niet.

De wereld is zo anders. Het communisme is dood. Denk ik. De markt en het kapitaal hebben overwonnen. Iedere Zweed bezit aandelen. De nieuwe vijand heeft een baard en een snor en bidt tot Allah. Die ontwikkeling hadden wij ons in onze wildste of ergste fantasieën niet kunnen voorstellen toen wij zeventien waren. Hoe zal de wereld er over dertig jaar uitzien? En hoe anders is het om nu zeventien te zijn?

Ik merk dat ik college geef. Sorry. Ik zal proberen het niet te doen. Maar dat komt doordat ik zoveel heb nagedacht over dit soort dingen, doordat ik heb nagedacht over de tijd die mij heeft gevormd. Ik zal proberen te vertellen. Meer gebeurtenissen, minder overpeinzingen.

20

Ik herinner me opeens iets. Ik herinner me opeens iets wat ik was vergeten. Vreemd.

Ik herinner me opeens dat we op een zonnige voorjaarsdag op een grasveldje in het Slottspark zaten, Per-Inge en ik. We waren high en vrolijk, we gooiden steentjes in de gracht en de verschillende plonsgeluiden maakten ons gelukkig, we giechelden als idioten en we zagen dat de ringen in het water patronen vormden van cirkels in cirkels met raakpunten.

Daarna gingen we op onze rug in het gras liggen en praatten over de jongerenopstand, over de oorlog tussen de generaties.

'Stel je voor dat wij kinderen krijgen, stel je voor dat wij ouders worden, stel je voor dat onze kinderen de ergste opstand beginnen die ze kunnen bedenken.'

'Waarom zouden ze dat willen? Zij zullen leuke ouders hebben, wij zullen leuke vaders zijn, we zullen samenleven met een heleboel andere mensen, we zullen onszelf niet opsluiten in een flat en hen dwingen naar slechte televisieprogramma's te kijken. Wij zullen onze kinderen vrijlaten, we zullen niet proberen om hun leven te sturen.'

'Ja. Maar… maar stel je eens voor dat het een natuurwet is. Dat kinderen zichzelf moeten vrijmaken. Dat kinderen ergens tegenin moeten gaan. Stel je dan onze kinderen voor, ze hebben vaders met lang haar die de hele tijd hasj roken en op blote voeten lopen, naar rockmuziek luisteren, dansen en in de grote, universele revolutie geloven. Wat moeten onze kinderen dan doen als ze in opstand willen komen?'

'Hun hoofd kaalscheren.'

'Legerlaarzen en uniformen dragen.'

'Naar militaire muziek luisteren.'

'Het Zweedse volkslied zingen.'

'In rijen lopen. Een leider volgen.'

'Alcohol drinken.'

'Houd op! Wat een nachtmerrie. Maar zo zal het nooit gaan, want de nieuwe mens zal de nieuwe wereld creëren, zonder grenzen en zonder klassenverschillen. Halleluja.'

'Halleluja broeder. Tijd voor een blowtje.'

'Halleluja, prijs de Heer. Bevrijd ons van alle sombere ondergangsfantasieën. Leer ons hier en nu te leven.'

'Tot in de eeuwigheid, amen.'

Het is waar. Dat zeiden we toen. Ik was het vergeten. Hm. In dat geval zullen de kinderen van de skinheads en leden van de Zweedse Nationalistische Partij vrolijke, langharige anarchisten worden die de Zweedse vlag verbranden. Nee, zo eenvoudig is het natuurlijk niet.

Maar ik herinner me dat we dat zeiden. Bij wijze van grap, als het ergste, domste, meest onwaarschijnlijke toekomstbeeld dat we konden bedenken.

21

'Zo. Daar ben ik weer. Nu zullen we eens kijken of we hier uit kunnen komen.'

Pas als de verpleegkundige een stoel bijtrekt en tegenover mij gaat zitten, zie ik het naamplaatje op haar jas. Zuster Anna. Aha. Ze is de kamer binnengekomen, heeft jouw pols en ademhaling gecontroleerd, even aan je geschud en een zwak gekreun als reactie gekregen. Nu zit ze met een groot notitieblok op haar schoot en een pen in haar hand.

'Als eerste wil ik graag uw naam en persoonsnummer weten.'

'Göran Persson. 550119-4196.'

Ik buig me naar haar toe en fluister:

'Ik ben niet de minister-president van Zweden.'

'Dat zie ik,' zegt ze zonder een spier te vertrekken.

'Precies,' fluister ik, 'want die is veel dik…'

'En dit is uw zoon die hier ligt,' onderbreekt zuster Anna mij.

Ik knik.

'En hij heet Jonatan Persson?'

Ik knik.

'Geboren?'

Ik knik en lach, maar zuster Anna is nu heel serieus en heel stijf. Honderd procent vakvrouw.

'Hij is geboren op 5 december 1983,' zeg ik. 'Hij is zeventien.'

'831205,' zegt ze. 'En de laatste vier cijfers?'

'Dat weet ik niet. Dat kan ik me niet herinneren.'

Zuster Anna kijkt op en bestudeert me. Ze kijkt volkomen neutraal, haar gezicht is volkomen vlak en leeg. Ik begrijp het niet, hebben wij elkaar niet net de vroegste herinneringen uit onze jeugd verteld, wat is er gebeurd? Misschien is ze gewoon moe, denk ik, misschien heeft ze een vermoeiende nacht gehad op de eerste hulp.

'Hij komt er wel weer bovenop,' zegt ze. 'We gaan ervan uit dat het een alcoholintox is en niets anders. Dronkenschap dus. Al zijn waarden worden weer normaal, zijn bloeddruk en hartslag zijn goed. Het bewustzijnsniveau neemt ook toe. Geen uitwendige verwondingen, er zit wat bloed op zijn trui, zoals je ziet, maar hij is niet gewond. Het kan zijn dat zijn toestand is veroorzaakt door een combinatie van alcohol en pillen. Gebruikt hij?'

Ik schud mijn hoofd.

'Wat weet u over zijn gebruik van verdovende middelen? Drinkt hij veel? Vaak? Weet u met wie hij omgaat, kent u zijn vrienden?'

Nu zal ik het snel moeten vertellen, denk ik. Dan zucht ik, schud mijn hoofd en zeg:

'Niets. Nee, daar weet ik niets van.'

'Niets?'

Ik schud mijn hoofd en kijk naar beneden, naar haar witte klompen.

'Ik vraag het voor hem. Zodat wij Jonatan zo goed mogelijk kunnen helpen. Niet uit nieuwsgierigheid.'

Dat begrijp ik wel. Denkt ze dat ik een dom, koppig kind ben?

'Wist u iets over zijn plannen voor gisteravond?'

Ik schud mijn hoofd.

'Gebruik hij medicijnen? We hebben natuurlijk gecontroleerd of hij geen diabetes heeft. Maar lijdt hij aan een andere chronische ziekte?'

Ik moet het vertellen.

'Ik weet niets,' fluister ik. 'Ik ken hem niet.'

'Wat?'

Ik merk dat haar spieren zich spannen van verbazing en onrust, ze zit maar een meter van me af, opeens klaar om te vluchten.

'Ik ken hem niet,' herhaal ik. 'Hij is mijn zoon, maar ik ken hem niet.'

Als ik opkijk, zie ik een verontwaardigde rimpel boven zuster Anna's neus. Maar ik zie ook dat ze zich weer ontspannen heeft, het kleine beetje angst is vervlogen, het is weg, alsof het haar nooit heeft getroffen. Ik kan het niet laten om te lachen, en mijn lach zorgt ervoor dat haar ogen smal en streng worden.

'Ik heb hem elf jaar niet gezien,' leg ik uit; ik zucht opnieuw. 'We zijn gescheiden toen hij vijf was, zijn moeder en ik.'

Zuster Anna kijkt me aan en wacht tot ik verderga.

'Ik... ik heb problemen gehad,' zeg ik.

Nu wordt ze niet bang. Nu blijft ze zitten. Ze vertelt:

'Hij had uw telefoonnummer op een briefje in zijn achterzak, daarom heeft de politie u gebeld. Geen portemonnee, geen identiteitsbewijs. Misschien is hij beroofd. Maar zoals ik al zei, geen sporen van geweld.'

Ik knik. Dan schud ik mijn hoofd.

'Ik... ik zou hem niet herkend hebben als ik hem op straat was tegengekomen,' zeg ik en het irriteert me als ik hoor dat mijn stem dik wordt.

Ik wend me van haar af. Ik wil haar dikke, in het wit geklede medelijden niet.

'Dat wist ik niet,' zegt ze.

Ik knik en doe mijn ogen dicht. Zucht. Strijk met mijn rechterhand over mijn gezicht, wrijf over mijn ogen en mijn neus.

'Waar woont hij?' vraagt zuster Anna nadat ze even beleefd heeft gezwegen.

'Hij woont bij zijn moeder en haar nieuwe gezin,' zeg ik zonder mijn ogen te openen. 'In Falsterbo. Dat geloof ik tenminste. Hij is pas zeventien, hij zit nog op school.'

'In dat geval moet ik u de naam en het adres van zijn moeder vragen. En het telefoonnummer. Wij moeten natuurlijk contact met haar opnemen. Misschien kan zij ons de informatie geven die… die… u niet…'

Ik knik, strek me en kijk haar recht in de ogen. Je bent een vreemdeling geworden, zuster Anna, we zijn vreemdelingen voor elkaar geworden.

'Karin Hoff,' zeg ik. 'Zo heet zijn moeder. Ik hield van haar. We hebben elkaar leren kennen toen ik zeventien was. We hebben zeventien jaar samengeleefd. Is dat niet vreemd?'

Ik grijns en blijf zuster Anna aanstaren, maar nu lukt het me niet meer om haar van haar stuk te brengen; koppig en professioneel zit ze te wachten met haar pen in de aanslag. Dus haal ik mijn schouders op en lach een scheef clownslachje. Dan krijgt ze het adres.

'Maar ik weet niet of ze nu een andere achternaam heeft.'

Zuster Anna knikt.

'We vinden haar wel.'

Ze slaat het notitieblok dicht en staat op.

'Er komt af en toe een verpleeghulp bij Jonatan kijken. Het kan zijn dat hij moet braken; als dat gebeurt, moet u hem helpen. U kunt altijd bellen. We wachten nog op een paar uitslagen, maar zoals ik al zei…'

Zonder haar zin af te maken verlaat ze de kamer en doet de deur achter zich dicht.

Je ligt waar je ligt. Je ademt.

Ik heb dus niet meer zoveel tijd, we hebben niet meer zoveel tijd samen. Wat ik wil vertellen, moet ik vertellen voordat Karin komt.

Dan moet ik gaan. Dan moet ik weg zijn.

Waarom had je mijn telefoonnummer bij je?

Wat heb je gedaan, waarom lig je hier?

Van wie is dat bloed?

22

Ik moet vertellen. Daarom had je mijn telefoonnummer bij je, zodat ik hiernaartoe zou komen om te vertellen. Hoor je me? Ik weet dat je me hoort. Nu zal ik verder vertellen.

Natuurlijk belde ze.

'Er is een jongedame aan de telefoon voor jou,' zei mijn moeder en uit de tevreden klank in haar stem kon ik duidelijk de hoop opmaken dat een lief vriendinnetje ervoor zou zorgen dat ik de hippievrienden vergat met wie ik al mijn vrije tijd doorbracht.

Ik rukte de telefoon uit mijn moeders hand en gebaarde dat ze weg moest gaan.

'Hallo. Ik ben het, Karin. Herinner je je mij nog? Je bent me hier een keer 's nachts komen opzoeken…'

Toen ik haar stem in mijn oor hoorde, werd ik stom. Ik had vier-entwintig uur gewacht, ik had niets anders gedaan dan wachten, ik had honderd manieren bedacht om het mooi te formuleren, ik had woorden en zinnen bedacht die ik tegen haar wilde zeggen, maar in een fractie van een seconde was mijn hoofd zo leeg als een pingpongballetje.

'Eh…' zei ik.

Wat er die zaterdag was gebeurd, was onwerkelijk geworden, als een droom, als een sprookje, als een dunne sliert rook aan de hemel, als een niets. Bestond ze echt in werkelijkheid?

'Hallo! Ben je er nog?'

'Mm,' zei ik en ik merkte dat ik stond te knikken alsof ze tegenover me stond en me kon zien.

Toen moest ik opeens lachen en ik werd wakker uit mijn verdoving.

'Ja, ik geloof wel dat ik me je herinner,' lachte ik. 'Karin, zei je toch? Jij bent toch dat rijke grietje dat het ging uitmaken met haar oude, vervelende vriendje, of niet?'

Wat? Wat zei ik? Waarom zei ik dat? Dit leek helemaal niet op al die mooie, gevoelige dingen die ik had bedacht, nu zou ze boos worden, of verdrietig, nu zou ze de hoorn erop gooien, nu zou ik nooit…

'O, wat zijn we bijdehand,' lachte ze in mijn oor.

'Sorry,' zei ik. 'Dat wilde ik helemaal niet zeggen, ik was alleen zo… blij en… in de war… toen ik je stem hoorde.'

'Wat wilde je dan zeggen?' vroeg ze.

Nu aarzelde ik niet.

'Dat ik je wil zien. Dat ik aan je heb gedacht. Dat ik… dat ik naar je heb verlangd.'

Het werd stil aan de andere kant van de lijn. Toen zei ze:

'Jij weet wel wat een meisje wil horen.'

Ik hoorde aan haar stem dat alles goed was. Alles was heel goed.

We praatten drie uur lang. Praatten en lachten. Mijn rechteroor klopte en het was vuurrood, dat zag ik in de spiegel in de hal toen ik had opgehangen. Ik was zo gelukkig als maar kon en ik maakte een paar danspasjes naar de keuken waar mijn moeder zat te wachten met het eten en een listig moederlachje op haar lippen.

We hadden afgesproken voor de volgende dag, Karin en ik. We zouden allebei spijbelen en de boot naar Kopenhagen nemen. Ik was verliefd en gelukkig. Ik was zo verliefd en gelukkig dat ik pas toen ik die avond laat in mijn bed lag, bedacht dat ze niets had gezegd over haar vriendje. Bestond hij nog? Was hij voormalig? Ex?

Alleen al van de gedachte dat hij had bestaan werd ik ijskoud. Had hij ook bij haar op de matras gelegen, had ze met hem ook gedaan wat ze met mij had gedaan? Ik castreer die klootzak, dacht ik. Love, peace and understanding zweefden weg als drie heliumballonnen.

Hij heette Claes. Hij was natuurlijk communist. Marxist-leninist-maoïst. Lang, dun, pukkelig, en hij droeg overhemden zonder kraag. Hij was een paar jaar ouder dan Karin, ze hadden elkaar leren kennen bij het Vietnambevrijdingsfront. Hij was zo'n jongen die zou willen dat zijn vader een eenvoudige lasser was in plaats van rector en dat zijn moeder een door het werk versleten schoonmaakster was in plaats van afdelingspsycholoog. Hij verdween niet zo snel uit Karins leven als ik had gewild.

'Hij was zo wanhopig,' vertelde Karin. 'Hij voelt zich zo in de steek gelaten. Ik ben bang dat hij iets doms zal doen. Ik kan hem niet zomaar weggummen uit mijn leven.'

Jawel, dacht ik. Ik wil dat hij verdwijnt. Dat hij in rook opgaat. Dat hij naar China emigreert. Dat hij een pijnlijke dood sterft. Het maakt niet uit wat. Maar dat kon ik natuurlijk niet zeggen. En ik kon ook niet zeggen dat ik niet wilde dat ze hem zag. Je kunt iemand anders niet bezitten, je hebt niet het alleenrecht op een ander mens. Dat was altijd nog de regel die gold. Karin was ook communist. Ze had de basiscursus gedaan en zat boordevol citaten van Marx, Engels, Lenin, Stalin en Mao. Ze kon vertellen over het imperialisme, het materialisme, het idealisme, de dialectiek, het revisionisme, het eenheidsfront, de dictatuur van het proletariaat en nog veel meer. En dat deed ze graag. Maar ik was een slecht luisteraar. Ik was tot over mijn oren verliefd, de verliefdheid sloot mijn oren en ik keek naar haar lippen en haar hals terwijl haar woorden wegzweefden als glinsterende zeepbellen.

'Je moet zien waar alle tegenstellingen eigenlijk om draaien, er zijn een heleboel kleine strijden te strijden, de strijd voor gelijkheid tussen de seksen en de strijd voor het milieu bijvoorbeeld, maar die mogen geen van alle zo gevoerd worden dat ze een belasting vormen voor de belangrijkste strijd, de strijd voor een socialistisch Zweden.'

'Mm,' zei ik en er ging een rilling van geluk door me heen omdat ik net het puntje van haar verrukkelijke kleine tong had gezien.

'Luister je wel? Kun je me volgen? Heb je een mening?'

Ik schakelde mijn sensuele gedachten uit en probeerde mijn verstand in te schakelen.

'Hoe?' zei ik nadat ik even had nagedacht.

'Wat?'

'Hoe voer je die strijd?' vroeg ik.

Als iemand anders de dingen had gezegd die zij zei, dan had ik met spot en verachting geantwoord; dat deed ik natuurlijk niet omdat het Karin was, maar ik was niet bang om de discussie aan te gaan. Ik vertrouwde al op de liefde. Ik was een idealist.

'Je bewapent je met argumenten. Je leert van de geschiedenis. Je brengt de leugens aan het licht,' antwoordde ze snel en zonder aarzelen.

'Gepraat dus,' snoof ik. 'De strijd wordt gevoerd met gepraat.'

'Wat vind jij dan? Moet je kapitalisten vermoorden en winkels laten exploderen en gijzelaars nemen zoals de Baader-Meinhof groep in West-Duitsland? Dat is geen revolutionaire strijd, dat is gewoon geweldsromantiek, dat zijn gewoon egoïstische terroristen die totaal geen verankering hebben in de arbeidersklasse en de massa.'

'Nee,' zei ik. 'Ik vind dat je strijd moet voeren door je manier van leven. Je manier van zijn. Iedere lach is een bom onder de kapitalistische zwijnen. Ieder gelukkig mens is een rebel. Je voert de strijd door je erbuiten te plaatsen, door alternatieven te creëren.'

'En hasj roken is een revolutionaire actie?' zei ze met een spottende klank in haar stem.

'Jazeker,' zei ik.

'Het individuele geluk of de romantiek van drugs hebben toch niets met de strijd te maken, kijk maar naar de geschiedenis, kijk maar hoe de maatschappij…'

'Geef me een kus.'

'Nee, luister nou…'

'Geef me een kus. Toe. Als ik nu een kus krijg, zal ik een uur lang met je over Hegel praten.'

'Oké dan.'

Zo ging ons gesprek ongeveer. Misschien niet zo vormelijk, maar zo had het ongeveer kunnen klinken. Toen kenden we elkaar natuurlijk al een paar maanden, we hadden elkaar beter leren kennen, aan elkaar gesnuffeld, we waren dichter bij elkaar gekomen. Tijdens de zomervakantie hadden we elkaar iedere dag gezien. We waren een stelletje. We hadden iets met elkaar. Zij ging nog steeds naar haar bijeenkomsten en ik zat nog steeds met mijn vrienden te blowen in Mattssons appartement of in het Kungspark, maar het grootste deel van onze tijd brachten we samen door.

We hadden iets met elkaar. Een keurig meisje uit de betere klasse dat communiste was en een jongen uit de middenklasse die hippie was. We probeerden elkaar niet op te voeden. Of toch? Ja, misschien wel.

Ik begreep algauw dat het mij niet zou lukken om Karin in te passen in het leven met mijn vrienden. In Mattssons ogen waren er drie dingen die haar diskwalificeerden:

Ze was een meisje. Ze was communiste. En ze woonde in Bellevue.

Wij leefden in een jongenswereld. Jongenspraat en jongensgrappen. Meisjes begrensden ons, hinderden ons, beperkten onze vrijheid. En het vormen van stelletjes was niet onze droom – eerder andersom. Als we de verliefde stelletjes op onze school bekeken, konden we constateren dat verliefdheid inhield dat je dom werd, dat je je isoleerde van de rest van de wereld, en wij konden allemaal getuigen dat het kerngezin een gevangenis was. Wat we van communisten vonden, heb ik al verteld. We waren net voldoende klassenbewust om te weten wat voor snobs uit de betere klasse in de villa's in Bellevue woonden.

Voor mij was dat allemaal niet belangrijk meer. Ik had de liefde leren kennen. Het was alsof ik net bekeerd was, alsof ik het licht had gezien. Maar ik wilde mijn oude leven nog niet opgeven.

'Ze vinden me gewoon een dom wicht en een rijke snob,' zuchtte Karin toen we voor het eerst samen in Mattssons appartement waren geweest. Ze probeerden me gewoon de hele tijd belachelijk te maken, merkte je dat niet? Maar die Per-Inge leek me wel aardig.'

Ik knikte. Alles wat ze zei was waar. Maar ik was niet bereid om te kiezen. Nog niet.

23

Begrijp je wat ik zeg? Ontstaan er beelden in je hoofd?

Er is zoveel dat ik wil vertellen, er is zoveel waarvan ik wil dat jij het begrijpt. En ik heb maar weinig tijd, ik moet kiezen uit alle beelden die bovenkomen in mijn herinnering, ik moet proberen duidelijk te zijn. Maar ik ben bang dat het me niet lukt, ik heb het gevoel dat ik een vervelende leraar ben geworden die probeert om veel te veel feiten in een veel te korte les te proppen. Vergeef me. Ik doe mijn best.

Ik merk ook nog iets anders als ik mezelf hoor. Ik probeer een charmante held van mezelf te maken. Alsof ik een heldenverhaal aan het vertellen ben. Vrienden, avonturen en liefde. En drugs. Een spannend toneelstuk, een vrolijke liefdeskomedie met Göran Persson in de hoofdrol. En zelfs wat poep- en pieshumor.

Dat is niet mijn bedoeling. Ik heb me eigenlijk maar een paar keer in mijn leven een hoofdpersoon gevoeld, meestal moest ik zielige, oninteressante bijrollen spelen. Maar nu vertel ik over mijn eerste grote liefde en zo gaat het immers met verliefdheid, ineens voel je je een koning. Een ander maakt dat je je goed voelt. Dat je je waardevol voelt. Als je het hebt meegemaakt, begrijp je wat ik bedoel. Ik heb begrepen dat dit mijn enige kans is in het leven om aan jou te vertellen. Je hoort mijn woorden toch, je begrijpt toch wat ik zeg? Ja, ik weet dat je me hoort en begrijpt.

Een samenvatting van wat ik tot nu toe heb gezegd: Ik heb een veilige rijtjeshuisjeugd gehad in de jaren vijftig en zestig. In de vierde klas van de middelbare school leerde ik Mattsson, Per-Inge en Jonny kennen, begon ik hasj te roken en belandde in het hippiewereldje. Algauw had ik haar tot op mijn schouders en de rafeligste spijkerbroek van de hele stad. Ik fotografeerde. In mei van dat jaar ontmoette ik Karin, zoals ik heb verteld. Haar ouders woonden in een van de mooiste villa's in Bellevue, zelf had ze een tuinhuisje in een hoekje van het grote park. Zij ging na de zomer naar vier vwo, ze was een jaar jonger dan ik. Tijdens mijn twee laatste jaren op het vwo was ik maar eenderde van de tijd op school, de twee andere derden bracht ik door met hasj roken met mijn vrienden en op een matras liggen met Karin. Toen moest ik kiezen. Ik koos Karin. Toen begon ons leven samen.

Ik moet nu wat sneller door de geschiedenis heen gaan. Ik wil bij jou komen. Maar eerst moet ik vertellen over onze week in het kamp op Samsö in augustus 1973.

24

We hadden het kleine aanplakbiljet in 'Het Huis' in Kopenhagen op een mededelingenbord zien hangen. De Nieuwe Maatschappij. Zomerkamp en festival.

Een groot feest en een nieuwe maatschappij. Ze beloofden vrijheid, blijdschap, liefde, muziek en saamhorigheid. Op het kleine eiland Samsö tussen Sjælland en Jutland. Ja, we dachten dat het wel iets voor ons was. Het kamp zou de hele zomer duren. Mattsson, Per-Inge en Jonny pakten hun rugzakken en gingen er meteen na het midzomerfeest in juni naartoe en ik beloofde dat ik ze achterna zou komen.

Het duurde even voordat ik Karin had overgehaald, maar begin augustus namen we de trein vanaf het centraal station van Kopenhagen naar Kalundborg en daarvandaan een kleine veerboot naar Samsö. Ik had een warrige ansichtkaart van mijn vrienden gekregen met een routebeschrijving. Vanaf de aanlegplaats van de boot zetten we er flink de pas in, het was een hete zomerdag en we liepen te zweten onder onze bepakking. Maar we hoefden niet ver te lopen. Toen we een bocht in de weg door waren, zagen we het kamp liggen op een veld. Honderden kleine tentjes, een paar grote circustenten, militaire tenten en bussen en auto's ervoor. Er stonden ook veel oude, beschilderde bussen op het kampeerterrein. Dunne rook van kampvuurtjes kringelde omhoog naar de blauwe lucht, je hoorde muziek, gitaren, rinkelbelletjes en tamboerijnen, er klonk een krakerige stem door een slechte luidsprekerinstallatie, de geur van brandhout, biologisch-dynamische soep en wierook verspreidde zich over de velden, ja, en natuurlijk de geur van hasj. We bleven staan, ik haalde mijn camera tevoorschijn en maakte een paar foto's. Van een van die foto's heb ik later een goed gelukte vergroting gemaakt, grofkorrelig met fijne grijstinten. Die heb ik ingelijst, hij is mijn hele leven met me meegereisd, toen jij klein was hing hij in de keuken, het was een foto die mij door het leven is gevolgd totdat de lijst werd gebroken en hij werd verscheurd.

Nou, we liepen dus naar het kamp en gingen door een grote poort. *Welkom in de nieuwe maatschappij* stond er op een bord.

'Welkom in de nieuwe maatschappij,' zei ik tegen Karin.

Ze gaf geen antwoord, ze stond alleen met grote ogen rond te kijken.

Er was veel te zien, ja. De eersten die wij tegenkwamen was een groep keurig geklede Japanse toeristen die liepen te zweten in de zon, de mannen in hun pakken staarden naar twee jonge vrouwen die met blote borsten voor hen stonden te dansen terwijl de Japanse echtgenotes hun blik afwendden en sneller begonnen te lopen naar de bus die buiten het kamp op hen stond te wachten. Toen kwamen we bij een open plek met een gigantisch mededelingenbord dat helemaal bedekt was met briefjes en aanplakbiljetten. Ik dacht dat Mattsson en de jongens misschien een berichtje voor ons hadden opgehangen, dus ik trok Karin mee daarnaartoe om te kijken. Nee, er was niets voor ons bij, maar wel veel andere interessante mededelingen in het Deens:

Poepen in de natuur? Dat doe je als volgt: haal een schop – graaf een gat – leeg je darm – bedek het gat – laat de schop staan.

Hasjcake 1,5 gram voor 8 kronen. Uitstekende LSD. Preben in de Nepalstraat.

Welkom in het Samsøkamp! Leest u alstublieft eerst deze groet voordat u het kamp betreedt. Wij zijn mensen, geen dieren. Wij hebben ervoor gekozen om een nieuwe maatschappij te creëren, een gemeenschap die misschien andere waarden en normen heeft dan die waarin u leeft. Wij hopen dat u ons recht om deze keuze te maken respecteert! Kom bij ons zitten. Praat met ons, dans met ons, wees blij met ons.

De liefdestent is geopend bij de supermarkt.

Probeer na een LSD-trip bijvoorbeeld eens gezonde, voedzame aarbeienmoes! Te koop bij de supermarkt!

'Ik begrijp er niets van,' zei Karin en ze wilde me meetrekken.
'Begrijp jij geen Deens?' zei ik verbaasd. 'Ik dacht dat iedereen die in Malmö woonde Deens kende.'
'Ik niet. Kom nou.'
Ik herinner me de briefjes op het mededelingenbord omdat ik daar ook foto's van heb gemaakt. Een van die foto's werd trouwens opgenomen in de tentoonstelling *Love, peace and understanding* in het Hasselblad Center in Göteborg in 1978.

We liepen verder door het kamp. Overal waren mensen en tenten, het leek wel of je een droomwereld binnenstapte, vond ik. Waar ik maar keek gebeurde iets: hier was een groepje blote kinderen een hoge toren aan het bouwen van planken en jutezakken, daar stonden twee dikke boeren in overalls luid te discussiëren met een langharige naakte jongen die over zijn hele lijf was beschilderd, daar danste een vrouw in alleen een slipje, ze danste met haar ogen dicht op de muziek van twee jongens die op een Indiase trommel en een fluit speelden, daar voor een tent zat een groepje dat een chillum liet rondgaan, daar renden een paar kippen de weg over, achternagezeten door een schurftige hond, daar stond Moeder Aarde & Zonen met haar bus, ze serveerden biologisch-dynamisch eten, daar werden kralenkettingen en aardewerken schalen verkocht, daar kwam een groep monniken gekleed in oranje gewaden aanlopen, daar wapperden rode, zwartrode en zwarte vlaggen, daar was een podium, daar was een klein postkantoortje, daar waren douches waar mannen, vrouwen en kinderen door elkaar stonden te douchen, daar werd eten geserveerd en daar, voor een versleten oude tent, lag Per-Inge op zijn rug naar de lucht te staren, helemaal naakt, met een vriendelijke glimlach op zijn lippen.

'Ik zie dat je bent bekeerd tot het taoïsme,' zei ik, wijzend op de yin-en-yang-symbolen die op zijn borst waren getekend.

'Voor de helft,' zei hij rustig; hij leek totaal niet verrast ons te zien. 'Van achteren ben ik anarchist.'

Per-Inge draaide zich op zijn buik en liet ons de zwartrode ster zien die zijn rug bedekte. Toen vloog hij overeind en omhelsde ons.

'Göran, ouwe rakker! En Karin, lieve schat van me! Weten jullie wat ik heb gevonden?'

'Nee.'

'Mijn derde oog. Ieder mens heeft een derde oog, maar we zijn vergeten hoe we het moeten gebruiken.'

'Aha,' zei ik.

'En dan bedoel ik niet het oog dat we in onze kont hebben,' ging Per-Inge verder, 'maar dat wat in ons voorhoofd zit. Je moet het alleen weten te vinden. En het opendoen.'

'Waar zijn de anderen?' vroeg ik.

'Mattsson is waarschijnlijk aan het neuken in de liefdestent en Jonny is denk ik LSD aan het gebruiken met een paar Schotse jongens die hij heeft leren kennen. Göran, verdomme, wat leuk dat je er bent man, we zullen eerst eens even een welkomstjointje draaien en dan…'

'Hoe… hoe is het hier?' vroeg Karin. 'Wat doen jullie hier?'

Per-Inge staarde haar aan alsof hij de vraag niet begrepen had. Toen dacht hij na en schonk haar een witte lach:

'Dit is de nieuwe maatschappij,' zei hij en zijn lach werd steeds stralender. 'Er wonen hier tweeduizend mensen. Maar er is geen politie, want dat is niet nodig, want iedereen is aardig. Iedereen deelt alles. Geen kapitalisme. Geen boeven. We dansen en luisteren naar muziek en praten en zijn de hele tijd zo high als maar kan. Zo kun je leven. Dit is de nieuwe maatschappij. Er zijn maar twee problemen, het ene is dat die Hare Krishna-figuren overal herrie lopen te maken en hun afgrijselijke eentonige liederen zingen, en het andere is dat er de hele tijd toeristen naar ons lopen te staren. Vandaag kwam er zelfs een buslading idiote Japanners, snappen jullie dat, ze komen helemaal uit Japan om naar ons te staren, we zijn wereldnieuws geworden, ja verdomme, en ze droegen allemaal dezelfde pakken en hadden allemaal dezelfde camera's en ze liepen tieten te fotograferen totdat de mensen het zat werden en hen wegjaagden, ja verdomme…'

Hij schaterde.

'We hebben ze gezien,' knikte ik.

Karin en ik zetten ons kleine Tarfala-tentje op naast die van hen en na een paar dagen begonnen we te wennen aan De Nieuwe Maatschappij en, ja, alles wat Per-Inge had gezegd klopte. Zo kon je leven. Eigenlijk willen mensen graag in vrede met elkaar leven. Eigenlijk willen mensen lachen en dansen en liefhebben en vrij zijn. Diep vanbinnen is de mens goed. Je kunt een nieuwe wereld creëren.

Zelfs toen iemand onze tent was binnengedrongen en Karins tas en haar geld had gestolen, twijfelde ik niet. Natuurlijk waren hier ook gekken, we kwamen immers allemaal uit die kille wereld daarbuiten, natuurlijk kon je De Nieuwe Mens niet in een paar weken creëren. Maar Karin was boos:

'Je zei toch dat ik mijn spullen in de tent kon laten liggen.'

'Ik weet het, maar…'

'Ik wil naar huis,' zeurde ze.

'Maar… De school begint pas de twintigste…'

'Ik moet naar huis. Ik heb tegen mijn moeder gezegd dat we met het vliegtuig naar de Costa del Sol gingen. Ik moet morgen thuis zijn.'

En zo gebeurde het. Met tegenzin pakte ik mijn rugzak en toen wandelden wij de nieuwe maatschappij uit, terug naar de oude.

Toen we in de trein naar Kopenhagen zaten, dacht ik weer: Ja, nu weet ik dat het kan. Je kunt een nieuwe wereld creëren. Nu heb ik gezien dat het kan.

Ik was gelukkig. Er was hoop, ondanks alles.

Karin was de hele reis erg stil. Ze keek naar het vlakke Deense landschap aan de andere kant van het treinraam.

Vele jaren later, toen ons gemeenschappelijke leven uiteenviel, vertelde ze dat die week op Samsö de ergste week van haar leven was geweest. Ze was de hele tijd doodsbang geweest, zei ze. Ze had alleen maar vuil en rotzooi en drugs gezien, zei ze. Ze had daar

alleen ongelukkige, eenzame en verwarde mensen gezien, zei ze.
De nieuwe maatschappij, snoof ze, het was gewoon een grote
groep vervelde stadsjongeren die op padvinderskamp waren.

Ik weet het niet. Ik heb lange tijd geloofd dat daar iets was. Een
kracht, een wil. Ik heb de herinneringen en de beelden van die
zomerweek lange tijd als een soort droom, als een visioen bij me
gedragen. Nu zijn ze verbleekt en mijn toekomstdromen zijn klei-
ner en meer privé geworden. Precies genoeg geluk voor mezelf op
het einde, dat is wat ik wens, de nieuwe maatschappij is te ver weg
voor mijn gevoel.

Misschien had Karin gelijk, misschien was het alleen een avontuurlijk spel voor welvaartskinderen en kinderen van de overvloed. Ik weet het niet. Ik weet steeds minder.

25

Roesmiddelen. Misschien moet ik iets meer over roesmiddelen
vertellen.

Jij bent in het ziekenhuis beland vanwege roesmiddelen. Ik heb
jouw opgroeien gemist vanwege roesmiddelen. Of liever gezegd
één roesmiddel, in beide gevallen hetzelfde: Koning Alcohol. Het
middel van de dood.

Toen ik zeventien was leefde ik in een cultuur van roesmiddelen.
Maar toch waren de drugs niet het belangrijkst. Begrijp je dat? Ik
leefde in een gemeenschap waarvan roesmiddelen deel uitmaak-
ten. Die gemeenschap als eerste, dan de middelen. Ik heb vele honderden keren hasj en marihuana gerookt, ik heb het gegeten en ik
heb het gedronken in thee, ik heb cocaïne gesnoven, opium gerookt, ik heb verschillende soorten peppillen naar binnen gewerkt,
ik heb LSD-trips genomen en ik heb verboden paddestoelen gegeten.

Ik vertel dit niet om op te scheppen, of om mezelf bijzonder te maken. Oké, ik geef toe dat er een tijd was dat ik vond dat ik ervaringen had opgedaan die de meeste anderen misten, maar ik heb al heel lang geleden ingezien dat mijn gebruik van roesmiddelen gedurende een aantal jaren van mijn tienertijd niet iets is om trots op te zijn. Helemaal niet. Maar ik schaam me er ook niet voor. Nee. Ik heb veel, te veel dingen gedaan in mijn leven waar ik me voor moet schamen, of juist niet gedaan. Veel herinneringen zorgen ervoor dat ik een kleur krijg en dat ik tril van schaamte, maar niet het feit dat ik in die jaren verboden middelen gebruikte.

Of het niet gevaarlijk was? Levensgevaarlijk? Ik weet welke combinaties het gevaarlijkst zijn, waaraan de meeste mensen doodgaan. Ja, wij zagen om ons heen mensen wegkwijnen en doodgaan. Verslaafden. Ik was niet verslaafd. Natuurlijk is LSD een sterke drug en het is waar dat we nooit wisten wat we namen. Natuurlijk heb ik nog jaren lang natrips gehad, dan zat ik bijvoorbeeld in een kamer en zag ik opeens de muren en het plafond bubbelen en vormen en kleuren oplossen en door elkaar lopen. Natuurlijk is het gevaarlijk, levensgevaarlijk. Maar ik heb nooit geprobeerd om te vliegen, ik heb nooit angstaanvallen gehad, ik heb nooit ernstige psychoses gehad.

Of wij misdadigers waren? Een klein beetje maar, niet meer dan ik al heb verteld. Ik heb nooit in drugs gehandeld om mijn eigen gebruik te financieren. Ik heb natuurlijk wel gesmokkeld vanuit Kopenhagen en ik ben een paar keer bijna gepakt. Maar over het algemeen was het een drugsgebruik dat niemand stoorde, dat niets verstoorde voor anderen. Geen geweld, geen bedreigingen, geen schreeuwende bende die door de stad trok, geen vandalisme. Of… Gelden afgebroken mercedessterren als verstoring? In dat geval beken ik. Die spaarden we, in een plastic tas in het appartement van Mattsson.

'Als de tas vol is, krijgen we een bonus,' lachte Mattsson. 'Eine Reise nach Hamburg. Jawohl.'

Of het niet verslavend was? Jawel. Zelfs hasj werkt verslavend, wat ze ook zeggen. Maar toen onze gemeenschap ophield te bestaan, lukte het me om te stoppen, ook al duurde het jaren voordat de behoefte helemaal weg was. Het roken van tabak is een gewoonte waar je moeilijker van afkomt, dat was het tenminste voor mij.

We leefden in een cultuur van roesmiddelen. Ja, want we dachten dat het gebruik van bepaalde middelen niet alleen onszelf zou veranderen, maar ook de maatschappij. 'Legalize marihuana' was een even normale leus als 'De VS weg uit Vietnam'. Je werd aardig en vredelievend en vrolijk van hasj roken – aardige, vredelievende en vrolijke mensen zouden een nieuwe wereld creëren. We geloofden op de een of andere manier dat we de voorhoede waren van een historische ontwikkeling. 'Eerst was er slavernij en armoede en vrouwenonderdrukking, nu hebben we democratie en welvaart en gelijkheid en nu zijn de psychedelische drugs gekomen om de mensheid een stap verder te brengen.' Zo ongeveer. Wat wij niet wisten, was dat de Amerikaanse gevechtsvliegers een joint rookten voordat ze hun napalmbommen afwierpen boven de Vietnamese vrouwen en kinderen. Wat wij niet wisten, was dat juristen, rechters, militairen en politici in Amerika marihuana rookten als gezellige partydrug. Zonder dat ze er bijzonder aardig of vredelievend van werden. Wij hadden het mis, de maatschappij zou niet veranderen als meer mensen pot rookten, in ieder geval niet ten goede. Maar het is niet de gevaarlijkste en de ergste drug.

Ik heb veel verslaafden ontmoet, echte verslaafden, mensen die hebben toegelaten dat de drugs de macht over hen hebben overgenomen. Ik heb samen met verslaafden in de verschillende behandelprogramma's gezeten, we zaten in een kring en keerden onze levens binnenstebuiten. We bekenden elkaar dat we machteloos waren geworden in ons misbruik. Maar die verslaafden zijn een ander soort, ik herken mezelf niet in hun verhalen.

Het zijn altijd kinderen die slecht zijn behandeld, altijd dezelfde nare verhalen, altijd dezelfde oude waarheid dat mensen die zijn misbruikt zelf misbruikers worden. Zo ben ik nooit geweest.

Als ik mocht kiezen, zou ik wensen dat jij helemaal geen roesmiddelen gebruikt. In eerste instantie. In tweede instantie dat je je vrijheid en je onafhankelijkheid verdedigt, dat je geen slaaf wordt. In derde instantie dat de gemeenschap vóór de roesmiddelen komt.

Waarom sta ik hier een lezing te geven aan jou? Waarom speel ik de wijze leraar? Omdat ik wil vertellen over de gevaarlijkste van allemaal. De dodelijke combinatie.

Met de gevaarlijkste combinatie heb ik te veel ervaring. Nu zul je gauw het verdrietige, het beschamende en het vernederende deel van mijn verhaal te horen krijgen.

Eenzaamheid en alcohol. Dat is de combinatie waar ik het over heb. Ja, dat is de gevaarlijkste combinatie van allemaal.

Ik zucht, ik voel een ijskoude hand om mijn hart als ik jou daar zie liggen. Waarom ben je alleen? Waar zijn je vrienden, waarom heeft er niemand voor je gezorgd?

26

In 1974 was ik klaar met het vwo, maar ik wilde niet naar de universiteit. Het examen waarmee je toegang kon krijgen tot de universiteit was afgeschreven, was een overblijfsel uit de oude klassenmaatschappij waarin alleen de kinderen uit de betere klasse naar het vwo gingen en mochten studeren. Toch waren er maar vijf uit mijn klas die de studentenpet weigerden, die niet naar het examenbal gingen en die niet werden afgehaald met versierde paard en wagens of glimmende Amerikaanse auto's. Ik was natuurlijk een van de vijf die niet wilden meedoen.

'Maar doe het dan voor oma,' smeekte mijn moeder. 'Je kunt voor haar toch wel… Alleen een klein feestje voor de familie. En je mag de studentenpet van Krister lenen.'

'Ik pieker er niet over,' zei ik. 'Hij heeft trouwens een veel te dikke kop. Zijn pet zou mij niet eens passen.'
'Maar Göran, lieverd…'
'Geen sprake van,' zei ik en ik vierde dat ik mijn eindexamen had gehaald met mijn vrienden in het appartement van Mattsson.

Voor mijn oma wilde ik heel veel doen. Ik was dol op mijn oma. Oma Signe. Jij herinnert je haar natuurlijk niet, ze stierf voordat je een jaar was. Toen je nog maar een paar weken oud was, gingen we bij haar op bezoek in het bejaardenhuis. Ze nam je in haar armen en hield je in een stevige moedergreep, hoewel ze negentig was. Acht kinderen had ze zelf gekregen, drie waren al jong gestorven en twee later bij een ongeluk, ze had haar hele leven in armoede en ellende geleefd, ze was getrouwd met een man die dronk en haar sloeg, en nu was ze rimpelig, grijs, klein en dik, slechtziend en liep ze met twee stokken. Gekleed in een lichtblauwe schortjas, met afzakkende kousen en pantoffels aan haar voeten, stapte ze door de gangen, maar in haar hoofd was alles nog glashelder, ze was nog steeds geïnteresseerd in alles wat er in de wereld gebeurde en alles wat er met haar kinderen en kleinkinderen gebeurde. En ze wist nog hoe je een pasgeboren baby moet vasthouden. Haar oude lichaam herinnerde zich die greep zo vanzelfsprekend. Ik heb er een foto van gemaakt, die heb je vast wel eens gezien. Je ligt daar zo veilig in haar luciferdunne armen.

Tien jaar ervoor, toen ik van school kwam, was mijn oma tien jaar jonger, maar natuurlijk wel al oud.
'Wat ga je nu doen, Göran?' vroeg ze. 'Nu je klaar bent met school?'
'Ik zou wel wat willen reizen,' zei ik. 'Iets van de wereld zien.'
'Dat klinkt verstandig,' knikte mijn oma. 'Ga reizen nu je nog jong en sterk bent. Wie reist, leert iets. Maar die kleine Karin dan, wat vindt die ervan dat jij over de wereld gaat zwerven?'

'Maar ik kom toch terug,' zei ik.

'En daarna ga je natuurlijk studeren,' zei mijn oma. 'Ik hoorde dat je mooie cijfers hebt gehaald.'

'Ja. Maar ik weet nog niet wat ik daarna ga doen, ik heb nog niet besloten…'

'Nee, ik denk dat het niet makkelijk is om jong te zijn tegenwoordig,' zuchtte mijn oma, 'er is zoveel om tussen te kiezen…'

Ja, ik had goede cijfers gehaald, vreemd genoeg, aangezien ik, zoals ik al zei, het grootste deel van het laatste jaar gespijbeld had en me in plaats van aan school had gewijd aan liefde of illegale drugs. Ik had een gemiddelde van 8,4 voor mijn vwo. Als ik minder had gespijbeld, had ik wel een 9,8 gemiddeld kunnen halen. Dan had ik ook jurist kunnen worden of iets dergelijks, dan zou alles anders zijn geweest.

Als.

Wat een woord.

Ik hoorde laatst op de radio dat er historici zijn die onderzoeken hoe de wereld eruit zou hebben gezien *als* er iets anders was gebeurd. Als het Derde Rijk niet was vernietigd, als Caesar niet was vermoord, als de Cubacrisis tot een oorlog tussen de VS en de Sovjet-Unie had geleid. Wat een zeldzaam zinloze bezigheid, die onderzoekers zouden net zo goed Tetris kunnen spelen.

Als bestaat niet.

Oorzaak en gevolg bestaan, gebeurtenissen grijpen in elkaar, er bestaat een weefsel dat geweven moet worden, er bestaan puzzelstukjes die een patroon moeten vormen. Ik zeg niet dat het zin heeft, maar er zijn momenten geweest dat die gedachte mijn grootste troost was.

Dat ik nu hier bij jou zit te vertellen, wijst er toch ook op, of niet? Dat kan toch geen toeval zijn, of wel?

En jij? Je school bedoel ik, je cijfers? Welke richting doe jij? Gaat het makkelijk of moet je er hard voor werken? Voel je je ergens bij betrokken, vecht je ergens voor? Heb je plannen, toekomstplannen, plannen ten aanzien van een beroep?

Nee, ik kan je geen goede vaderlijke raad geven. Geen volwassen wijsheid. Het zou zelfs belachelijk zijn als ik dat probeerde, ik die zo vreselijk ben mislukt in mijn vaderschap en mijn volwassenheid.

Mijn beste raad heb ik je eigenlijk al gegeven: vermijd de combinatie alcohol en eenzaamheid.

27

Er gebeurde trouwens nog iets anders in het voorjaar dat ik eindexamen deed. Ik onderging mijn militaire keuring.

Mijn ervaring met de krijgsmacht beperkt zich tot een dag in Kristianstad.

Dat wij in dienst zouden gaan, was even ondenkbaar als dat we ons haar zouden millimeteren. Nul procent kans dus. Er deden allerlei wilde verhalen de ronde over andere jongens die we kenden die het voor elkaar hadden gekregen om te worden afgekeurd of die dienst hadden geweigerd, dus toen we op een kille ochtend vroeg bij Södervärn in een van de gehuurde bussen stapten, waren we nieuwsgierig en een beetje ongerust. Die bussen zouden ons en een stuk of honderd andere jongens naar het regiment in Kristianstad brengen, waar we gekeurd zouden worden. Honderd jongens waar Het Leger mannen van zou maken.

Per-Inge, Jonny en ik werden tegelijkertijd gekeurd, Mattsson was al geweest. 'Ik moest bij een officier komen en die zei verdomme dat ik hem een achterlijk machinegeweer moest geven dat in een hoek stond en ik zei dat ik dat weigerde en hij zei nog een keer dat ik hem het machinegeweer moest geven en ik zei nog een keer dat ik weigerde en toen mocht ik naar huis. Nu moet ik vast naar de gevangenis, eerst een maand, dan twee maanden, dan drie maanden, dan vier maanden en ik zal iedere dag in mijn kont worden geneukt door criminelen die een hekel hebben aan langharige dienstweigeraars.'

Dat had hij verteld, en nu was het onze beurt.

Toen we aankwamen, moesten we in een rij gaan staan. We kregen allemaal een houten bord met een nummer erop dat we aan een ketting om onze nek moesten hangen en toen werden we opgeroepen. Ik voelde me net een koe zoals ik daar met honderd andere achttienjarige jongens stond te dringen in een rij. Toen moesten we ons uitkleden voor het medisch onderzoek en een paar tests.

'O, wat een lekkere kontjes allemaal,' zei Per-Inge en hij stopte zijn hand in zijn onderbroek.

Er kwamen twee militairen aanrennen die niet veel ouder waren dan wij en die namen hem mee, toen was hij weg. Jonny verdween meteen daarna, hij zat te slapen op een bank, volkomen uitgeput nadat hij twee etmalen pot had gerookt en niet had geslapen. Toen was ik alleen over.

Ik had geen plan. Ik had gewoon gedacht dat het wel goed zou komen. Dus ik liep mee in de rij. Ik liep daar met mijn bord om mijn nek, werd onderzocht en getest en toen kwamen we in een groot leslokaal en daar moesten we vragen beantwoorden op een vragenblad. Ik herinner me twee van de vragen.

1 Als een trein met te grote snelheid een bocht door rijdt, valt hij dan naar binnen of naar buiten?
2 Stel dat de wind waait in de richting die de pijl op de tekening aangeeft. Teken een vlag aan de vlaggenmast en rook uit de schoorsteen van het huis.

Ik begreep dat het tijd was om mijn blad in te leveren. Ik stond op, liep naar een militair toe die op ons moest letten en zei dat ik niet meer mee wilde doen. Toen moest ik bij een officier in een kantoor komen.

Maar er werd me niet opgedragen om een wapen te pakken, nee, hij praatte gewoon vriendelijk met me, keek me met bezorgde ogen aan en vroeg zich af hoe het met me ging en wat ik wilde. Ik stotterde en werd rood en liet me bijna overhalen om de keuring af te maken, maar ten slotte vermande ik me en zei:

'Ik kan niet zo lang zonder mijn moeder. Ik mis mamma nu al. Ik kan niet in dienst, het gaat gewoon niet.'

De officier hield zijn hoofd scheef en keek me aan, toen haalde hij alleen maar zijn schouders op en wuifde dat ik weg kon gaan.

Toen werd ik vrijgesteld.

De rest van de dag brachten we door met het jatten van boeken en kleren in een warenhuis in Kristianstad, daarna gingen we weer met de bus terug naar Malmö.

Jij bent nog niet gekeurd denk ik, je bent pas zeventien. Hoe gaat dat tegenwoordig? Nu hoeven zeker alleen degenen die willen in militaire dienst? Of niet?

Ik vind dat er een ander soort dienstplicht moet komen dan de militaire. Ik vind dat iedereen die achttien is, jongens én meisjes, een halfjaar dienstverlening moet doen waarbij ze nuttige dingen leren, zoals afval sorteren, babyluiers verschonen, oude mensen verzorgen en zo. Of branden blussen en verbanden aanleggen. Ik vind dat het zo zou moeten zijn.

28

Ja, ik wilde de wereld zien. Ik had een heleboel plannen voor als ik klaar was met school.

Met de trans-Siberische spoorweg reizen, solidariteitswerk verrichten bij internationale arbeidersbrigades, liftend door Amerika, van de oostkust naar Californië, in de sporen van Kerouac, door Europa reizen om verschillende communes en alternatieve samenlevingsvormen te bezoeken. De wereld lag voor me open en wachtte op me. Ik maakte plannen en las. Er waren namen in de atlas waarbij ik trilde van spanning en verwachting: Marrakech. Tanger. Kirkenes. San Francisco. Big Sur. Isle of Skye. Reykjavik. Havana. Katmandu. Sarek. Verona. Samarkand. Connemara. Amsterdam.

De wereld wachtte daarbuiten. Onder mijn vrienden heerste een koortsachtige vertrekstemming.

Per-Inge was al naar India vertrokken, Jonny zou naar een oude man gaan die aan het Vombmeer woonde, een oude kluizenaar die helemaal alleen in zijn hutje zat te mediteren en zenboeddhistische geschriften bestudeerde, Mattsson wachtte op een rechtszaak. Hij was gepakt terwijl hij op de speelgoedafdeling van een groot warenhuis speelgoed stond uit te delen aan kinderen. Stom genoeg had hij vier gram hasj en twee Purple Haze-trips in een luciferdoosje in de zak van z'n spijkerbroek en stom genoeg was hij gaan vechten met de bewakingsman van de winkel en ongelukkig genoeg waren er twee patrouillerende politiemannen verschenen voordat hij had kunnen wegkomen.

Zo stonden de zaken ervoor. De oude wereld viel uiteen, de nieuwe wachtte.

Karin luisterde geduldig naar al mijn dromen en plannen. Zij moest nog een jaar op school zitten, daarna zou ons gemeenschappelijke leven beginnen. We reisden samen naar de Emmaus Stichting in Björkå en werkten ons een paar zomerweken lang in het zweet terwijl we kleding sorteerden. Toen wilde ze weer naar huis, naar haar afdeling van het Vietnambevrijdingsfront. Samen met hen organiseerde ze bijeenkomsten en demonstraties en ze verkocht iedere dag van haar zomervakantie het Vietnambulletin op straat. Raad eens wie er bij dezelfde groep zat? Precies: Claes.

Claes de lelijke en domme. Maar hij was geschiedenis nu, hij hoorde bij het verleden, de toekomst was van ons, van Karin en mij.

Tegenwoordig lijkt het wel of alle jongeren gaan reizen na de middelbare school. Iedereen reist naar Australië of Thailand, iedereen werkt als au pair in Londen, iedereen studeert Spaans of werkt in een bar in Spanje. Of is dat niet zo? Zo was het niet in mijn tijd, de meesten gingen werken of verhuisden naar Lund om te gaan studeren, in mijn tijd waren er maar een paar die de wereld introkken.

Ik was er een van, dat had ik besloten. Maar van al mijn avontuurlijke plannen kwam uiteindelijk niet meer terecht dan een maand interrailen; ik was van plan geweest om de hele herfst weg te blijven, maar het liep anders. Om drie redenen liep het anders:

Een. Ik reisde alleen en dat was eenzaam. Alle spannende mensen die ik dacht te ontmoeten, waren zelf ook op reis en duidelijk ergens anders. Ik heb gedurende vier weken slechts met drie mensen gesproken, afgezien van treinpersoneel en de mensen van de jeugdherbergen.

Twee. Mijn geld raakte op en leuke baantjes vond ik niet. Ik heb twee dagen keihard gewerkt in de haven van Newcastle, maar de andere sjouwers lachten me uit en bespotten me in een Schots dat ik niet verstond, en bovendien kreeg ik pijn in mijn rug.

Drie. In Glasgow werd ik beroofd door een heroïneverslaafde die me laat in de avond tegen een muur duwde, een mes op mijn keel zette, iets onverstaanbaars siste en mijn portemonnee en paspoort jatte.

Ik gaf het op en ging naar huis. Van de triomfantelijke terugkeer in mijn geboortestad die ik had gepland, kwam niets terecht: op een regenachtige septembermiddag stond ik op het schoolplein te wachten op Karin. Toen ze me zag rende ze naar me toe en omhelsde me stevig.

'Ik dacht dat je langer zou wegblijven…'
'Ik verlangde naar jou,' loog ik en ik streek over haar natte haar.

Heb jij de wereld gezien?
Ik denk niet dat je meer van de wereld weet als je met je rugzak naar Australië bent geweest. Aan de ene kant. Aan de andere kant zie je je eigen leven in een ander perspectief als je naar mensen kijkt die een ander leven leiden.
Merk je dat ik de hele tijd als een vader klink, merk je dat ik eigenlijk als een zielige schoolmeester klink? Sorry.

29

'U bent nog steeds aan het vertellen?'
Zuster Anna is terug. Ik draai me langzaam om naar de deuropening en bekijk haar. Welke zuster Anna is het deze keer? Is het zuster Anna de vriendelijke met de nieuwsgierige schittering in haar ogen, de zuster Anna die uit haar uniform stapt en een mens wordt, een medemens? Of is het zuster Anna de stijve, koude, onpersoonlijke vakvrouw? Zuster Anna, je bent een in het wit gekleed mysterie.
'Ik heb Jonatans moeder niet te pakken kunnen krijgen, uw exvrouw, ze was niet thuis. Maar ik heb de oppas gesproken die op de dochter paste en die heeft beloofd dat ze het haar zou vertellen. Dus ze komt hierheen.'
Zuster Anna, je bent niet duidelijk. Ze en ze. Wie komt hiernaartoe? Karin of de oppas of de dochter? Wie is die dochter, Karins dochter of een dochter van de man met wie ze is hertrouwd, hoe oud is die dochter, vijf of vijftien of twintig? Zuster Anna, dit is niet goed. Maar het is goed dat Karin niet thuis was, dat geeft mij iets meer tijd voordat ze hier is.
Ach, als ze vijftien of twintig is heeft ze natuurlijk geen oppas nodig.

'Verder alles in orde?'

Ja, zuster Anna, alles is in orde, ik ben nu negentien, ik ben terug-
gekomen van mijn kleine-mislukte-wereldreisje, ik kan natuurlijk
niet weer thuis bij mijn ouders gaan wonen dus ik zoek een appartementje in Oud West en ga werken als ziekenverzorger in het
Östra Ziekenhuis, een psychiatrisch ziekenhuis in Oost. West en
oost. Karin trekt bij mij in, niet officieel, maar wel in de praktijk.

'Ik laat jullie weer alleen, we wachten nog steeds op de uitslagen
van een paar tests, ik hoop dat ze snel komen.'

Natuurlijk, zuster Anna, bye, bye, ik wil niet aan jou vertellen, ik
vertel aan hem, de jongen wiens pols en ademhaling je net hebt
gecontroleerd.

Ja, ik wil jou je geschiedenis geven. Nu wonen we samen, zij die je
moeder zal worden en ik. Mijn ouders zijn op bezoek geweest bij
de hare in hun mooie villa, ooooh, wat was dat pijnlijk, mijn
onhandige socialistenvader en mijn achterdochtige socialisten-
moeder op bezoek bij de rijken. Mijn vader in zijn versleten goede
pak zat de hele tijd naar de grond te kijken en mijn moeder deed
afwijzend en onaardig. Het ergste, het pijnlijkste van alles, was dat
ik me voor hen schaamde. Karins ouders probeerden alleen maar
aardig te zijn, ze deden helemaal niet uit de hoogte of neerbuigend
en Karins ouders wonnen de ontmoeting tussen de goed gema-
nierde betere klasse uit een vrijstaande villa en de bekrompen bur-
gerlijkheid uit een rijtjeshuis met 7-0. Ik vond mijn eigen ouders
alleen maar grijs en dom.

Ik schaamde me. Ik zou nooit worden zoals zij. Nooit.

Ja, nu ben ik negentien. Ik heb een eigen appartementje, een een-
kamerwoning met een donkere kamer en Karin zit in de laatste
klas van het vwo en is nog steeds een zeer betrokken communiste. Ik werk in het Östra Ziekenhuis met gekken, gestoorden en ver-
warden. Je hebt er allerlei soorten: mensen die schizofreen,

manisch-depressief, psychotisch, neurotisch of seniel zijn. Ze zwerven kriskras door elkaar door de gangen en zalen en door het park. Ze worden behandeld met elektroshocks, lobotomie, medicatie, isolatie, dwangbuis en therapie en ik loop rond met mijn zware sleutelbos en verzamel schrikbeelden die later terugkomen in mijn nachtmerries.

De eerste maanden word ik iedere nacht zwetend en in de war wakker en moet Karin mij troosten en kalmeren met haar koele handen en haar zachte lijf. Iedere morgen denk ik: Ik kan dit niet. Dan denk ik: Ik heb het geld nodig. Het went wel.

Ja, ik had het geld nodig, ik moest nu huur betalen en eten kopen. Ja, het wende. Maar ik wist toen nog niet hoe goed ik eraan zou wennen, ik dacht dat ik daar maar een halfjaar zou werken, totdat Karin eindexamen had gedaan, totdat het echte leven zou beginnen.

30

Het ergste beeld uit mijn begintijd in het Östra Ziekenhuis heeft niets met de patiënten te maken. Ik zie hun blikken voor me, hun starende, lege blikken, ik hoor hun stemmen, hun betekenisloze eentonige dreun, wanhopig gejammer of vreugdeloze lach, ik voel hun vingers en handen die mijn arm grijpen, ik herinner me hun woede-uitbarstingen, hun wanhoop en hun diepe verdriet en hoe velen van hen zich in totaal andere werelden bevonden, werelden die alleen zijzelf konden zien, omdat ze blootstonden aan krachten en machten waarvan wij anderen niet eens een vermoeden hadden.

Maar in mijn ergste, gruwelijkste beeld komen geen patiënten voor, alleen drie grijnzende ziekenverzorgers. En de meeuwen natuurlijk.

Meeuwen betekenen vrijheid, zo is het toch. Ze zweven op

glanzend witte vleugels tussen de blauwe zee en de blauwe lucht. Ze volgen de ferry's en de vissersboten, ze krijsen en vechten om voedsel, ze zitten trots en waakzaam op kademuren, meerpalen en steigers.

Meeuwen betekenen zomer en reizen, meeuwen betekenen gelukkige jeugdherinneringen, meeuwen betekenen vrijheid. Ik denk dat dat voor de meeste mensen geldt, en het gold ook voor mij, maar nu kan ik bijna niet meer naar meeuwen kijken zonder te denken aan wat er gebeurde op een ochtend in oktober 1974 in het Östra Psychiatrisch Ziekenhuis van Malmö. Nog steeds.

Het was in de spoelkeuken op de tweede verdieping, daar dronken we altijd koffie en hielden we rookpauze als we klaar waren met onze ochtendtaken. Toen ik die dag bovenkwam, stonden drie van mijn collega's uit het open raam geleund te lachen en te roepen: 'Kijk, moet je die zien!'
'Wham! Noodlanding!'
'Kijk! Kijk! Die twee daar, moet je kijken!'
Ik drong me naar voren om te zien wat er gebeurde. Aha, ze waren de meeuwen aan het voeren, ze gooiden stukken brood naar buiten, maar wat was daar nou zo leuk aan?
'Hallo Göran! Moet je eens kijken, dan zul je eens wat heftigs zien. Kijk!'
Ik leunde naar buiten. Daar fladderden meeuwen rond. Ze vochten om de stukken brood die naar buiten werden gegooid. Onder het raam lagen zeven of acht meeuwen onbeweeglijk op de grond, sommige bloedden en nu zag ik dat een paar meeuwen in de lucht zich vreemd gedroegen, het leek wel of ze duizelig of dronken waren, ze vlogen in slordige cirkels, ze vlogen omhoog en omlaag, ze botsten tegen elkaar op, ze botsten tegen de bomen, sommige hadden bloed aan hun snavels, sommige stortten als neergeschoten gevechtsvliegtuigen tegen de grond.

'Heftig hè?'

Ik wendde me tot Håkan, een grote jongen met gemillimeterd haar die al jaren in het ziekenhuis werkte.

'Ik snap het niet,' zei ik. 'Wat is er aan de hand?'

'We voeren de meeuwen,' grijnsde Håkan. 'Met promazine. En operatienaalden.'

Het duurde een paar seconden voordat ik het begreep. De stukken brood die ze naar buiten gooiden, waren geprepareerd met medicijnen of naalden. De meeuwen maakten een duikvlucht naar het brood, slikten het door en werden verdoofd of kregen een naald in hun keel.

'Godverdomme,' zei ik terwijl ik me afwendde.

'Göran, verdomme, het zijn toch net ratten. Niemand wil ze hier in het park. Ze jagen op musjes, ze zijn toch al gek, die meeuwen zijn niet goed bij hun hoofd, verdomme. Het is gewoon een goede daad.'

Ik slikte en liep weg.

'Ga je haar knippen, vuile homo, vuile junk, vuile communist!' riep Håkan mij achterna.

Ik liep alleen maar weg, ik probeerde ze niet tegen te houden, ik zei niet eens tegen ze dat ze moesten ophouden. Zo laf was ik.

Maar het beeld van die fladderende, bloedende, neerstortende meeuwen achtervolgt me nu nog steeds. En het beeld van drie grijnzende in het wit geklede ziekenverzorgers in het geopende raam. En het beeld van hoe ik daar met gebogen hoofd wegloop.

Ik bleef het hele voorjaar als ziekenverzorger werken en Karin deed eindexamen, ja, ze deed het zelfs op de echte, ouderwetse manier met een studentenpet, liedjes, een examenbal, een limousine en een groot feest voor familie en vrienden in de mooie villa en ik zoop me lazarus en brulde boven aan de trap *Dit is nou kapitalisme* en toen struikelde ik en rolde de hele trap af en de feestelijk geklede gasten moesten gauw opzij springen om niet als bowling-kegels te worden omgemaaid en toen ik mezelf uiteindelijk wist te stoppen, lag ik aan de voeten van Herman Hoff. Herman Hoff, de fabriekseigenaar. Karins vader. Jouw aankomende opa. Mijn schoonvader zou je kunnen zeggen, hoewel dat nooit is gezegd.

'Hoepla,' zei hij. 'Ging het lekker?'

Hij hielp me overeind en ik mompelde iets en vluchtte de tuin in. Karin kwam me achterna en we giechelden als bezetenen en toen liepen we weg van het feest, ik nam haar mee achter op mijn fiets naar mijn appartementje en daar wijdden we de nacht aan de liefde.

Ze hield haar studentenpet de hele nacht op. Soms, als ik aan het begin van de zomer, voor de schoolafsluiting, groepjes jonge, vrolijke kinderen zie die net hun eindexamen hebben gehaald, moet ik daaraan denken. Maar dat komt alleen doordat de beelden uit mijn eigen herinnering bovenkomen, ik ben geen perverse oude man, nee, nee, zo ben ik niet, nee nee.

Een paar weken geleden nog maar zat ik te ontbijten en zag ik een overlijdensadvertentie voor Herman Hoff in de krant, er was ook een foto bij en een kort in memoriam. *Fabriekseigenaar Herman Hoff, 78 jaar, overleden na een kort ziekbed. De naaste familie die hij achterlaat, zijn echtgenote Anna-Clara en hun dochter Karin met haar gezin. Herman Hoff is geboren in…* enzovoort.

Ik schrok toen ik de foto zag, die moet minstens twintig jaar oud zijn geweest, want ik herinnerde me hem precies zo. Helderblauwe oogopslag, achterovergekamd grijs haar en een maatpak: een gentleman-kapitalist van de oude stempel. Eerlijk gezegd was ik een beetje weemoedig toen ik las dat hij dood was. Eerlijk gezegd mocht ik hem wel, hij wilde graag over van alles discussiëren, natuurlijk had hij bepaalde ideeën ten aanzien van mijn haar en mijn kleren, maar hij accepteerde het als een minder belangrijk detail, als een generatiekwestie.

'Ook jij zult volwassen worden, Göran,' lachte hij terwijl hij op mijn schouder sloeg. 'Ik sprak trouwens vanmorgen mijn kapper, hij heeft beloofd dat hij je gratis wilde knippen. Het zou me een genoegen zijn, zei hij. Misschien kan ik hem zelfs zover krijgen dat hij betaalt voor het knippen. Wat vind je, Göran? Zal ik een afspraak maken?'

Zulk soort dingen zei hij altijd. Maar ik mocht hem. Hij was grappig en eerlijk, hij stond voor zijn donkerblauwe mening, maar hij kon wel luisteren. En hij mocht mij ook, hij was geïnteresseerd in mijn foto's, en hij hield van jou.

Had je goed contact met je opa? Ben je naar zijn begrafenis geweest? Ja natuurlijk. Hoe redt je oma het, woont ze nu alleen in dat grote huis?

Mijn ouders toonden nooit zoveel belangstelling, niet voor mij en ook niet voor jou, ze waren niet geïnteresseerd in opa en oma zijn, ze wilden met rust gelaten worden met hun tuintje, hun autoritjes en hun televisie.

31

Hier zijn we nu, tot hier zijn we gekomen. Wees maar niet ongerust, ik zal niet proberen alles te vertellen, ik zal niet mijn hele leven over je uitstorten terwijl je hier volkomen weerloos ligt, ik zal je niet bedelven onder een stortvloed van leuke en minder leuke gebeurtenissen, nee, ik zal de dingen kiezen die belangrijk waren, die ertoe hebben geleid dat alles is gegaan zoals het is gegaan.

De Greatest Hits of My Life.

Dat is een moeilijke opgave. Voor wie is het eenvoudig om te kiezen wat belangrijk is geweest in zijn of haar leven, wat zijn of haar keuze van levenspad heeft gestuurd?

Toch moet ik dat proberen. Mijn kindertijd, mijn ouders, mijn jeugd, mijn vrienden, de tijdgeest, de verliefdheid, mijn ideeën. Ja, daarover heb ik verteld. Nu ben ik gekomen bij het samenleven. En mijn leven als volwassene misschien.

Ben je volwassen als je twintig bent? Mijn vader en zijn generatie wel. Toen ik twintig werd in 1975 voelde ik me niet volwassen en tegenwoordig voelt waarschijnlijk niemand zich op dat moment volwassen. Je jeugd duurt nog langer, beide kanten op trouwens. Of niet? Wie wil er volwassen zijn?

Ik begon met vertellen dat ik me nu nog steeds vaak niet volwassen voel.

Wat houdt het in, volwassen zijn? Dat je de verantwoordelijkheid voor je eigen leven neemt, dat je zelf zorgt voor eten en kleren en een dak boven je hoofd. Dat je keuzes maakt. Maar er is ook nog iets anders. Misschien houdt het in dat je tot rust komt, dat je wakker wordt uit de droom dat alles veel beter zou kunnen zijn. Misschien houdt het ook in dat je niet meer terugrent naar je vader en moeder. 'Mamma, troost me, ik ben verdrietig en eenzaam. Mamma, houd me vast.' 'Pappa, kijk eens hoe knap ik ben, kijk eens naar mijn mooie auto/mijn grote huis/mijn lieve vrouw/mijn kindje/mijn belangrijke werk. Pappa, prijs me.' Ja, sommige mensen beweren dat we pas echt volwassen worden als onze vader en moeder dood zijn. Zolang we nog zoon of dochter zijn, kijken we altijd met een schuin oog naar onze ouders. Misschien is dat zo, ik weet het niet. Jij hebt geen vader gehad om naartoe te rennen, in elk geval niet de man die hier zit, de man die in het begin je vader was.

Maar daar zijn we nog niet, nee, ik zou vertellen over het samenleven.

Samen leven, samen wonen.

Waarom is dat zo moeilijk?

Kan ik het uitleggen zodat jij het begrijpt? Kan iemand van zeventien begrijpen hoe het is om samen te leven met een ander mens?

Is er eigenlijk wel iemand die de wereld die twee mensen samen opbouwen uit liefde, haat, compromissen, consideratie, verachting, veiligheid, vrijheid, waarheden, leugens, teleurstelling, vertrouwen, achterdocht, hoop en wanhoop begrijpt of kan uitleggen?

Toen ze eindexamen had gedaan trok Karin in bij mij in mijn appartement, ze wijzigde haar adres en opeens was de toekomst er, de toekomst waarmee we tot dan toe alleen hadden gespeeld in onze gemeenschappelijke dromen. Nu moesten we al onze wilde, mooie plannen verwezenlijken.

Het kerngezin was achterhaald. Jezelf twee aan twee of in kleine mammapappakindergezinnetjes opsluiten, was uitgesloten. Nee, wij zouden samen leven, samen met anderen, er waren overal grote families en communes, in Norrland waren hele dorpen die werden bevolkt door langharige jongeren uit de grote stad die leefden van sojabonen en pap en die gewassen kweekten en dieren hielden en de nieuwe, mooie, vrije wereld probeerden te creëren.

Ook deze zomer hadden wij weer in Björkå gewerkt, waar de Emmaus Stichting een heel dorp had opgekocht dat vroeger leefde van de glasindustrie. Je woonde er en sloofde je uit in het solidariteitswerk, je verzamelde kleren, sorteerde ze en stuurde ze naar de bevrijdingsbewegingen in Zuid-Afrika. We zouden daar kunnen gaan wonen.

Maar op een dag zei Karin:

'Nu weet ik wat ik wil. Ik ga rechten studeren. Ik ben aangenomen aan de Universiteit van Lund. Ik denk dat ik nuttiger kan zijn als jurist dan door kleding te sorteren of onkruid te wieden.'

'Nuttiger voor wie?' vroeg ik me af.

Ik wist niet eens dat ze zich had ingeschreven aan de universiteit.

'Voor de onderdrukten. Voor het volk. Voor de revolutionaire strijd,' antwoordde Karin zonder dat haar stem ook maar trilde.

'Er zullen juristen nodig zijn, er zullen mensen nodig zijn die de wet kennen, die de wet net zo goed of beter kennen dan al die reactionaire fossielen die…'
Enzovoort.

Dat was een keuze van levenspad. Karin koos een pad en ik volgde haar. Ik hield van haar, ik wilde bij haar zijn. Daarom. De wereld wachtte op ons. Ook nu zij viereneenhalf jaar moest studeren in Lund, zouden de wereld en de communes er nog zijn als ze klaar was. Haar rechtbankstage kon ze overal doen. Dat zei ze en ik vertrouwde haar. Maar met z'n tweeën in mijn kleine appartementje blijven wonen, dat weigerde ik en we vonden algauw twee stellen van Karins afdeling van het Vietnambevrijdingsfront die graag een mooie, nieuwe vijfkamerwoning in Lund met ons wilden delen en toen verhuisden we naar Fäladen en woonden we in een commune.
De commune bestond uit Gunilla die economische geschiedenis studeerde, Sven-Erik die wiskunde studeerde, Maria die filosofie studeerde, Mats die kleuteronderwijzer wilde worden, Karin die rechten studeerde en dan ik die als ziekenverzorger op de afdeling psychiatrie van het Sankt Lars werkte. Vijf communistische academici en een langharige arbeider.
Het was niet zoals ik het me had voorgesteld.
We hadden eindeloze discussies over opruimen en afwassen en schoonmaken en verantwoordelijkheid en welke muziek er gedraaid zou worden en welke televisieprogramma's we zouden kijken en over hasj roken en vlees eten en bezoek en feesten en geld. Er was ruzie, er vielen harde woorden en tranen, er was ijzige stilte, er waren minachting en vijandigheid, en toch…
Toch was het niet de hele tijd zo. Toch hadden we ook mooie momenten, goede gesprekken 's avonds bij de thee, chaotische ontbijten waarbij iedereen rondrende en tegen elkaar opbotste,

vrolijke feestmalen met lekkere gerechten en wijn en honderd brandende kaarsen. Er was altijd wel iemand om mee te praten en als je niet wilde, hoefde het niet.

Eigenlijk hadden we het heel goed, zo denk ik er nu tenminste over, eigenlijk begon onze manier van samenleven net een beetje te lopen toen Hugo kwam. Toen viel alles binnen twee maanden uiteen.

Er gebeurden dingen in de wereld, ja, er gebeurden belangrijke dingen in de wereld die onze leventjes beïnvloedden. De VS hadden zich teruggetrokken uit Vietnam, de sterkste militaire macht ter wereld was in feite overwonnen door een klein strijdend volk in Indochina. Dit betekende bijvoorbeeld dat Karin nu op straat het blad Volk en Cultuur verkocht in plaats van het Vietnambulletin. In september 1973 werd de regering van Salvador Allende in Chili omvergeworpen tijdens een militaire coup die werd gesteund door de VS en die werd geleid door generaal Pinochet. Dit leidde ertoe dat er heel veel Chilenen naar Zweden vluchtten. Onder hen was de twintigjarige student Hugo die naar Lund kwam om sociologie te studeren. Hij hing een briefje op in Lundagård dat hij woonruimte zocht. Gunilla zag het briefje en vond dat wij best genoeg ruimte hadden voor nog iemand erbij. Het zou een daad van solidariteit zijn als wij Hugo bij ons lieten wonen. Daar kon niemand iets tegen inbrengen, dus hij trok bij ons in. Dat was in december. Al in februari viel onze commune uiteen met tranen, harde woorden, kapotgegooid aardewerk en yoghurt in haren. Hugo. Hoe moet ik hem beschrijven? Stoppelbaard, donkerbruine ogen, fijne lachrimpeltjes en een lach die maakte dat je je uitverkoren voelde, waardoor je het gevoel kreeg dat je zijn beste en slimste vriend was. Zo was Hugo. Het was makkelijk om van hem te houden. En hij wilde graag dat er van hem gehouden werd. Dat leidde ertoe dat onze kleine commune instortte.

Ik kwam op een vreselijk koude winteravond met natte sneeuw thuis van mijn werk en ik begreep al in de hal dat er iets ergs was gebeurd. Luide discussies of ruzies waren niet ongebruikelijk zoals ik al zei, maar nu hoorde ik Sven-Erik schreeuwen vanuit de keuken:

'Jij, jij… vuile… godverdomme… vuile ku-ku-ku-kut…'

Ik had Sven-Erik nog nooit eerder zijn stem horen verheffen of horen vloeken. Hij was listig en slim, hij was trotskist, hij had een bril met een dik zwart montuur, hij kon heel onaangenaam en fel zijn als we over politiek discussieerden, maar verder was hij altijd vriendelijk en bescheiden. Toen ik zijn stem hoorde, begreep ik dat dit niet een gewone ruzie was over eten koken of opruimen.

'Godverdomme, jij vuile ve-ve-verrader, vuile… leugenaar, vuile… vuile… vuile gei-gei-geile hoer…'

Iedereen behalve Hugo was in de keuken, Sven-Erik stond bij het aanrecht, zijn gezicht was spierwit van woede. Toen zijn priemende ogen mij zagen, stopte hij en hapte naar lucht als een vis op het droge, toen verborg hij zijn gezicht in zijn handen. De anderen zaten zwijgend om de tafel. Ik vroeg wat er was gebeurd. Voordat iemand anders kon antwoorden, schreeuwde Sven-Erik:

'Vraag dat maar aan Gunilla! Vra-vra-vra-vraag maar aan haar!'

Ik wendde me tot Gunilla, maar die schudde rustig haar hoofd.

'Geef dan antwoord, vuile la-la-lafaard!' schreeuwde Sven-Erik.

Gunilla zei niets.

'Sven-Erik, we kunnen toch met elkaar praten…' begon Karin, maar Sven-Erik onderbrak haar:

'Ze heeft met Hugo geneu-neu-neu-neu-neukt,' brulde hij terwijl hij zich omdraaide.

'Wat!'

Dat was Maria die zich niet kon inhouden, ze staarde met zwarte ogen naar Gunilla en we begrepen meteen allemaal dat ook Maria zich had laten verleiden door die mooie Latijns-Amerikaanse lach.

Haar vriendje Mats begreep het ook. Zonder een woord te zeggen stond hij op van tafel, pakte de slaschaal met beide handen, gooide hem tegen de muur en liep daarna de keuken uit. Gedurende een paar seconden stond alles stil, niemand bewoog, niemand zei iets. Het geluid van de dichtslaande buitendeur verbrak de betovering.

Gunilla begon te huilen, Maria stond op, keek om zich heen, greep een pak yoghurt van tafel en leegde het over Gunilla's haar. Met grote ernst, alsof ze een belangrijke taak uitvoerde of een moderne-kunstperformance, liet ze de yoghurt over Gunilla heen stromen, die niet leek te begrijpen wat er gebeurde; ze reageerde in elk geval niet. Toen het pak leeg was, bekeek Maria haar werk en verdween toen zonder een woord te zeggen met snelle passen naar haar kamer. Gunilla zat daar alleen maar, haar gezicht in haar handen, de tranen en de yoghurt vermengden zich voor haar op de tafel. Sven-Erik leek te zijn geïnspireerd door Mats, hij pakte het afdruiprek en smeet het tegen de grond, schreeuwde een paar lelijke woorden naar Gunilla en verliet de woning.

Toen Gunilla opstond en snotterend naar de badkamer liep, liet ik me op een stoel tegenover Karin vallen. De hele keuken was een chaos van komkommer, tomaat, aardewerkscherven, bestek, yoghurt en kapotte glazen. Wij keken elkaar aan en konden natuurlijk uiteindelijk ons lachen niet inhouden. Onze lach klaarde de lucht van alle haat en jaloezie en verdriet. Wij lachten en lachten totdat er een ijzige gedachte door mij heen ging die mij abrupt deed ophouden.

'Wat is er?' vroeg Karin.

'Jij toch niet óók, hè?' vroeg ik en ik voelde dat ik begon te trillen van angst in afwachting van haar antwoord.

Maar Karin schudde haar hoofd en lachte.

'Maar hij is wel leuk,' lachte ze.

Nu was ik serieus.

'Maar jij bent leuker,' lachte Karin.
Ik geloofde haar. Ik vertrouwde haar.

Toen hield ons communeleven natuurlijk op. Een week later al verhuisden Karin en ik naar een zolderetage in de Tomegapsstraat. De andere vier verdwenen in verschillende richtingen. Mats en Maria slaagden er blijkbaar in om hun relatie te herstellen na haar Chileense uitstapje. Met Gunilla hielden we contact, maar Sven-Erik verdween naar Göteborg, meen ik me te herinneren. Hugo kwam ik wel eens tegen in Lund, hij bleef altijd staan om een praatje te maken, hij was vriendelijk en vrolijk alsof er niets was gebeurd, we liepen mee in dezelfde demonstraties en riepen samen: 'El pueblo unido jamai sera vencido', 'Salvador Allende, presente! Che Guevara, presente!'
Die zeven maanden in Fäladen vormen eigenlijk de enige ervaring die ik in mijn leven heb gehad met het wonen in een commune, als je de instituten en verpleeghuizen waar ik lange tijd later in verbleef niet meetelt. Maar met drie stellen een woning delen, is niet hetzelfde als in een commune wonen, nee, er is nog iets anders, er is meer, dat geloof ik nog steeds. Zo kan ik de droom bewaren, samen met alle andere niet verwezenlijkte dromen.
'The dream is over', zong John Lennon.
Geen van mijn dromen is kapot. Ik ben nooit wakker geworden en tot dat inzicht gekomen. Nee, mijn dromen rusten. Mijn zeventienjarige dromen, mijn dromen over een andere wereld en een andere manier van samenleven.
Mijn dromen rusten en wachten tot ze werkelijkheid worden.

32
Ik was eenentwintig toen Karin vertelde dat ze zwanger was. Ik was niet volwassen, ik vond dat mijn leven nog niet begonnen was,

ik had alleen dingen voor me uit geschoven, ik werkte als ziekenverzorger in afwachting van het moment dat het echte leven zou beginnen.

Ik had een jonge vader kunnen worden, mijn leven had een heel andere wending kunnen nemen. Maar dat is nooit aan de orde geweest, ik had die gedachte nog niet eens kunnen denken, voordat Karin zei:

'Ik ben van plan een abortus te nemen. Natuurlijk.'

Ik accepteerde dat het haar beslissing was en op het moment dat ze het had gezegd, beschouwde ik haar zwangerschap als niet meer dan een toevallige lichte ziekte die snel verholpen zou zijn.

Pas nadat jij geboren was, dacht ik aan wat in haar had gegroeid als een mogelijk mens. Een broertje of zusje. Daarvóór was het gewoon een abortus. Een probleem dat was verwijderd. Een dunne draad die was doorgeknipt.

Ik denk niet dat we het verkeerd hebben gedaan. Ik denk niet dat we het niet met elkaar eens waren, je moeder en ik. Ik denk alleen: nadat ik jou ter wereld had zien komen, voelde het niet zo eenvoudig, zo vanzelfsprekend meer. Dat andere dus. De abortus.

Ieder kind in deze tijd leeft omdat zijn ouders ervoor hebben gekozen om geen abortus te plegen. Nee, niet allemaal natuurlijk, maar toch… Dankjewel, zou ieder kind moeten zeggen. Dankjewel omdat jullie mij geboren hebben laten worden, vader en moeder.

Maar het is de beslissing van de vrouw, dat vind ik nog steeds. We hadden het nooit echt gehad over anticonceptie, Karin slikte de pil en ik had geen andere oplossingen aangeboden.

'Als je een condoom gebruikt is het net of je met geitenwollen sokken aan in bad gaat,' zei Mattsson altijd met een grijns. Jongenspraat. Maar het is natuurlijk fijn en makkelijk als je je er niet druk over hoeft te maken. Zelfs toen het niet had gewerkt, hoefde ik me er niet druk over te maken.

Nu begrijp ik dat die abortus voor Karin niet zo makkelijk was als zij wilde dat ik zou denken, ik herinner me dat ze veranderd was toen ze thuiskwam uit het ziekenhuis, ik zag het, maar ik wist niet wat ik moest doen, het was net of ze toch ergens over rouwde, haar blik was naar binnen gekeerd en omlaag gericht, ze maakte zich klein, haar rug was gebogen. Het duurde maanden voordat ze zich weer oprichtte en haar oude trots hervond.

Ik begrijp ook dat dit een barst in onze liefde veroorzaakte, een klein, dun, bijna onzichtbaar barstje, maar opeens was het er en later, samen met heel veel andere dingen, droeg het ertoe bij dat alles uiteenviel.

Dat barstje ontstond in haar liefde én in de mijne. Maar het was zo dun en fijn dat we het geen van beiden zagen. We hoorden geen van beiden dat de toon veranderd was.

33

We hebben… laat me denken… bijna vier jaar in dat appartement in Lund gewoond. Het waren goede jaren, zo herinner ik het me. Als we bij elkaar waren gebleven, Karin en ik, hadden we als oudjes in onze schommelstoel kunnen zitten met een deken over onze knieën en over die jaren kunnen praten, we hadden herinneringen kunnen ophalen en kunnen zeggen, ja, we hadden het goed toen, het waren spannende jaren en er gebeurde veel, dat hadden we kunnen zeggen.

Ja, er gebeurde veel en we ontmoetten veel mensen. Waarschijnlijk was dat de reden dat het leven als stel niet zo opgesloten voelde als ik had gevreesd.

Mijn oude vrienden zag ik steeds minder. Mattsson woonde nog steeds in zijn appartement in Malmö, hij had zich ingeschreven aan de universiteit van Lund en vervolgens zijn hele studiefinanciering gebruikt om een partij hasj te kopen, hij praatte nog net zoveel als vroeger, hij had nog net zulke wilde plannen als vroeger, maar het leek wel of ik een vermoeid waas in zijn ogen zag. De traagheid, de stroperigheid die iedereen krijgt die blijft hangen in het hasjroken. Jonny was weggegaan bij zijn goeroe aan het Vombmeer en had een nieuwe gevonden: L. Ron Hubbard. Ja, Jonny was scientoloog geworden. Hij volgde dure cursussen, hij werkte voor de Scientologykerk. Hij liep door het centrum, deelde folders uit voor een persoonlijkheidstest, probeerde nieuwe volgelingen te werven, en hij had een nieuw doel gevonden in het leven: clear worden. Met Per-Inge had ik nog steeds contact. Hij stuurde wonderlijke brieven met kleurige postzegels uit India of Nepal of Tibet. Als hij in Zweden was, kwam hij langs. Hij was erg trots dat twee van zijn gedichten waren gepubliceerd in *de Poëzievriend*.

Ik liet mijn haar knippen. Ooit stond lang haar voor vrijheid. Voor vrijheid en opstand. Kort haar betekende beperking, betekende lafaard, betekende loonslaaf.

'Almost cut my hair' zongen Crosby, Stills, Nash & Young, dat was een typisch David Crosby-liedje, een liedje over een nachtmerrie met akelig klinkende, verwrongen gitaren. Maar opeens kwam ik erachter dat dat allemaal niet meer klopte en opeens was dat lange haar alleen maar lastig; het werd vet, je moest het iedere dag wassen en kammen en verzorgen, dus op een dag toen ik van mijn werk naar huis liep, ging ik een kapperszaak binnen en zei:

'Ik wil graag een Kennedy-kapsel.'

Hij staarde me alleen maar aan.

'Dat was maar een grapje,' zei ik. 'Knip het maar kort. Twee centimeter. Een gewoon jongenskapsel.'

'Met genoegen,' lachte de kapper en hij likte zijn lippen af.

Karin herkende me niet. Dat was waar. Het duurde drie seconden voordat ze zag dat ik het was.

'Het zal wel een paar maanden duren voor ik eraan gewend ben,' zei ze terwijl ze me in mijn nek kuste. 'Maar het staat je leuk.

Je lijkt op een jongetje waar ik verliefd op was toen ik acht was.'
We waren er snel aan gewend. En wat was het heerlijk. Kort haar
betekende vrijheid.

Misschien, denk ik wel eens, ben ik toen een beetje volwassen
geworden.

Sommige dingen deden we samen, sommige dingen deden we
apart. Karin was natuurlijk nog steeds politiek actief, ze was lid
van de SKP, de Zweedse communistische partij, die was gevormd
nadat het KFML, het communistisch verbond marxistisch-leninis-
ten, uiteen was gevallen en de harde betoncommunisten in Göteborg het zuiverder, meer revolutionaire KFML (r) (revolutionairen)
hadden opgericht. Dat wat later de communistische partij marxis-
tisch-leninisten zou worden, de KPML (r).

De strijd tegen de twee imperialistische staten, de Sovjet-Unie en
de VS, was het belangrijkste punt op hun agenda. We konden het
Amerikaanse imperialisme in Zweden aan den lijve ondervinden
in de vorm van cultureel imperialisme, de zogeheten coca-coloni-
satie: slechte commerciële Hollywoodfilms, slechte Amerikaanse
commerciële muziek, slechte Amerikaanse televisieseries vol voor-
oordelen, slecht Amerikaans junkfood, en Amerikaanse reclame
natuurlijk. Er was toen nog geen reclame op de Zweedse radio en
televisie, dat was ondenkbaar.

Amerika was het meest gehate land. In Amerika werden de zwarten
onderdrukt, in Amerika hadden alleen de rijken toegang tot de
gezondheidszorg, in Amerika werden baby's opgegeten door ratten
en werden oude mensen achtergelaten op stations en bushaltes
omdat niemand voor hen wilde zorgen. De mensen in Amerika
waren oppervlakkig en dom en plastic en vol glitter en gefixeerd op
dollars. Bang om oud te worden en bang om dood te gaan. Amerika was het schrikbeeld van een maatschappij die wij niet wilden. En
natuurlijk vormde Amerika de grootste bedreiging voor de wereld-

vrede. Overal op aarde waar het volk probeerde aan de macht te komen, dook Amerika op en steunde een dictator of militair regime dat het oude systeem van onderdrukking kon herinvoeren. Zo was het toen. Zo dachten wij. Maar er waren ook mensen die van Amerika hielden. Mensen met vetkuiven en grote Amerikaanse auto's bijvoorbeeld.

Karins politieke achtergrond leidde ertoe dat ik de oudste Zweedse parendans leerde, de slängpolska. Echt waar. En allerlei andere oude parendansen. Want dat was immers wat wij tegenover al die verleidelijke glitter en zoetsappigheid uit 'De Grote Imperialistische Staat in het Westen' konden stellen: ons mooie oude nationaal-culturele erfgoed. Dus wij begonnen 'dansen van het volk' te dansen. Dat was leuk. Er bestond een kleine opmerkelijke undergroundbeweging van jonge muzikanten en dansers en het was belangrijk dat het dansen uit de oude volkstraditie waren, geen ouderwetse stijldansen, dat was een domme bezigheid voor bejaarden, en geen volksdansen, dat waren nationaal-romantische demonstratiedansen, nee, dansen van het volk moesten het zijn en hoe ouder de muziek, hoe meer resonerende bordunklanken, hoe beter. Maar het was leuk, ja. Alle jaren dat wij in Lund woonden, dansten we iedere week. We gingen naar Korrö, Ransäter en Dalarna om mee te doen aan muziek- en dansbijeenkomsten. Nu heb ik al heel lang niet meer gedanst, maar ik hoor natuurlijk nog steeds het verschil tussen een parendans uit Skåne, een uit Dalarna en een uit Norrbotten. Hoeveel mensen kunnen dat tegenwoordig nog? En hoeveel mensen weten wat de slängpolska is?

Ja, het is best een beetje vreemd dat het dansen van oude dansen een politieke handeling kon zijn. Of je eigen brood bakken, of bosbessen plukken. Dat deden wij natuurlijk ook. In een hoek van onze slaapkamer stond een grote dame-jeanne met bosbessenwijn gezellig te pruttelen. Echt lekker werd onze wijn eerlijk gezegd nooit, maar wel zoet en sterk.

Ja, het dansen was iets wat we samen deelden. Maar er was ook nog andere muziek. We waren allebei actief in het Muziekforum dat door heel Zweden concerten organiseerde, en in het overkoepelende Contactnetwerk. We hielpen bij het organiseren van concerten van de meest uiteenlopende Zweedse en ook Noorse en Deense groepen die toen door Zweden toerden. Die groepen en artiesten speelden allerlei verschillende soorten muziek; je had politieke propagandamuziek, vrije jazz, gewone liedjes, volksmuziek, pop en rock, en er was plaats voor allemaal.

Er kwamen veel mensen naar de concerten en we organiseerden twee zomers achter elkaar een muziekfestival bij Häckeberga. Dat was heerlijk, een paar zomerdagen met muziek, vrolijke mensen, eten, kamperen. Voor mij was het een soort herinnering aan de nieuwe wereld waarvan ik een paar jaar eerder in Denemarken een glimp had gezien.

Het waren mooie jaren in Lund. We hadden het goed samen. We deden dingen. We ontmoetten veel mensen. Zo herinner ik het me.

We hadden het goed samen, Karin en ik, en toch, als ik aan de toekomst dacht, mijn toekomst, dan was het niet zeker dat zij daarin voorkwam.

Of eigenlijk: ik verzamelde tegoeden. Ik dacht: Nu heb ik iets belangrijks opgegeven voor jou. Nu heb ik iets tegoed van je. Dat kan ik later innen.

Begrijp je wat ik bedoel? Ach, het klinkt vast heel vreemd, het klinkt vast idioot. Maar ik heb hier heel veel over nagedacht als ik over Karin en mij dacht. Dat van mijn tegoeden. Ik zal later proberen het beter uit te leggen.

Over het belangrijkste dat tijdens onze jaren in Lund gebeurde, heb ik nog niets verteld. Mijn leven nam er een andere wending. Ik liet mijn camera steeds vaker thuis, maar toen het arbeidsbureau een fotowedstrijd uitschreef die *Foto's uit Lund* heette, haalde ik hem weer tevoorschijn. Ik maakte een serie foto's in het Sankt Lars ziekenhuis, ik fotografeerde patiënten, personeel en gebouwen en daarna drukte ik ze af bij een vriend en stuurde ze in. Vervolgens vergat ik de hele wedstrijd, ja, echt waar. Toen werd ik op een avond gebeld dat mijn foto´s zouden worden opgenomen in een expositie in de Kunsthal en dat ik bovendien de eerste prijs had gewonnen. Vijfduizend kronen.

'Vijfduizend!'

Dat was bijna een termijn studiefinanciering voor Karin. Ik rende naar de slijter en kocht twee flessen bubbelwijn die we samen opdronken. Ik jubelde van blijdschap en voelde in mijn hele lijf dat er nu iets ging gebeuren, nu begon mijn toekomst, nu…

Ja, ja, je kunt denk ik wel zeggen dat het zo was. Mijn leven veranderde, het werd anders ingericht, het kreeg ook een nieuw doel misschien. En dan heb ik het natuurlijk niet over geld. Ik heb het erover dat ik opeens meende te begrijpen wat ik was: fotograaf. Dat was wat ik was. Dat was het talent dat ik bezat. De gave die ik had gekregen. Er was niets wat ik liever wilde bezitten, niets wat ik liever wilde zijn.

De expositie in Lund voerde mij verder, rechtstreeks naar een beroepscarrière. De gebeurtenissen haakten in elkaar en vormden een keten. Het blad Wij publiceerde een paar van mijn foto's en ik kreeg een aanbieding om voor dat blad een fotoreportage met vrij onderwerp te maken. Ik haalde mijn oude foto's van Samsö tevoorschijn en stelde een serie samen die ik 'Paradise lost?' noemde. Later werd ik uitgenodigd om de serie te exposeren in het Hasselblad Center in Göteborg.

Het was een feit dat het hippietijdperk en de hippiedromen mij nu al veraf en een beetje exotisch voorkwamen. In Londen plasten de eerste punkgroepen op het publiek en staken ze veiligheidsspelden door hun wangen.

Hoe dan ook: in 1978 zei ik mijn baan in het Sankt Lars op. Ik kreeg een paar opdrachten van de kranten De Arbeid en het Skåns Dagblad, ik verkocht foto's aan tijdschriften en ik verdiende wat geld. Onregelmatige en onzekere inkomsten, maar samen met Karins studiefinanciering konden we het redden.

Ik voelde me heel lekker. Het was niet dat kleine beetje roem of bekendheid dat mij het meest goed deed. Natuurlijk vond ik het fantastisch om mijn foto's op allerlei plaatsen te zien opduiken en positieve kritieken te lezen, maar ik was vooral blij dat ik een plek had gevonden waar ik me lekker voelde. Ik was fotograaf. Ik stond in het telefoonboek als: *Göran Persson, fotograaf.* Opeens ontmoette ik kunstenaars, schrijvers en mensen uit de culturele wereld en ik voelde me thuis tussen hen – veel meer dan ik me ooit thuis had gevoeld tussen mijn collega's in het ziekenhuis, of tussen alle academici in Lund. Het voelde bijna als de vriendschap van vroeger, we deelden een gemeenschapsgevoel.

Ik wilde beter worden, ik las, ik sprak met andere fotografen, ik kocht een nieuwe camera, ik volgde een cursus donkere-kamertechniek, ik probeerde mijn talent op verschillende manieren te ontwikkelen.

Net zoals ik dat gedurende een deel van mijn middelbare-schooltijd had gedaan, zag ik de wereld opnieuw in beelden. Schaduw, licht en nuances, opeens was ieder moment een mogelijke foto, ieder mens, iedere boom, ieder huis was een mogelijk onderwerp. Mijn ogen werden gevoelig.

Onze jaren in Lund waren gevuld met dans, concerten, broodbakken, politiek, Karins studie en mijn ontluikende carrière als fotograaf. Het waren mooie jaren en ik weet zeker dat Karin niets anders zal zeggen, ondanks alles.

Op nieuwjaarsdag 1980 verlieten wij Lund. Karin zou haar rechtbankstage in Malmö doen, pappa Herman hielp ons een appartement te vinden in Sofielund en hielp ons ook met een klein voorschotje. Toen vulden we onze bananendozen met boeken en spulletjes en met de hulp een paar vrienden verhuisden we terug naar Malmö. Het was geen moeilijke beslissing. Malmö is een echte stad, een levende stad. Lund is vooral een studentengetto waar veel te veel techneuten in roze overals met waterpistolen lopen te spelen.

34

Vermoei ik je? Ach, je ligt daar toch maar een beetje te liggen op die matras. Jouw enige taak op dit moment is ademen, op krachten komen en luisteren. In je opnemen wat ik zeg en vervolgens proberen... iets te leren. Te begrijpen. Dingen duidelijker te zien, helderder. Niet mij, dat is niet waar ik op uit ben, niet in eerste instantie tenminste, nee, wat ik wil is dat je jezelf beter zult begrijpen. Ik wil je je eigen leven geven terwijl ik het mijne vertel.

Nu duurt het niet lang meer voordat jij mijn verhaal binnenkomt. Nu is het nog maar... eens kijken... een jaar of twee, drie, ja minder dan vier jaar totdat jij geboren wordt.

Toen we in Sofielund kwamen wonen, was dat stadsdeel een wonderlijke mengeling van gerenoveerde, opgeknapte huurhuizen en oude, vervallen arbeiderswoningen. Die werden bewoond door jongeren, ambtenaren, sociale gevallen en criminelen. Zo was het helemaal tot in Möllevången. We hadden een mooi appartement op de vierde verdieping van een huizenblok vlakbij de Lantmannastraat, een driekamerwoning waar ik een vrij behoorlijke donkere kamer kon inrichten in een garderobekast. Het grootste probleem was dat het zo gehorig was. Boven ons woonde een allochtone familie. Het leek wel of ze iedere avond hun meubels verplaatsten. Ze hadden de televisie altijd keihard aan. Links van ons woonde een oudere man die dronk en feesten hield en schreeuwde, vloekte en schold, en rechts van ons woonde een stel van onze eigen leeftijd dat iedere avond luidruchtig met elkaar vree. Het bed kraakte en zij kreunde en gilde. Iedere keer dat ik die aardige vrouw tegenkwam op de trap, geneerde ik me en wendde ik me af, hoewel ze me heel vriendelijk groette. Hun slaapkamer lag precies naast de onze en Karin en ik keken elkaar aan, lachten en voelden ons volwassen.

'Ze houden het wel lang vol.'

'Mm.'

'Ik wou dat wij zo'n uithoudingsvermogen hadden.'

'Nou, zorg dan dat je dat krijgt.'

'Nee, dat wil ik niet. Maar misschien kun jij een beetje trainen...'

'Zullen we meteen beginnen met trainen?'

'Nee, ik moet slapen, echt, ik moet morgen vroeg op. Welterusten.'

'Welterusten.'

Karin was nu juriste en ze werkte bij het kantongerecht en ik was freelance fotograaf. We hadden een huis, we hadden een koffiezetapparaat, we hadden een bank en een bed gekocht bij IKEA en meubels bij het Leger des Heils, we hadden boekenkasten vol boeken, we hadden een stereo en drie kratten met elpees, we hadden servies en bestek en potten en pannen en een aardewerken theepot. We waren net een klein gezinnetje. Toch verzamelde ik tegoeden. We hadden het eigenlijk nooit echt over onze toekomstplannen, we vergeleken ze niet.

Natuurlijk waren we actief geweest in de Volkscampagne tegen Kernenergie. Natuurlijk hadden we meegelopen in alle demonstraties. En toen het referendum kwam, werden we er weer aan herinnerd tot wat voor smerige trucs de sociaal-democraten hun toevlucht konden nemen om aan de macht te blijven. Wat we als zeventienjarige jongeren al wisten, was nog steeds waar: sociaal-democratie en grootkapitaal gingen heel goed samen. Maar het was wrang en het is ook wrang dat de mensen kennelijk al vergeten zijn wat er is gebeurd toen het Zweedse volk mocht stemmen over kernenergie.

Wat gebeurde er daarna? Het leek wel of de tijd sneller begon te gaan. De dagen leken op elkaar. Ik weet het niet. In 1981 waren er negen jaar verstreken sinds ik Karin had ontmoet op een voetgangersoversteekplaats hier in Malmö. 1981 was ook het jaar dat ik mijn grote doorbraak maakte als fotograaf en Karin was daarbij betrokken.

Het was een zondagochtend in april, we waren tot elf uur in bed gebleven en hadden genoten van het niets hoeven, daarna was ik opgestaan om koffie te zetten en toen ik terugkwam zat Karin naakt op de rand van het bed. Een sterke lichtval vanuit de wazige wereld aan de andere kant van het raam veranderde haar haren in een stralenkrans en gaf haar huid een zachte schittering. Haar gezicht was dat van een meisje dat nadenkt, een schoolmeisje dat plotseling is blijven steken in een gedachte en al het andere is vergeten.

'Niet bewegen,' zei ik. 'Niet aan iets anders denken. Ik wil een foto van je maken.'

'Ik ben bloot,' zei Karin, maar ze bleef zitten. 'Je weet toch dat ik niet zonder kleren gefotografeerd wil worden.'

'Ik mag toch wel je gezicht fotograferen?' zei ik terwijl ik mijn camera pakte en de lens verwisselde. 'Je gezicht is altijd bloot, toch?'

Ik maakte snel een paar foto's, bang om het moment te verliezen.

'Ik mag toch wel je schouder fotograferen?' zei ik terwijl ik mijn camera naar rechts draaide. 'Je schouder en je arm.'

Ik draaide de camera nog verder opzij en maakte nog een paar foto's.

'Ja zo, dankjewel.'

'Als mijn borsten in een krant komen, zal ik je ter verantwoording roepen,' zei Karin.

'Yes, my love,' zei ik. 'Kom, dan gaan we ontbijten.'

Toen ik een paar dagen later in mijn donkere kamer het filmpje ontwikkelde, ontdekte ik een foto waar je Karins blote schouder, arm en heup net kon onderscheiden aan de linkerkant, terwijl de rest van de foto een lege ruimte liet zien met een lichtgevende mist achter een vuile ruit. Ik maakte een afdruk van 24x36 en bekeek die nauwkeurig. Fantastisch. Hoewel Karin slechts op een paar millimeter van de foto te zien was, vulde haar aanwezigheid het hele beeld. Ik begon te trillen toen ik over mijn foto gebogen zat en ik begreep meteen dat ik bij toeval een manier van portretteren had ontdekt die ik verder moest uitwerken. De daaropvolgende weken schoot ik twaalf rolletjes vol met mensen uit verschillende milieus, ik liet ze poseren alsof ik een portret maakte, maar draaide de camera altijd weg zodat je op de uiteindelijke foto slechts vaag een mens kon onderscheiden of vermoeden.

Toen ik een tijdje later een uitnodiging kreeg om mee te doen aan een gemeenschappelijke expositie in het Moderna Museum in Stockholm die 'Jonge fotografie' heette, koos ik een serie foto's van ruimtes en milieus waar je aan de rand van de foto een vinger, een stukje van een schoen, een oor, een paar haren of een elleboog zag. Ik noemde mijn foto's natuurlijk 'Portretten' en ik kreeg een hoeveelheid aandacht die ik me werkelijk niet had kunnen voorstellen. De grote dagbladen schreven over me, ik werd geïnterviewd door het journaal en door Cultuurnieuws en een aantal buitenlandse tijdschriften publiceerde mijn foto's.

De camera wegdraaien van het onderwerp, ernaast kijken, een stap opzij doen, dat was mijn hele idee. Het was verstrekkend. Ik had de schilderijen van Ola Billgren niet gezien, dat zweer ik. Ik kwam er pas vele jaren later achter dat hij gedurende een periode klaarblijkelijk met precies hetzelfde idee heeft gewerkt. Het succes van de expositie in Stockholm leverde werk en geld op. Ik verkocht een aantal foto's aan de nieuwe krant ETC, ik werd uitgenodigd voor exposities in heel Europa en ik kreeg een mooie deeltijdbaan met veel vrijheid bij het Zuid-Zweeds Dagblad. Ik werd ook overvallen door een zekere roem, een klein beetje bescheiden bekendheid, mijn naam was te zien en te horen, ja, er was een korte periode in de geschiedenis dat de naam Göran Persson bekend stond als de naam van een succesvol fotograaf. Ik denk dat het erg onwaarschijnlijk is dat iemand in dit land nú aan mij denkt als hij of zij de naam Göran Persson hoort. Of het zou mijn moeder moeten zijn.

Ik weet niet of ik leed aan een lichte vorm van grootheidswaan, misschien begon ik een soort trots of zelfbewustheid te ontwikkelen die ik niet eerder had gevoeld, misschien was dat een van de aanleidingen dat ik bij Karin weg probeerde te gaan.
Daarvoor dacht ik: Nooit. Ik dacht: Altijd.
Altijd wij samen, tot een van ons doodgaat. Laat alle anderen uit elkaar gaan en scheiden en mislukken in hun relaties, maar wij nooit. Wij waren voor altijd. You and me forever, baby. Dat dacht ik.
Dat ik er anders over begon te denken, had verschillende oorzaken en misschien was mijn succes als fotograaf er een van, ik weet het niet. Maar dat ik op een mooie, heldere herfstdag Jonny tegenkwam in het Pildammspark, was zeker een van de aanleidingen.
'Nu weet ik waar ik thuishoor,' zei hij.
'Ben je nu clear?' vroeg ik.
Maar hij legde uit dat de Scientologykerk een autoritaire, op winst

beluste organisatie was en dat hij dat gelukkig nog op tijd had ingezien zodat hij eruit had kunnen stappen met zijn verstand en zijn vrijheid en nog wat geld in zijn bezit.

'Ik wist niet dat wat ik zocht zo dichtbij was,' zei hij. 'Ik had niet hoeven zoeken in Tibet en India en Japan of bij indianenstammen of een hebzuchtige ouwe sciencefictionschrijver of ver terug in de tijd. Degene die ik zocht is híer en nú. Ik was blind, maar nu zie ik het.' En toen noemde hij de naam van degene die hij had gevonden, degene die hij al die tijd had gezocht. 'Jezus. Jezus Christus. Hij houdt van mij en ik houd van hem. Hij houdt ook van mij als ik niet knap ben, ik hoef geen oefeningen te doen, ik hoef geen punten te verzamelen, hij houdt van me en vergeeft me, hij draagt mijn zonden. Ik hoef me niet te kwalificeren voor zijn liefde. Ik was blind, maar nu zie ik het.'

Hij praatte heel lang over zijn nieuwe leven. Zijn ogen straalden en stonden helder toen hij vertelde dat er in de kerk plaats was voor iedereen. Maar wat me is bijgebleven van onze ontmoeting, is wat hij vertelde over onze oude vrienden.

'Mattsson, ja, die is verhuisd naar een dorpje in Västerbotten, ik ben afgelopen zomer bij hem op bezoek geweest, het is er heerlijk. Mooi, niet meer dan vijf of zes huizen, maar ze hebben het goed voor elkaar, niet dat ik zo zou willen leven. Ze kweken hun eigen gewassen, ze houden kippen en varkens die vrij rondlopen, ze hebben een eigen school en een heleboel kinderen, ze hebben een eigen wereldje gecreëerd. Hij heeft daar een meisje ontmoet dat al vier kinderen had, dus opeens was hij vader van vier kinderen, Mattsson – kun je het je voorstellen?'

'En Per-Inge?' vroeg ik.

'Heb je het niet gehoord?' vroeg Jonny en hij keek me verbaasd aan.

Ik schudde mijn hoofd.

'Wat?'

'Die is dood.'

'Wat?'

Jonny keek me ernstig aan voordat hij het vertelde.

'Heb je Jennifer wel eens ontmoet? Nee.' Hij had een relatie gekregen met een meisje dat hij tijdens een van zijn reizen had ontmoet, ze waren gaan samenwonen en hadden zelfs een huisje gekocht in Videdal, een geel houten huis met een tuin en appelbomen en zo, hij leek heel gelukkig en blij. Hij rommelde wat, je weet hoe Per-Inge kon zijn, als een gekke kabouter. Nou, op een dag toen Jennifer thuiskwam van het kinderdagverblijf waar ze werkte, had Per-Inge zich opgehangen. Hij hing in de keuken. Hij was dood. Snap je dat? Per-Inge. Ik had hem een paar weken eerder nog gezien, hij was precies als altijd, we dolden wat op zijn grasveld en hij vertelde over zijn groentetuin en zijn bessenstruiken en zijn compost en dat hij…'

'Wat?'

'Dat hij kinderen wilde, dat hij vader wilde worden. En dan hangt hij zich op.'

Ik geloofde niet dat het waar was. Ik wilde niet geloven wat Jonny vertelde. Niet Per-Inge, nee. Hij niet. Dat was de laatste die niet meer zou willen leven, hij was zo vol leven.

Mijn ontmoeting met Jonny en wat hij had verteld, veranderde mijn leven. Eerst dacht ik natuurlijk na over Per-Inge en ik schaamde me omdat ik er niet was geweest, misschien had ik hem kunnen helpen, kunnen verhinderen wat er was gebeurd, misschien had ik de juiste woorden weten te zeggen. Ik piekerde en probeerde te bedenken wat hij had gedacht, wat hem tot zo'n inktzwarte wanhoop had gebracht. Daarna dacht ik na over Mattsson. Daarna dacht ik na over mezelf.

Hoe leefde ik? Welke van mijn plannen en dromen waren nog over, welke had ik opgegeven? Had ik me in de luren laten leggen en laten verleiden door een beetje roem en was ik vergeten wat eigenlijk belangrijk was? Bestond er een risico dat ik ook zou gaan denken dat de dood de enige uitweg was uit een gevangenis die ik voor mezelf had gecreëerd?

Op een dag zat ik thuis aan de keukentafel en ik dacht: ik ben zevenentwintig.

Ik herinner het me heel goed. Het leek wel of ik die dag voor het eerst ontdekte dat ik volwassen was. Of zou moeten zijn. Ik was zevenentwintig. Ik kon het leven niet langer voor me uit schuiven. Toen Karin thuiskwam uit haar werk zei ik:

'Ik moet weg. Ik moet een tijdje alleen wonen.'

Ze liet zich tegenover me op een stoel vallen en keek me lang zwijgend aan.

'Hoezo moet?' vroeg ze ten slotte. 'Waarom moet je dat?'

Omdat ik mezelf anders misschien van kant maak, dacht ik, maar dat zei ik niet, ik begreep dat dat pathetisch zou klinken.

'Ik moet… ik moet het gevoel hebben dat ik mijn leven kies, dat ik niet alles maar laat gebeuren, ik wil niet op een dag wakker worden en erachter komen dat…'

'Houd ik je tegen?' vroeg Karin. 'Houd ik je tegen om iets te doen wat je belangrijk vindt? Sta ik je in de weg?'

Ja, dacht ik.

'Nee,' zei ik.

De stilte vulde de keuken als een ijzige, kille mist. Karins stem klonk toonloos toen ze zei:

'Oké. Maar als je weggaat, wil ik je nooit meer zien. Geen flauwekul dat we even afstand van elkaar nemen en eens kijken hoe dat voelt en zo. Dat we nog vrienden zijn. Als je nog steeds morgen weg wilt, dan moet je dat doen, zodat je vrij bent en niet langer door mij gebonden. Dan is dat het beste. Maar je kunt ook eerst nadenken. Of ík echt degene ben die je tegenhoudt bij wat het dan ook is wat je wilt. Want ik…'

Ze aarzelde en slikte, een spoortje verdriet maakte haar stem onvast toen ze verderging:

'... want ik dacht dat wij samen zouden leven, want... dat is wat ik wil... want ik houd van je.'

Dat zei ze. Dat is precies wat ze zei.

En ik wist dat ik moest blijven.

Ik wist dat dat was wat ik eigenlijk wilde. Ik wist dat ze gelijk had. Ik wist dat ze dwars door me heen keek, dat zij me beter kende dan ik mezelf kende.

Begrijp je dat? Toen ik zei dat ik bij haar weg wilde, vroeg ze me te blijven. Dat is waar. Ze liet me niet gaan.

35

Karin. Een vrouw van zesentwintig nu.

Hoe was zij veranderd, leefde ze een leven waarvan ze het gevoel had dat ze het zelf had gekozen? Ja, daar ben ik altijd van overtuigd geweest.

Ze was de mooiste, sterkste en meest trotse vrouw die ik kende. Ze was een volwassen vrouw, het boze meisje in het vale jack en de versleten spijkerbroek bestond niet meer, Karin droeg weliswaar nog steeds vaak een spijkerbroek, maar nu een duurder soort, niet kapotgeknipt of rafelig, ze droeg vaak soepele katoenen kleding in lichte kleuren, haar haar was lang en steil, ze was totaal niet damesachtig, maar wel een volwassen vrouw, ja, dat zeker.

Ze ging om met juristen en rechtenstudenten maar ze had haar ideeën en idealen niet opgegeven, ze was actief in een Amnesty-afdeling en ze was lid van een linkse partij. Oké, tien jaar geleden vond ze de leden van die partij revisionisten, laffe reformisten en verraders van hun klasse, maar als je bedacht dat de meeste mensen met wie ze samenwerkte overtuigde conservatieven waren, dan kun je toch zeggen dat ze behoorlijk standvastig was. Ze was zelfs betrokken geraakt bij de gemeentepolitiek, ze was vice-voorzitter van de commissie cultuur en ging om de week naar de commissievergadering.

Karin geloofde nog ergens in. Ze was een hardnekkige socialist, ja, ze bleef zichzelf heel lang communist noemen, zelfs toen het bijna verboden was. Ik heb haar daar wel eens om benijd, om haar vermogen ergens in te geloven. Zelf lijd ik onder de vloek dat ik nooit helemaal ergens in kan opgaan, ik heb me nooit helemaal kunnen overgeven aan Marx of Jezus of Boeddha of een van de andere idolen. Er was altijd wel ergens een spoortje twijfel, ik had altijd tegenwerpingen achter de hand. Altijd lauw. Zelden heet of ijskoud.

Maar misschien is dat ook wel een sterk punt. Ik hoef me tenminste nergens voor te schamen of me te verontschuldigen voor domme dingen die ik van mening ben geweest of heb gezegd. Nu past de AA-kreet: 'God-zoals-we-Hem-zelf-zien' perfect bij me. Aan zo iemand wil ik graag mijn geloof en mijn vertrouwen schenken. God kan iedere positieve kracht zijn. Voor sommigen betekent God het gevoel van gemeenschap in hun AA-groep. Voor sommigen betekent God een goed leven zonder drugs. Zo kan het zijn. Dat kleine beetje geloof is genoeg voor mij.

Ik lag 's nachts wel eens wakker en dan keek ik naar haar terwijl ze sliep. Dan was ze weer een klein meisje, lag ze vertrouwd te snuiven met haar mond halfopen, mompelde iets onbegrijpelijks, schoof een beetje heen en weer en draaide zich om in haar slaap. Ik dacht aan de geschiedenis die wij deelden, aan alles wat we samen hadden gedaan, hoe we elkaar hadden zien opgroeien, en mijn hart vulde zich met warmte. Ik zal haar nooit kwaad doen, nee, nooit, ik zal haar beschermen tegen alle kwaad, ik zal er altijd voor haar zijn.

Nooit hield ik zoveel van Karin als wanneer ik haar zag slapen. Dan dacht ik vaak aan de woorden van Joni Mitchell: 'All I really,

really want our love to do is to bring out the best in me and in you too.' Die had ik een van de eerste keren dat we elkaar zagen voor haar geciteerd, tijdens onze eerste gelukkige tijd toen we ons bezighielden met aan elkaar snuffelen en elkaar ontdekken en we blij waren met alles wat we bij elkaar vonden.

Maar nadat ik had gezegd dat ik weg wilde, duurde het dagen, weken, maanden voordat we elkaar weer echt hadden teruggevonden. We spraken er nooit over, maar we waren ons allebei meer bewust van de ander, we wogen alle woorden die tussen ons werden gewisseld, we zochten verborgen bedoelingen, we onderzochten elkaar met lange blikken, een klein beetje angst en een klein beetje voorzichtigheid waren over ons gekomen. Langzamerhand liet het ons weer los en durfden we elkaar weer te vertrouwen, misschien kun je zeggen dat we iets hadden geleerd, ik weet het niet, misschien kun je zeggen dat we ondanks alles dichter bij elkaar waren gekomen, ik weet het niet.

Oudejaarsavond 1982 waaide er een sneeuwstorm, we zouden naar een feest in Bjärred gaan, maar we durfden niet naar buiten, we bleven alleen aan onze eigen keukentafel zitten, dronken twee flessen mousserende wijn en werden een beetje bubbeltjesvrolijk.

'Ik ben gek op je,' zei Karin; haar blik rustte vast in de mijne.

'Mooi,' zei ik.

Ze lachte en wachtte en ik liet haar een hele tijd wachten voordat ik verderging:

'Ik ben blij dat jij zo verstandig bent terwijl ik zo dom ben.'

'Meer,' zei Karin.

'En dat jij zo mooi bent in mijn ogen,' zei ik.

'Meer,' lachte Karin.

'En dat je zegt dat je gek op me bent.'

'Meer,' vroeg Karin.

'En... en... en...'

'En je bent blij dat ik een kindje van je wil,' zei Karin.

Je zou kunnen zeggen dat jij daar werd geboren. Aan een keukentafel in Sofielund, oudejaarsavond 1982. Je werd geboren in onze wil. Eerst in die van Karin, toen in de mijne. Het was niet moeilijk om mij over te halen, ik dacht dat… dat de tijd ervoor was aangebroken in ons leven. Die tijd begint nu. Misschien, dacht ik, zou een kind ervoor zorgen dat ik tot rust kwam, dat ik me eindelijk thuis zou voelen. Een kind zou die stem in mijn hoofd laten stoppen, de stem die steeds maar herhaalde dat het leven op een heel andere manier geleefd moest worden, dat ik iets belangrijks had opgegeven, iets waarin ik geloofde. Misschien zou ik volwassen worden.

Bovendien wist ik dat als Karin iets had besloten ik eigenlijk geen keus had. Bovendien bleek dat Karin al twee maanden daarvoor was gestopt met de pil.

Toen volgde er een tijd waarin we wachtten tot haar menstruatie zou uitblijven.

'Verdomme, deze maand alweer niet. Stel je voor dat het niet lukt, stel je voor dat we het niet kunnen, stel je voor dat er iets mis is met mij.'

'Of met mij,' zei ik.

Maar echt ongerust werden we nooit.

Ik zou in maart een expositie hebben in Oslo en Karin ging mee voor de opening en een lang weekend. We namen de boot vanuit Kopenhagen, we zaten in de bar en dronken wat, er speelde een slechte coverband die The Pink Panthers heette en we dansten en waren vrolijk. We wankelden terug naar onze hut en toen ben jij ontstaan.

Je bent verwekt in een hut op de boot naar Oslo door een vrolijke man en een vrolijke vrouw die van elkaar hielden. Je was gewenst en er werd naar je verlangd. Een betere start kun je je nauwelijks voorstellen.

De ochtend erna aten we van het ontbijtbuffet terwijl de veerboot door de smalle Oslofjord gleed.

Geen buik in de wereldgeschiedenis is meer gedocumenteerd dan die van Karin tijdens de negen maanden die daarop volgden. Zodra we het wisten, nam ik minstens een foto per dag. 'Je moet er misschien niet zoveel maken. Foto's bedoel ik,' zei Karin terwijl ze rimpels in haar gezicht trok. Stel je voor dat er iets gebeurt, stel je voor dat het misgaat, stel je voor…' 'Alles zal goed gaan. Er zal niets gebeuren,' zei ik. Ik was al volwassener.

Karin was die zomer en die herfst mooier dan ooit. Ze droeg jou met een fiere trots. Haar ogen straalden. Het leek wel of er een stralende glans rond haar hele lichaam hing. Als ze door de stad liep, draaide iedereen zich naar haar om; iedereen die haar tegenkwam, lachte en voelde zich licht om het hart, ze liep rond als een levende reclamezuil voor Leven & Liefde & Hoop, uitgezonden door God. Dat is waar. Ik zag het. Maar ik kon het beeld niet vangen.

We volgden een oudercursus in het geboortecentrum, we oefenden psychologische pijnbestrijding, we oefenden verschillende ademhalingstechnieken, we lazen alles wat we maar konden lezen over zwangerschap en geboorte en de verzorging van zuigelingen, we volgden jouw ontwikkeling in het fotoboek van Lennart Nilsson en we zagen hoe je groeide van broedsel tot vis tot gewerveld dier tot klein bijna-mensje.

'Maar we kopen niets. Geen kinderwagen, geen wieg, geen kleertjes, geen leuke kleine speeltjes. Dat brengt ongeluk. We kopen niets voordat hij is geboren. Voordat we hebben gezien dat hij is… zoals hij moet zijn.'

'Of ze,' zei ik.

Maar Karin was ervan overtuigd dat je een jongen was, ze wist het al vanaf het begin.

We zongen voor je, weet je dat nog? We zongen voor ons ongeboren kindje. We zongen wiegeliedjes voor je terwijl je nog rondzwom in Karins buik, we draaiden iedere avond klassieke muziek, we hadden gelezen dat dat goed was. We lieten de barokmuziek door ons appartement denderen. We namen een beetje wraak op onze buren. Heb je wel eens gedacht dat Bach en Händel en Vivaldi je zo merkwaardig bekend voorkomen?

Je was uitgerekend op 13 december, de dag van het Luciafeest. 'Ja hoor, en als we dan 's morgens in het ziekenhuis komen, vieren ze natuurlijk Luciafeest. Alle verloskundigen en artsen doen mee aan de optocht en niemand heeft tijd voor ons, ze willen alleen maar zingen en peperkoek en krentenbollen eten,' zei Karin en ze probeerde haar ongerustheid weg te giechelen.

Maar je wilde niet wachten, je had haast om op de wereld te komen. Op 5 december vroeg in de ochtend werd Karin wakker omdat het bed nat was. Ze wekte mij:

'Het is tijd. Ga je mee?'

Ze was heel rustig. Ik was heel opgewonden.

En bang. Ja, ik was doodsbang. Dat er iets zou gebeuren, dat er iets niet in orde zou zijn. Ik was bang voor haar. Ik bad tot een God in wie ik nooit had geloofd: Lieve God laat alles goed gaan.

Alles ging goed. We gingen met de taxi naar het ziekenhuis, we kwamen om halfzeven op de afdeling verloskunde, de weeën waren begonnen, ik ademde samen met Karin en hield haar hand vast. De verloskundige was groot en dik en solide en ze heette Alva en jij werd zonder problemen geboren op 5 december 1984 om 07.59 uur in het Malmö Allmänna Ziekenhuis. Ik was de tweede die je zag, na Alva. Je was rimpelig en rood en ik telde vlug: Een, twee, drie, vier… Ja, tien vingers en tien tenen. Alva bekeek je en zei dat je een mooi kereltje was en toen legde ze je aan Karins borst. Of heette ze Alma trouwens? Het was in elk geval een echte verloskundigennaam.

Ik had geen camera meegenomen. Karin had gezegd dat ze dat beslist niet wilde en ik was niet van plan om erbij te gaan staan fotograferen. Ik was immers nodig, ik moest helpen, we zouden samen een kind ter wereld brengen.

Natuurlijk heb ik het beeld van jou als pasgeboren baby in mijn hoofd. Het was waarschijnlijk iets later, ik denk dat de navelstreng al was doorgeknipt. Je ligt op Karins schouder, ze kijkt me met matte ogen aan, je ruikt naar leven, ik zit op de rand van het bed, ik buig me naar jullie toe en ik ben gelukkig.

Dat beeld, dat moment. Ja, dat zou ik kiezen, als ik er één moest kiezen.

Geen mens die een kind geboren heeft zien worden, zal dat ooit vergeten. Iedereen die een kind geboren heeft zien worden weet dat er hoop is, ondanks alles is er hoop. Iedereen die een kind geboren heeft zien worden kijkt met nieuwe ogen naar andere mensen. Zo nietig en hulpeloos zijn we allemaal geweest. We hebben allemaal liefde als vanzelfsprekend beschouwd. Daarom is er hoop.

Je rook zo lekker.

Je woog 3260 gram en je was 51 centimeter. Precies groot genoeg. Een perfect klein mensje. Ik kon je in één hand houden. Je was bijna kaal.

Nu lig je hier.
Nu zit ik hier.
Tot hier zijn we gekomen.

36

Weet je het nog? Herinner je je hoe het was om geboren te worden? Per-Inge beweerde dat hij zijn eigen geboorte opnieuw had beleefd tijdens een LSD-trip.

Het was nauw, zei hij. Het deed ontzettend pijn, zei hij. Het leek of ik meters diep onder water was en vocht om naar de oppervlakte te komen. Je weet wat de goede richting is, je worstelt om boven bij het licht te komen, maar je hebt het gevoel dat je hoofd uit elkaar barst. Zo was het precies, zei hij. Ik vocht me een weg naar het licht, ik had het goed gehad toen ik in mijn moeders zachte donkere buik woonde, ik deed kunstjes en duikelde kopje daarbinnen, maar nu wist ik dat er een nieuwe tijd zou aanbreken, er waren veranderingen op komst, grote veranderingen, ja echt, er was een kracht die mij naar het licht toe trok en ik móest wel doorworstelen, hoewel ik het gevoel had dat ik uit elkaar knalde. Toen was ik er en het felle licht prikte als duizend scherpe messen en iemand hielp en trok me het laatste stukje naar buiten, toen was ik op de wereld en het was kil, ik had het koud en ik kon niet ademen, ik ging bijna dood, maar toen vulden mijn longen zich met lucht en ik vond de tepel van mijn moeder en zoog de eerste melk op. Toen draaide ik mij om en daar zat mijn vader, hij rook naar sigaretten en ik verlangde alweer terug naar waar ik vandaan was gekomen.

Dat zei Per-Inge.

'En sindsdien verlang ik daar steeds naar terug,' zei hij. 'Het is nooit de bedoeling geweest dat ik mijn moeder zou verlaten, ik had daar nog steeds moeten wonen.'

Mattsson grijnsde. Toen we een tijdje geleden 's nachts thuiskwamen, zei hij, leek het net of Per-Inge bezig was om bij Tessa naar binnen te kruipen door het gat tussen haar benen. 'Aha,' grijnsde Mattsson, 'dus dat is wat je de hele tijd aan het doen bent met al die meisjes, je probeert naar binnen te gaan.'

'Ja. Ik ben op weg naar huis,' lachte Per-Inge. 'Ik hoor hier niet in de kou. Ik verlang terug.'

Zei Per-Inge die nu dood is, die niet meer wilde leven.

37

Zo. Nu ben je ter wereld gekomen. Je bent er en je ruikt lekker en je hebt tien vingers en tien tenen. Nu kopen we alles wat we nodig hebben, alles wat een pasgeboren baby nodig kan hebben. Een wiegje, een kinderwagen, een bedje, een commode en een tuigje. En katoenen luiers natuurlijk. Het eerstkomende jaar hangt ons huis altijd vol katoenen luiers en altijd hangt er de zoete lucht van babypoep.

Maar we kopen niet heel veel spullen, nee, je zult niet worden bedolven onder een heleboel overbodige spullen, een zachte antroposofische lappenpop en houten speeltjes voor je handen en een mooie mobile voor je ogen, dat moet voldoende zijn. En muziek, versjes en wiegeliedjes voor je oren. Er is nog nooit zoveel voor een kind gezongen als voor jou, herinner je je dat, herinner je je dat ik iedere avond naast je wiegje zat en zachtjes op je billetjes klopte terwijl ik zong: 'Slaap kindje, slaap, daarbuiten loopt een schaap…'
Herinner je je dat nog?

Karin zong ook altijd. En ze zei versjes en deed spelletjes.

'Er komt een muisje aangelopen, zomaar in je nekje gekropen…
Verdomme.

Godverdomme.

Waarom lig je hier en stink je naar drank?

Verdomme. Je zou de sterkste, meest vrije en gelukkige mens ter wereld moeten zijn. Verdomme. Wat hadden we kunnen doen wat we niet hebben gedaan? We hebben gezongen en gelezen en… je meegenomen de natuur in, we zijn met je naar concerten en naar het theater geweest, we hebben je beschermd tegen televisie en harde geluiden en zon in je ogen en we hebben je verzorgd en de beste start gegeven die een klein mensenkind kan krijgen. Waarom lig je hier? Nou?

Er zijn kinderen die opgroeien in armoede en ellende, zonder liefde. Er zijn kinderen die opgroeien met ouders die hen misbruiken. Er zijn kinderen die worden misbruikt door hun ouders. Er zijn kinderen die helemaal geen ouders hebben. Jij had ons en wij wilden je alles geven. We overstelpten je met liefde en goede wil, je was een prinsje dat onze levens regeerde en bestuurde. Waarom lig je hier en stink je? Is er ook maar één aanleiding dat het niet goed met je gaat? Nou?

'Ik denk niet dat het helpt als je hem uitscheldt…'
Wat? Er is een meisje, een jonge vrouw, de kamer binnengekomen zonder dat ik het heb gemerkt. Ik weet niet hoe lang ze daar bij de deur heeft staan luisteren. Kan het zijn halfzusje zijn? Of een vriendinnetje?
'Wie ben jij?'
'Ik heet Josefine,' zegt ze en ze gaat op haar knieën naast je matras zitten.
'Ik ben…' begin ik, maar ze onderbreekt me:
'Ik weet wie je bent.'
'Zeg Josefine,' probeer ik, 'ik ben aan het…'
Maar ze onderbreekt me opnieuw:
'Ik heb gehoord wat je aan het doen bent.'
Dan zegt ze dat ze even met Jonatan wil praten en ze vraagt of ik de kamer uit wil gaan. Ik weet niet waarom ik haar gehoorzaam.

DE JONGE VROUW

1

Hij merkte niet dat ik binnenkwam. Het was niet mijn bedoeling om stiekem binnen te sluipen, ik bedoel, het was niet mijn bedoeling om stiekem te luisteren, maar ik wilde hem niet onderbreken. Hij praatte over de tijd toen je klein was, hij vertelde wat een goede ouders ze waren geweest en toen begon hij op je te schelden omdat je hier lag en toen kon ik het niet laten om te zeggen dat dat waarschijnlijk geen zin had en toen keek hij me alleen maar aan alsof ik een spook was.

Hij lijkt heel erg op jou. Of andersom: jij lijkt heel erg op hem. Ik heb de foto gezien die boven je bed hangt, maar daarop zie je niet hoe veel jullie op elkaar lijken. Het zijn de ogen. De ontwijkende blik. De mond. De handen. En... Alles, ik zie jou in bijna alles aan hem.

Hanna's oppas vertelde me dat je hier was, het ziekenhuis had gebeld, zei ze, en ik ben meteen hiernaartoe gefietst, maar toen moest ik nog een kwartier zeuren bij een chagrijnige zuster voordat ze me bij je liet.

Sorry.

Ik weet dat het mijn schuld is.

Maar het is natuurlijk ook jouw schuld, want ik was zo ontzettend teleurgesteld in je, niet in wat je zei, maar omdat je zoveel voor je had gehouden. En zo lang. Dat je erover hebt lopen piekeren zonder dat ik het had gemerkt en dat je niet met me hebt gepraat, verdomme, ik dacht dat ik je kende, ik dacht dat we nooit iets voor elkaar verborgen konden houden, ik dacht dat nog nooit iemand zo dicht bij me was gekomen, ik heb alles aan jou verteld, ik heb je dingen verteld waarvan ik nooit had gedacht dat ik ze aan iemand zou vertellen, ik heb me helemaal blootgegeven, vanaf de allereerste keer dat we elkaar zagen en jij… Jij hebt zo'n groot deel van jezelf voor mij verborgen gehouden.

Je begrijpt toch wel dat ik teleurgesteld was. Je begrijpt toch wel dat ik verdrietig was. Je begrijpt toch wel dat ik kwaad was. Natuurlijk. Je had gedronken, je was een beetje dronken. Maar niet zo erg, toen niet, je meende wat je zei. Dat weet ik, ik heb zelf dingen gezegd die ik niet had moeten zeggen. Sorry, ik wou dat ik mijn woorden kon terugnemen, ze opkauwen en inslikken, ik wou dat ze mijn lippen nooit hadden verlaten. Maar het kwam doordat ik teleurgesteld was. Begrijp dat alsjeblieft.

Ik dacht altijd: Jij bent niet zoals de rest. Zoals de andere jongens, de jongetjes en de mannen. Dat dacht ik sinds de eerste keer dat we met elkaar spraken en ik houd van je omdat je bent wie je bent.

Het leek wel of je omhulsel opeens opensprong en toen kwam er iets naar buiten wat ik helemaal niet had verwacht. Een buitenaards wezen dat ik helemaal niet wilde ontmoeten.

Houd ik je tegen? Weerhoud ik je ervan iets te doen wat je belangrijk vindt? Houd ik je op de een of andere manier tegen? Dat was wat ik me afvroeg.

Oké, ik was ook een beetje dronken. Maar niet zo erg. Dat weet je.

2

Ik heb het gevoel dat we elkaar ons hele leven al kennen.

Als jij die dag niet de meisjeskleedkamer was binnengestormd, als we elkaar die avond niet waren tegengekomen bij dat concert, als we niet in dat hok waren beland, dan had ik jou misschien nooit leren kennen. We hadden drie jaar lang op dezelfde school kunnen zitten, langs elkaar heen kunnen lopen in de gangen, tegelijkertijd in de kantine kunnen zitten of in de bieb, misschien zelfs dezelfde lesuren kunnen hebben zonder elkaar te leren kennen. Zo had het kunnen gaan. Er zijn zoveel mensen waar je gewoon langsloopt. Nu ben jij degene die het dichtst bij me staat. Degene die in mijn hart woont, ja.

Jij was niet zoals andere jongens. Je bent niet zoals andere jongens. In de eerste klassen van de middelbare school leek het wel of de jongens van een ander ras waren. Ze sjokten rond alsof het grote, domme hondenwelpen waren of zo. Grote, slordige, uit hun krachten gegroeide hondenwelpen die liepen te kwijlen en rondsprongen en kwamen aanrennen en die dingen omgooiden als ze zich omdraaiden of als ze in hun kinderlijke blijdschap met hun staart zwaaiden. Niet dat alle meisjes nadenken over het leven, de wereld en de toekomst, niet dat alle meisjes gedichten schrijven of schilderen of dwarsfluit spelen, maar toch, het is net of meisjes meer… meer mens zijn. Jongens waren gewoon een probleem. Grote harige onopgevoede hondenwelpen. Nauwelijks zindelijk. Geïnteresseerd in de meest primitieve dingen: drank, voetbal en de lichamen van de meisjes. Vechten en wedijveren om de macht in de klas en op het schoolplein. Geleid door hun meest primitieve driften.

Nu we in de hogere klassen zitten is er niet eens zoveel verschil, de meeste jongens zitten nog steeds op dat niveau. Er zijn heel veel jongens uit de buitenwijken die uit verschillende machoculturen komen. Die zijn op een heel andere manier opgegroeid, een angstaanjagend ouderwetse manier. Ze begroeten elkaar iedere dag met een handdruk en ze dromen over mannelijkheid en geld en macht en over mooie, gehoorzame vrouwen die ze aan hun vrienden kunnen showen. Oké, nu ben ik een beetje onrechtvaardig, een beetje racistisch. Maar in grote lijnen is het zo. En dan heb je nog de gewone voetbaltypes, de feestnummers, de kleine kwajongens en de grote kwajongens. Maar jij bent niet zoals de anderen. Jij gaat je eigen weg. Dat is het. Jij wilt je eigen weg gaan.

Nooit een volger zijn.

Je bent heel erg bang voor je vrijheid, zo bang dat je verstrikt raakt in iets waarvoor je niet zelf gekozen hebt. Je bent liever alleen dan dat je de massa volgt.

Ik merkte het meteen. Dat jij niet was zoals de anderen, dat je anders was. Ik weet immers welke soorten er zijn. De arrogante hiphoppers met hun minachtende grijns. De geblondeerde voetbaltypes met hun schreeuwliedjes op feesten met veel drank. De hippe jongens met hun droeve ogen, bij hen voel ik me het meest op m'n gemak, maar ze zijn vaak heel erg vol van hun eigen geweldigheid of hun eigen plannen of hun lijden.

Jij kwam en paste niet in een van die hokjes. Ik werd onzeker, misschien was ik een beetje bang, misschien ontmaskerde je mij op de een of andere manier. Je leek zo zeker van jezelf en zo moedig. Zo vrij en zelfstandig.

Nee, niet zeker. Afwachtend, voorzichtig. Maar niet laf.

Ik zal eerlijk zijn: ik was niet zo geïnteresseerd in jongens. Ik dacht zelfs dat ik wel zonder jongens kon. Als je begrijpt wat ik bedoel. Maar dat was voordat ik jou tegenkwam.

3

In feite zou ik je kunnen aanklagen wegens mishandeling. Het was jouw hand die me vasthield, het was jouw arm die me liet vallen.

Maar jij zou mij met evenveel recht kunnen aanklagen en zeggen dat je je verdedigde. Jij en ik weten dat dat beeld het dichtst bij de waarheid ligt.

We waren net twee ruziënde kleuters in de zandbak.

Ik bedoel gewoon: als ik niet van je hield zoals ik doe, als ik je kwaad wilde doen, dan zou ik je kunnen aanklagen.

Maar je kunt me vertrouwen, ik zou nooit liegen om jou te beschadigen. Je weet dat ik je vertrouw zoals ik nog nooit iemand heb vertrouwd. Ik heb je zelfs het mes aangegeven, herinner je je dat nog? Begrijp je hoeveel ik je vertrouw?

En toen liep je gewoon weg. Je draaide je om en liep weg.

Begrijp je hoe kwaad ik was? Hoe gekwetst. Alsof ik het niet waard was om nog langer een gesprek mee te voeren. Je liep gewoon weg. Dat je dronken was, is geen excuus.

Toen werd ik natuurlijk bang.

Ik was bang dat er iets ergs met je zou gebeuren. Je had veel meer gedronken dan anders. Ik was bang dat je jezelf iets zou aandoen. Dat je nog meer zou drinken. Ik begon te begrijpen waarom je zoveel had gedronken, je liep rond met een pijn die je wilde verdoven, een pijn die zelfs ik niet had vermoed.

Ik was heel erg bang.

Ik was nog het bangst dat je jezelf iets zou aandoen. Dat heb ik nooit eerder gedacht, maar vannacht ging die gedachte als een ijskoude windvlaag door me heen. Ik rilde als door een dodelijke kou.

Ik heb je de hele nacht gezocht.

Nu ben ik bij je, je ademt, je leeft.

Nu ben ik weer warm.

Ik heb veel nagedacht de afgelopen uren, ik heb aan jou gedacht en aan ons. Ik dacht: je zwakheid, dat is waar ik van houd.

Begrijp me niet verkeerd, het is niet zo dat ik de sterkste wil zijn, degene die bepaalt wat er gebeurt, die alles onder controle heeft. Nee, dat is het niet. Ik bedoel dit: alle jongens die ik heb ontmoet, lijken zo bang te zijn voor zwakheid, voor hun eigen zwakheid. Ze verbergen hem op verschillende manieren, ze verbergen hem achter spieren of een houding of een stijl. Jij bent moediger dan alle andere jongens die ik heb ontmoet, jij durft je zwakheid te tonen, je onzekerheid, je angst.

Iedereen veracht zwakheid. Daar hebben we het over gehad. Maar ik houd van jouw zwakheid.

Dat ik jou gevonden heb. Dat wij elkaar gevonden hebben. Jij bent de jongen waar alle meisjes van dromen. Nee, niet alle. Niet de ergste leeghoofden natuurlijk en ook niet de ergste sportmeiden, maar de rest. Degenen met hersens en trots, degenen die zich niet voor de gek laten houden. Degenen die niet wanhopig zijn. Dat nou net ík jou heb gevonden. Ik zou dit aan je moeten vertellen. Ja, nu vertel ik het, nu je daar met gesloten ogen ligt. Als we tegenover elkaar hadden gezeten, had ik het niet gedaan. Ik ben niet zo moedig als jij. Maar soms ben jij ook een lafaard, als het gaat om praten over je gevoelens. Heb je wel eens gezegd dat je van me houdt? Ik ben geen romantische dwaas, dat weet je, maar als je eens een keer had gezegd dat je me miste of naar me verlangde, dan… Verdomme, nou zeur ik. Ik zeur en mopper en klaag. Waarom doe ik dat? Ik wil hier alleen maar zitten en kijken hoe je ademt en gelukkig zijn dat je dat doet en verlangen naar je handen en alles wat je handen kunnen doen.

Verdomme, wat heb je gedaan? Idioot.
Als ik naar je tengere polsen kijk dan wil ik alleen maar huilen. Als ik je handen zie. Jouw handen zijn gemaakt om te strelen. Jouw handen moeten open zijn, open en zacht. Ik weet wat jouw handen kunnen doen. Jouw handen zijn gemaakt om gitaar te spelen, ik houd ervan om naar je handen te kijken als je speelt. Heb ik je dat wel eens verteld? Weet je waar ik nog meer van houd? Te zien hoe jij een boterham smeert. Je bent zo precies als je de boter erop smeert, je doet er een hele tijd over om het glad en gelijkmatig te verdelen, dan de sojakaas, dan twee plakjes tomaat, je werkt nauwkeurig en geconcentreerd alsof je een kunstwerk aan het maken bent. Jouw boterhammen worden kleine kunstwerkjes. Als ik tegenover je aan tafel zit en toekijk, ril ik van geluk. Maar dat zul je natuurlijk nooit te weten komen.

Jouw handen zijn niet gemaakt om iemand vast te houden. Verdomme. Waarom zeur ik? Ik ben hier niet gekomen om te zeuren, ik ben hier niet gekomen om je een heleboel dingen te vertellen die je al weet, ik ben hier gekomen om sorry te zeggen. Begrijp je dat? Ik zeg sorry. Begrijp je dat? Ik wil bij je zijn. Nog steeds. Altijd. Ik weet dat ik je in een hoek heb gedrongen, je werd iemand anders, ik had iemand anders van je gemaakt, je was buiten jezelf, ik weet het, ik zag hoe verbaasd je was, hoe wanhopig je naderhand was, toen je het begreep, toen je tot jezelf kwam, ik…

'Hrrmm. Pardon.'

4

Zucht. Verdomme. Nu komt hij terug. Die vent. Göran Persson, niet de minister-president, nee, de afwezige vader, de beroemde fotograaf, de alcoholist, de bedreiger, de verrader. Nu staat hij in de deuropening, nu komt hij binnen en doet de deur achter zich dicht. Verdomme. Hij ziet er verward uit, in de war. Maar netjes, geen stoppelbaard, keurige kleren, geen alcoholwalm.

'Zeg,' zegt hij, 'ik ben Jonatans vader. Ik was hem aan het vertellen over… Ik was hem een heleboel dingen aan het vertellen die ik al veel eerder had moeten vertellen, maar… Ja.'

Hij slikt. Hij aarzelt.

Jemig, wat lijken jullie op elkaar. Dat had jij kunnen zijn.

'Ik wil graag… mijn verhaal afmaken… voordat… voordat Karin, voordat Jons moeder komt, ik… dit is misschien de enige kans die ik krijg.'

Ik wacht. Wat moet ik zeggen? Hij vraagt of ik weg wil gaan. Ik wil niet weg. Maar hij heeft jouw ogen. Jemig. Nu steekt hij zijn hand uit, nu wil hij zich voorstellen zoals het hoort, nu zegt hij nog eens dat hij je vader is en hij vertelt dat hij Göran heet. Dat wist ik al.

'Josefine,' zeg ik, hoewel ik al had verteld hoe ik heet.

'Ben jij… ben je zijn… hebben jullie een relatie?' vraagt hij. Hij lijkt bijna verlegen.

Ik knik.

Dan vertelt hij dat hij hiernaartoe is gekomen omdat Jon een briefje met zijn telefoonnummer in zijn zak had en dat de politie hem had gebeld en dat…

'Weet jij wat er is gebeurd?' vraagt hij opeens. 'Weet jij waarom hij hier ligt?'

Ik knik.

'Hij heeft te veel gedronken. Hij was… verdrietig. Of…'

Wanhopig is het woord, maar dat kan ik niet zeggen, niet zonder iets uit te leggen wat ik niet wil en ook nauwelijks kan uitleggen. Niet aan deze man.

Als hij iets mompelt, dat het niet helpt om te drinken, word ik kwaad. Gaat hij nu zeggen, denk ik, hoeveel hij om je gaf? Waar was hij toen je hem nodig had? Ja, ik weet waarom dat briefje in je broekzak zat, maar dat zal ik hem niet vertellen, nooit.

Je hebt me verteld over de pijn, over het gemis, en over het onbegrijpelijke, afschuwelijke wat er gebeurde toen je nog maar vijf was. Maar het gekke is dat mijn boosheid binnen een paar seconden is weggevloeid, die verdwijnt met een gorgelend geluidje in de afvoer en wat over is, is een gevoel van… weemoed, een klein beetje verdriet, het gekke is dat ik een soort… saamhorigheid voel, ja, echt, met hem. Hij en ik delen iets. Hij, de grote verrader, en ik.

En dan zijn er nog zijn ogen. Jouw ogen. Maar die van jou zijn dicht nu.

'Kun je niet… kun je niet verder vertellen als ik hier ook ben?' vraag ik.

Hij denkt na. Het blijft zo lang stil dat ik net wil zeggen dat ik wel naar de gang kan gaan om daar te wachten, als hij zijn keel schraapt en zegt:

'Toen Jon geboren werd, had ik een idee dat ik hem over mezelf wilde vertellen. Over wie ik was voordat ik zijn vader werd. Dat soort dingen bedenk je als je ouder van een kind wordt, je bedenkt wat een kind vormt, je denkt aan je eigen jeugd en je eigen ouders, dat deed ik tenminste en ik bedacht dat ik niets van mijn eigen vader en moeder weet, ik weet niet wie mijn vader was toen hij zeventien was en in wat voor wereld hij leefde, ik weet niet hoe mijn moeder was toen ze een klein meisje was, ik weet niet eens, dacht ik, hoe mijn eigen vader en moeder elkaar hebben ontmoet. Dat zou ieder mens moeten weten, dacht ik. Dus ik had bedacht dat ik dat allemaal aan Jon zou vertellen, ik begon zelfs herinneringen uit mijn jeugd op te schrijven en zo, maar toen... ja... toen zijn er dingen gebeurd... ja... misschien weet je daar wel iets van...'

Hij zwijgt en verdwijnt in zichzelf. Ik wacht en kijk naar hem. Zijn handen zijn ook de jouwe. Of andersom. En het rimpeltje in een van de mondhoeken.

'Nu had ik de kans om te vertellen,' zegt hij met een ijle stem zonder mij aan te kijken. 'Nu vannacht.'

Maar je kunt beter vertellen als je zoon je kan horen, denk ik, en alsof hij mijn gedachten kan lezen, zegt hij:

'Ik weet dat Jon me heeft gehoord. En... ik was bijna klaar met mijn verhaal. Ik heb iets verteld over... over mijn jeugd en over toen ik zeventien was en over hoe ik Karin heb ontmoet, en over ons leven samen, nu ben ik gekomen bij het moment dat Jon geboren werd, nu is er nog maar één ding dat ik wil vertellen. Het moeilijkste.'

'Dan ga ik zo lang naar buiten,' zeg ik en ik sta op.

Maar nu schudt hij zijn hoofd.

'Nee,' zegt hij. 'Blijf maar. Misschien is het wel goed dat jij hier bent. Ja. Ik denk dat het goed is.'

Hij trekt de stoel die bij het bureautje staat naar zich toe en zet hem naast mijn roestvrijstalen kruk, dan gaat hij zitten, buigt zich naar voren en kijkt lang naar jou, zwijgend, dan zegt hij: 'Sorry.'

DE VADER

1

Ze is leuk, ze heeft grijze ogen, lang haar en hoge jukbeenderen, ze lijkt op een van de hoofdpersonen in een bekende Zweedse jeugdfilm, ze is zo leuk dat ik kinderlijk trots ben, ja echt, dit is Josefine, het vriendinnetje van mijn zoon. Ja echt. Belachelijk, ik weet het. Maar toch.

Ze heeft wat opgedroogd bloed onder haar neus. Dat zou ze niet moeten hebben, dat past niet bij haar. Ze is serieus. Nee, trouwens. Niet leuk. Mooi. Ja, dat is ze. Mooi en serieus en wijs. Sterk. Ze heeft zo'n sterke integriteit dat ik er bijna verlegen van word en begin te stotteren.

Hier zit de trotste vader.

Nu vertel ik niet alleen aan jou, nu vertel ik ook aan haar, aan Josefine. Ik dacht dat dat misschien wel goed zou zijn, misschien kan zij mijn getuige zijn.

Sorry, Jonatan. Het was niet mijn bedoeling om je ergens van te beschuldigen.

Je ademt. Je leeft. Dat is het belangrijkste.

Je kunt er iets van leren. Van alles waar je niet dood aan gaat, kun je iets leren, zoals men zegt.

Dat zou vreselijk zijn: als je doodging. Het is vreselijk als kinderen doodgaan vóór hun ouders. Dat zou nooit mogen gebeuren. Als God bestond, zou hij dat nooit laten gebeuren. Nu is de wereld vol ouders die hun kinderen hebben verloren. Kinderen die zijn gestorven van de honger, door ziekten, door Amerikaanse bommen of Palestijnse bommen of katholieke of protestantse of islamitische bommen, door scherpe messen die hun zachte lichamen hebben opengesneden, door loden kogels die hun binnenste hebben kapotgereten, ze zijn doodgegaan bij verkeersongelukken, ze zijn verdronken, ze zijn ingesloten in brandende ruimten, ze zijn vergiftigd door drugs. Of ze hebben zichzelf van het leven beroofd, in bodemloze wanhoop. Bodemloos is ook de zee van tranen die hun ouders hebben gehuild. Denk aan al die miljoenen ouders op de wereld die een kind hebben verloren. Stel je voor dat je dan verder moet leven. Dat zou vreselijk zijn: als jij vóór mij doodging. Oké. Ik weet het. Ik heb je niet laten zien dat ik er zo over denk. Ik ben niet aanwezig geweest in je leven. Ik klink als een huichelaar, dat begrijp ik. Maar ik wist altijd dat je er nog was. En nu ben ik hier, toch? Jij bent het beste dat ik heb gedaan. Jij bent het beste dat ik in mijn leven heb gedaan. Begrijp je dat? Ik heb wel wat geleerd sinds ik zeventien was.

Ik ben de laatste die het recht heeft om jou ergens van te beschuldigen. Maar het is waar dat we hebben geprobeerd jou het beste te geven tijdens die eerste jaren, je moeder en ik. We waren zorgvuldige ouders. We hadden gelezen, we hadden erover nagedacht. 'Be careful, there's a baby in the house' zong Loudon Wainwright. We probeerden op dezelfde manier voorzichtig te zijn. Heb je Loudon Wainwright wel eens gehoord trouwens? Nee, waarschijnlijk niet. O jee, daar komt de muziekvraag van de avond: Met wie was hij getrouwd? Nee, dat weet je natuurlijk niet. Met Kate McGarrigle. Eén van de Canadese zussen McGarrigle die drie mooie elpees hebben gemaakt. Nee, die heb je waarschijnlijk ook nooit gehoord. Begin jaren zeventig. Daarna zijn ze uit elkaar gegaan, Loudon en Kate dus, ze zijn gescheiden toen hun dochter Martha nog maar klein was. Haar oudere broer heet Rufus en die heeft nu een eigen zangcarrière. Ja, dat zei ik toch. Ik heb meer dan genoeg waardeloze muziekkennis.

Natuurlijk deelden we het ouderschapsverlof. Eerst was Karin een halfjaar thuis, daarna ik. Maar ze bleef je borstvoeding geven tot je een jaar was en kleine, vlijmscherpe tandjes had gekregen waarmee je haar tepels kapotbeet. Maar moedermelk gaf een goede bescherming tegen allergieën, hadden we gelezen.

Toen we je ander voedsel begonnen te geven, kochten we natuurlijk geen potjes babyvoeding van de kapitalistische multinationals, maar maakten we het zelf. We pureerden fruit, bonen en aardappelen tot verschillende grauwe mengsels die we je voerden met een lepeltje.

Je groeide. Je leerde lopen. Je had een kleine, zachte helm op je hoofd zodat je je niet zou bezeren als je viel. Je begon te praten. Er was een periode in mijn leven dat ik alleen maar vader was. Ja, ik werkte ook, ik maakte ook foto's, maar ik was vol van het vaderzijn.

Alles kost zoveel tijd, het vult je leven, dat wist ik daarvoor natuurlijk niet.

Luier verschonen. Op het potje gaan. Eten klaarmaken, voeren. Broek en trui aantrekken. Jas aantrekken. Schoenen aantrekken. De trap afdragen. De buggy pakken. Naar het park gaan. De eendjes voeren. Boodschappen doen. Naar huis gaan, de trap oplopen. Jas en schoenen uittrekken. Eten klaarmaken, voeren. Op het potje gaan. Luier verschonen. Luiers wassen. Spelen. Slapen. Eten klaarmaken. Een boekje lezen. Uitkleden, luier verschonen, pyjama aantrekken. Zingen, naast het ledikantje zitten, op je billen kloppen. Zo gaat een dag voorbij.

En nog een en nog een.

Maar dat is niet wat ik wil vertellen. Karin kan je over je eerste jaren vertellen, misschien heeft ze dat al gedaan, ik hoop het.

Ik werd dertig en ik gaf een groot feest op een boerderij buiten de stad, bij Veberöd. Familie, vrienden en muziek. Geen van mijn eigen oude vrienden, alleen nieuwe, gemeenschappelijke.

Toen Karin het jaar daarop dertig werd, gingen we naar Griekenland. Herinner je je dat nog? We waren niet het soort mensen dat charterreisjes maakt, dat hadden we nog nooit gedaan, maar nu hadden we geboekt bij een reisorganisatie en we belandden in een leuk pensionnetje op Lesbos. Herinner je je dat? De blauwe zee. De felgekleurde vissen in het heldere water. Het warme zand. De zon. De zachte avonden in de taverna. Je was... je was nog maar twee. Maar misschien weet je het nog?

Herinner je je de meeuwen? Toen we een dagje met een boot naar een ander eiland gingen? Een heleboel glanzende witte meeuwen volgden de veerboot, ze zweefden met de zon op hun vleugels en doken naar de stukjes brood en de andere dingen die mensen naar ze gooiden, ze vochten erom. We stonden bij de reling, ik hield je in mijn armen en jij voerde de meeuwen, ze kwamen aanzeilen en pikten de stukjes brood uit je handje. Je lachte zo gelukkig. Weet je dat nog? De lucht was heel erg blauw en de zee ook. Maar Karin was bang dat de meeuwen je zouden bijten.

We waren een gezinnetje. We gingen op vakantie naar Griekenland.

Maar...

Was dit het? Koos ik mijn eigen leven, had ik mijn dromen waargemaakt? Stuurde ik of zat ik op de achterbank en reed ik alleen maar mee? En ging de auto in dat geval de goede kant op?

Ik had gelachen om al het geklets over de crisis bij dertig, we hadden samen gelachen, Karin en ik. Daar stonden wij boven. Wij waren niet zoals anderen, niet voor de gek gehouden, zoals zij. En toch begon er iets in me te knagen. Nee, dat is niet waar. Het beeld van een glas dat wordt gevuld en overloopt, of een druppel die een steen uitholt, klopt beter. Ik had gespaard. Ik heb het al eerder gezegd, ik verzamelde tegoeden; voor elk idee, elke droom, elk plan, elk stukje van mezelf waarvan ik vond dat ik het moest opgeven, kreeg ik een tegoedpunt. Om later op te nemen. Maar hoe?

Mijn ideeën daarover waren erg vaag.

Kun je dit begrijpen? Kan iemand van zeventien dit begrijpen? Zou eigenlijk wel iemand begrijpen hoe ik dacht? Ik begrijp het zelf niet eens meer…

Maar één ding weet ik heel zeker: in elke relatie groeien zoveel ongezonde gedachten, zoveel vreemde dingen, verschrikkingen en haat dat het voldoende zou zijn voor een dozijn horrorfilms. Elk gezin bevat genoeg stof voor een dozijn horrorfilms, ja, dat weet ik zeker.

Tenminste, als je de voordeur dichthoudt. Dan groeit de schimmel en op het laatst heeft alles de geur van schimmel aangenomen. Je voelt het zelf niet, maar alle anderen merken het. Niemand zegt iets, de aloude, dodelijke fijngevoeligheid houdt alle monden dicht.

Dus misschien hadden we toch gelijk in de jaren zeventig. Er zijn gezondere manieren om samen te leven dan in het heilige gezin.

We verhuisden van het appartement in Sofielund naar een nieuwbouwbenedenwoning in Riseberga. We wilden niet te midden van uitlaatgassen wonen met een driejarig kind, ja, je was al bijna vier en je ging al twee jaar naar een kinderdagverblijf. Je herinnert je vast nog wel de groep de Hommels en juf Annika en Ronja, dat dikke meisje dat zo dol op je was, dat je altijd wilde knuffelen en kussen? Dat weet je toch nog wel?

We kochten een benedenwoning in Riseberga. We hadden geld, Karins inkomsten groeiden met het jaar, ze was nu advocaat op een klein kantoor en ze deed vluchtelingenzaken, ze was goed, ze werkte hard, ze was veel weg, ze maakte carrière.

Mijn carrière als fotograaf ging de andere kant op, ik had er geen zin meer in, ik was tevreden met mijn halve baan bij het Zuid-Zweeds Dagblad, ik maakte foto's van ongelukken, politici, jubilarissen en bekende mensen. Ja, ik was zelfs een tijdje sportfotograaf, ik zat te kleumen achter een van de doelen bij thuiswedstrijden van MFF. De rest van mijn tijd besteedde ik aan het vaderschap.

Ik was degene die thuiszat bij jou als Karin 's avonds werkte. Ze deed belangrijke dingen, ze verdiende geld, daar zeg ik niets van, maar *ík* was degene die thuiszat. *Ik* was degene die jou in slaap zag vallen.

2
We zijn kinderen van onze tijd.
Ja, dat heb ik gezegd. Ja, dat geloof ik. We willen het niet inzien, maar we zijn kinderen van onze tijd. We worden beïnvloed.
We zijn kinderen van onze ouders.
Dat is ook waar en dat willen we ook niet inzien. Denk ik.
De dag dat ik dat inzag, herinner ik me nog al te goed.

Het was een avond in de herfst van 1989. Het Sovjetrijk stond op het punt uiteen te vallen en over niet al te lange tijd zou mijn leven dat ook doen. Dat wist ik nog niet toen ik die avond half slapend voor de televisie zat. Een of andere Europese cupwedstrijd flikkerde op de buis, jij lag te slapen en ademde hoorbaar in je bedje, en buiten in de mist hoorde ik de bel van de ijskar.
Op dat moment, precies op dat moment.
Op dat moment dacht ik: Waar ben ik mee bezig?
Ik stond op en ik was meteen klaarwakker, ik ging bij het raam staan en keek uit over de parkeerplaats. Een ijle regen vormde kleine lichtbolletjes rondom de straatlantaarns, tussen de huizen door zag ik het reclamebord van de ijskar.
Mijn hoofd was zo koud als een winternacht en mijn gedachten waren zo helder als vonken. Was dit wat ik wilde? dacht ik. Heb ik dit gekozen?

Ik dacht: Hoe ben ik hier terechtgekomen?

Ik had het gevoel of ik wakker werd uit een droom. Alsof ik uit een mist kwam. Op dat moment zag ik in: ik leef het leven van mijn vader. Hier zit ik in een rijtjeshuis te slapen voor de televisie. Ik heb een vrouw en een Volvo. Ik maak vakantieplannen. Ik betaal mijn verzekeringspremies. Ik heb een welvaartsbuikje gekregen. Was dit wat ik wilde? Nee. Dit was een manier van leven die ik ooit had veracht. En ik had gelijk. Toen was ik echt, nu was ik onecht, ik was mijn dierbaarste dromen vergeten, ik had gewoon de makkelijkste weg gekozen.

Ik was vierendertig jaar. Zeventien jaar waren voorbijgegaan sinds ik had gezegd: Wij zullen de wereld veranderen door onze manier van leven, door onze manier van zijn. Ik was zoveel wijzer toen, zoveel eerlijker, als zeventienjarige, zeventien jaar geleden. Begrijp je dat? Nee, natuurlijk kun je het niet begrijpen, niemand van zeventien kan een volwassen inzicht over verraad begrijpen, je kunt natuurlijk gewoon grinniken en vinden dat ik dwaas en pathetisch was. En natuurlijk heb je dan gelijk. Maar ik vond die avond dat ik een verlammend inzicht had gekregen en toen Karin thuiskwam, probeerde ik met haar te praten en het uit te leggen.

Het werd een doorwaakte nacht waarin de afstand tussen ons groter werd met iedere zin die we wisselden en waarin de misverstanden hoge muren tussen ons opwierpen en diepe slotgrachten groeven. Mijn leven viel die avond uiteen. De heldere gedachte die ik meende te hebben gehad, leidde mij een doodlopende steeg in waar ik met mijn hoofd tegen een stenen muur aan liep tot het bloedde.

3

Karin. Die avond ben ik haar kwijtgeraakt.

Iets wat ik heb gezegd en iets wat zij heeft gezegd, heeft de laatste draden tussen ons doorgesneden. Daarna raakten we verstrikt in kilte en verachting en dwaze gemeenheden. We openden een geheime lade in onze relatie en daar rolden een heleboel dingen uit die we hadden geprobeerd weg te stoppen en te vergeten, kleverige troep en kleine, gemene monstertjes en ratten met scherpe tanden. Karin. Van niemand heb ik zoveel gehouden. Dat zweer ik. Jij bent opgegroeid in liefde, je moet niets anders geloven. Karin, het rebellenmeisje, het meisje uit de betere klasse van Bellevue. Ook zij was het kind van haar ouders. Pappa's meisje, o, wat werd dat duidelijk nu. Eigenlijk was het natuurlijk al heel lang duidelijk, ik zag wat voor vrienden ze koos, dat waren mensen van haar eigen soort. Natuurlijk, ze toonde zich betrokken bij vluchtelingen en immigranten, maar ze was steeds meer teruggegroeid naar haar eigen oude klasse. Dat was natuurlijk een van de dingen waaraan ik haar herinnerde tijdens onze ruzies en dat was natuurlijk een van de dingen die zij weigerde toe te geven en in te zien. Die avond ben ik Karin kwijtgeraakt.

De volgende ochtend was ik eerder wakker dan zij. We hadden ondanks alles in hetzelfde bed geslapen. Nu lag ze te slapen met haar hoofd op het kussen naast me, ik keek naar haar en ik werd vervuld van een grote tederheid. Ik dacht dat alles weer goed zou komen, ik dacht dat wij tweeën voor altijd bij elkaar hoorden, maar toen werd ze wakker, deed haar ogen open en wendde zich af en ik begreep dat het al te laat was.

Wat heeft ze jou verteld?
Ze heeft misschien iets anders verteld, ze heeft misschien een heel ander verhaal verteld waar ook anderen bij betrokken zijn. Dat is niet waar. Het was tussen haar en mij, alleen tussen ons twee.
Ik had een deel van mijn leven voor haar verborgen gehouden, maar zij had ook een groot deel van haar leven voor mij ver-

borgen gehouden. We hadden zoveel tussen ons in laten komen. Daar kwam het door, dat is waar het is misgegaan.

Huilt ze? Het meisje, de jonge vrouw. Ze heeft haar hoofd gebogen, maar ik dacht dat ik iets zag glinsteren in die mooie ogen.

'Huil je?'

De jonge vrouw die Josefine heet, heft haar gezicht op en kijkt me met glanzende ogen aan.

'Vertel verder,' vraagt ze.

Ik aarzel, maar ze richt haar blik op jou en na een poosje doe ik wat ze zegt.

De rest van mijn verhaal gaat over mijn vernedering en mijn schaamte.

4

Ik herinner me niet meer wat ik dacht. Waarschijnlijk dacht ik dat ik gewoon kon weglopen uit ons moeder-vader-kindspel en een leven beginnen dat op de een of andere manier in overeenstemming was met mijn oude idealen en dromen. Bij dat leven hoorde jij ook. Een vader-kindspel, om de week.

Dat moet ik hebben gedacht. Iets dergelijks.

Van dat idee kwam helemaal niets terecht. Het werd een vrije val in de afgrond.

Na een week van harde woorden, ijskoude waarheden en vurige leugens, wanhopig geschreeuw en bitter zwijgen, ging ik weg. Ik verliet onze woning, ik verliet Karin en ik verliet jou.

Je was nog geen vijf toen ik je verliet. Hoe kon ik het uitleggen, hoe kon jij het begrijpen?

Ik verhuisde naar een eenkamerflat in de Ystedstraat, in de buurt van het Möllevångsplein. Alles wat ik meenam uit ons huis in Riseberga waren wat kleren, een paar boeken en mijn elpee van de

Incredible Stringband. Ik kocht een bed, een tafel en een stoel bij het Leger des Heils. Nu zou het eenvoudige leven beginnen.

Ik herinner me niet meer wat ik dacht. Ik herinner me alleen dat ik meteen het eerste weekend dat je bij mij zou zijn, begreep dat dit niet zou gaan, dat de grond onder mijn voeten begon weg te glijden en dat ik binnenkort zou vallen. Karin en ik hadden afgesproken dat we elkaar zouden ontmoeten bij Södervärn. Toen ze wegliep en jou bij mij achterliet, begon je te huilen, je wilde haar achterna rennen. Ik zat op mijn hurken naast je en huilde omdat jij huilde. Karin kwam terug om je te troosten, ze keurde mij geen blik waardig. Je kalmeerde en bleef snikkend bij me toen ze wegliep. Toen ze naar de man liep met wie ze was gekomen. Door de mist van mijn tranen heen zag ik hun ruggen verdwijnen. Ze hield tenminste niet zijn hand vast. Maar had ik hem niet eerder gezien? Het was van het begin af aan verkeerd. Je was het hele weekend verdrietig en bang. In veertien dagen was je een vreemde voor me geworden. We gingen naar de film, we gingen naar het Techniekmuseum, we gingen koffiedrinken bij een banketbakkerij, we aten bij de chinees en ik voelde me de hele tijd dom en belachelijk, nee, dit zou nooit iets worden, dat begreep ik van het begin af aan. Weekendvader? Nee, ik niet. Andere mannen wier leven was mislukt, maar ik niet. Nooit. Ik wist dat het verkeerd was.

Het was óf het een, óf het ander.

Ik had geen keus.

Toen ik je zondagavond weer bij Karin had afgeleverd, heb ik me volkomen lam gezopen. Zo lam als ik nog nooit eerder was geweest. Ik ging van café naar café tot ik niet meer kon lopen, ik ging volkomen op in mijn roes en merkte dat er een toestand was waarbij de alcohol verzachtte, er was een toestand waarbij de angst verdween. Maar dat is niet de reden dat ik begon te drinken. Nee, niet om mijn angst te dempen.

Ik begon te drinken omdat ik alcoholist wilde worden.

Ik was eropuit. Ik wilde zo diep wegzinken in het drijfzand dat ik de bodem raakte. Ik wilde mezelf verliezen, ik wilde weer een onverantwoordelijk kind worden. Ik werkte keihard aan een carrière als alcoholist. En ik slaagde. Negen jaar van mijn leven heb ik besteed aan een langdurige zelfmoordpoging. Mezelf vernietigen, mijn hersenen verlammen en alle gevoel wegdringen. Ik slaagde er zelfs in om mijn zelfverachting uit te roeien.

Ik was snel en effectief. Een jaar na de scheiding was ik van een zorgzame vader veranderd in een dakloze die in portieken en tehuizen sliep of bij andere zwervers; alles wat ik bezat droeg ik bij me in een plastic tas van de supermarkt, ik had mijn camera verkocht en mijn bankrekening geleegd, ik was mijn huis uitgezet, ik dronk goedkope alcohol, ik was smerig en stonk en het was me gelukt om jou te vergeten.

Óf het een, óf het ander.

Ik ben een keer naar ons huis in Riseberga gegaan om geld te vragen aan Karin, maar toen ik dacht dat ik jou zag op het speelplaatsje, brak mijn hart en ik heb me omgedraaid. Ik…

'Jonatan zegt dat hij je daar heeft gezien.'

5

Wat? De kleine Josefine heeft een stem gekregen. Nu kijkt ze me aan met een beschuldigend, boos rimpeltje boven haar neus. Ze is leuk. Ze is niet laf.

'Wat? Wat bedoel je?'

'Jonatan zegt dat je regelmatig bij de zandbak zat zodat hij niet naar buiten durfde. Hij zegt dat hij het zich herinnert. Dat hij zich voor je schaamde en dat hij bang was dat de andere kinderen zouden begrijpen dat je zijn vader was. En dat je midden in de nacht opbelde, elke nacht weer, en dat hij doodsbang was en in bed plaste. En dat Karin de politie moest bellen als jij 's nachts rond hun huis sloop. Dat je haar hebt bedreigd toen ze een nieuwe vriend kreeg. Is dat niet waar?'

Ach, vrouw.

Die eeuwige vrouwelijke domheid. Waar? Alsof er een waarheid bestaat, een enkele waarheid, alsof er in elke situatie een eenvoudige waarheid bestaat. Ja of nee. Waarom begrijpen ze niet dat er voor alles een oorzaak is, dat er gebeurtenissen zijn die in elkaar grijpen. Vrouwen! Enkelsporig als een Amerikaanse president. 'Wij zijn goed. De anderen zijn slecht. Ze zijn jaloers op ons en onze vrijheid en welvaart. Dat is de waarheid. Daarom moeten we ze bombarderen. De anderen. Degenen die iets donkerder zijn, degenen die anders ruiken, degenen die in andere goden geloven.' Kies een aangename leugen en noem die de waarheid. Alsof er niet veel complexere oorzaken en verbanden zijn.

'Is het waar?'

Ach, vrouw. Ze houdt vol. Ze maakt me heel moe.

Ik doe mijn ogen dicht, zucht, slik, wend me af. Hoe kan ik ervoor zorgen dat ze het begrijpt? Maar jij begrijpt het, ik denk dat jij het wel begrijpt, ik heb het toch verteld nu, je kunt toch zien hoe alles leidde naar een zwart gat, naar een bodemloos meer waarin ik wegzonk, jij moest het begrijpen, het maakt niet uit wat de anderen zeggen, het enige dat belangrijk is, is dat jij het begrijpt, dat jij mijn waarheid in je opneemt, jij die…

'O, wat lijken jullie op elkaar. Hij doet precies hetzelfde, hij zegt niets en draait zich om.'

Hoor je dat, nu bespot ze ons, nu bespot ze jou en mij. Dat vrouwtje, die kleine Josefine die ik niet ken, als ze eens wist hoeveel ze lijkt op alle vrouwen die ik heb gekend. Op één in het bijzonder.

'Dat zegt Jonatan. Dat het zo ging. Dat hij je daar heeft gezien. Dat je belde. Dat je hem bang maakte.'

'Nee!'

147

Er is een grens en nu heeft ze die overschreden. Het is niet mijn bedoeling om haar bang te maken, maar haar leugens kruipen als mieren over mijn huid. Ik kan niet langer stilzitten, ik moet opstaan. Dat mijn stoel omvalt als ik bruusk opsta, is ook niet de bedoeling. Ik zie haar angst, ze duikt ineen, maakt zich klein, bijna alsof ze denkt…

'Niet bang zijn. Sorry,' zeg ik en ik doe half struikelend een paar passen achteruit. 'Het was niet mijn bedoeling om je bang te maken. Sorry.'

Ik loop helemaal naar het raam zonder haar los te laten met mijn blik, ik leun tegen de vensterbank, achter mijn rug schemert een nieuwe dag, maar de stad slaapt nog.

'Jullie lijken zo op elkaar,' mompelt ze terwijl ze naar je kijkt zoals je daar op de grond tussen ons in ligt.

Giftige mieren, wespensteken, adderbeten, brandnetelprikken, fout, fout, fout, alles gaat fout, zo moest het helemaal niet gaan, ik heb mijn verhaal niet mogen afmaken, de enige kans die ik ooit zal krijgen, is verloren gegaan door Juffertje Boze Wijsneus, Feministe. Ongenoegen, teleurstelling en woede bekruipen me, graven gangen in mijn binnenste, ondermijnen me, maken dat ik me niet goed voel, ziek, mat en zwak, maken dat ik mijn evenwicht verlies, ik houd me vast aan de vensterbank, dan laat ik me op de grond zakken en blijf zitten onder het raam.

'Hoe oud ben je?' vraag ik en ik probeer niet eens de haat in mijn stem te verbergen.

'Zeventien,' antwoordt ze. 'Net zo oud als… hij.'

Zeventien jaar en ze denkt dat ze alles weet, denkt dat ze alle antwoorden kent. Juffertje Wijsneus. Ha. Het is zo typisch.

Natuurlijk wordt ze weer bang als ik opeens in schaterlachen uitbarst, ze wordt nog banger dan eerst en zit gespannen als een snaar op het krukje terwijl haar achterdochtige ogen naar mij staren.

Ik lach zoals ik lange tijd niet heb gedaan.

Ik lach mijn bitterheid weg, die vliegt door het raam naar buiten en stort neer om te sterven.

Ik lach om mezelf.

Opeens zag ik mezelf van buitenaf, opeens hoorde ik mezelf.

Opeens herinnerde ik me het allereerste dat ik tegen jou zei.

Zeventien jaar, zei ik. Wijzer wordt een mens nooit, zei ik.

Nu lach ik omdat ik het me herinner. Omdat mijn herinnering zo kort is. En omdat ik nog steeds af en toe in staat ben om van buitenaf naar mezelf te kijken.

Daarna zwijg ik. Daarna huil ik. Omdat ik niet dicht bij je kan komen.

Ik weet niet hoe lang ik daar heb gezeten, ik heb niet gehoord dat ze opstond, ik heb haar voetstappen niet gehoord, maar nu voel ik haar hand op mijn wang.

Haar zachte, troostende hand op mijn wang.

De jonge vrouw. Ze is naar me toe gekomen om me te laten ophouden met huilen.

'Niet huilen,' zegt ze.

DE JONGE VROUW

1

Ja, jullie lijken zoveel op elkaar dat ik er bang van word. Ik haal jullie door elkaar, vergeet mezelf. Hij maakte me bang, hij raakte geïrriteerd door me en werd boos, toen schaamde hij zich, toen hij zag dat ik bang was, toen begon hij te lachen, een waanzinnige schaterlach en toen… toen huilde hij. Hij huilde als een klein kind, als een hulpeloos kind.

Ik loop naar hem toe, laat me op m'n knieën vallen en leg mijn hand op zijn wang. 'Niet huilen,' zeg ik.

Het duurt even voordat hij stil wordt, maar dan richt hij zijn blik op mij en kijkt me aan. Hij kijkt me aan met jouw ogen.

Zijn ogen, jouw ogen, vragen of ik mijn hand wil laten liggen, zijn ogen, jouw ogen zeggen dat hij me nodig heeft. Ik ben een moeder die een verdrietig kind troost.

Ten slotte durf ik mijn hand weg te halen en ga ik naast hem op de grond zitten, met mijn rug tegen de radiator. Zijn broekspijpen zijn omhooggeschoven, zijn harige onderbenen zien er bijna ziekelijk wit uit.

'Jullie lijken heel erg op elkaar,' zeg ik.

Hij knikt zonder zich naar me om te draaien.

'We zijn al twee jaar bij elkaar,' zeg ik. 'Jonatan en ik. Bijna twee jaar. Twee jaar in augustus.'

Zijn blik rust vast op jou.

'Het begon toen hij me in m'n blootje zag,' zeg ik.

Ja, logisch. Nu draait hij zich naar me toe. Verbaasd natuurlijk. Dat was ook de bedoeling. Zijn nieuwsgierigheid kietelt me een beetje, ik ben zelf verbaasd als ik het merk. Ik vertel nu iets wat niemand weet, iets wat van jou en mij is, Jonatan. Maar hij is niet zomaar iemand, toch?

'We waren allebei net begonnen in de vierde op het Malmös Gymnasium. Het was de eerste keer dat ik gym had met mijn nieuwe klas, of nee, de tweede keer. We hadden drie kilometer hardgelopen en ik was na afloop lang onder de douche blijven staan, het was heerlijk. Ik vergat de tijd, dus toen ik uit de douche kwam, was ik de enige die nog in de kleedkamer was. Ik had me net afgedroogd en mijn handdoek weggelegd toen de deur werd opengegooid en er een jongen naar binnen kwam vallen. Dat was Jonatan. Een paar van zijn klasgenoten vonden het een leuke grap om hem de meisjeskleedkamer binnen te duwen, zo volwassen zijn jongens in de vierde van de middelbare school tegenwoordig. Daar stond ik, helemaal naakt, met mijn slipje in mijn hand. Daar stond hij en toen hij zijn evenwicht had hervonden en mij had gezien, bleef hij drie seconden staan. Drie seconden stond hij naar me te staren voordat hij zijn blik afwendde en sorry mompelde. Daarna struikelde hij naar buiten. Zijn nek was vuurrood.

Ik was natuurlijk woedend. Kinderachtige jongens. Als je ergens genoeg van hebt als zestienjarig meisje, dan zijn het kinderachtige jongens. Maar ik was ook kwaad op Jonatan. Vanwege die drie seconden. En later werd ik ook kwaad op mezelf, omdat ik verlegen werd als ik Jonatan tegenkwam op de gang of in de kantine. Ik had toch helemaal geen reden om me te schamen. Waarom werd ik dan rood?

Ik kreeg het idee dat we elkaar een beetje te vaak tegenkwamen, dat het geen toeval kon zijn. We zaten te vaak aan dezelfde tafel in de kantine of waren tegelijk in de bieb. Dus op een dag toen de school uit was en ik Jonatan achter me zag lopen toen ik het schoolplein schuin overstak, bleef ik staan en draaide me om.

'Waar ben je mee bezig?' zei ik tegen hem.

'Wat bedoel je?' zei hij. Hij zag eruit alsof hij er niets van begreep.

'Loop je me achterna of zo?' zei ik. 'Houd daarmee op.'

'Ik weet niet waar je het over hebt,' zei hij en hij liep gewoon door.

Dat was het eerste dat we tegen elkaar zeiden. Niet echt romantisch, nee. Geen liefde op het eerste gezicht, zoals waar ze over zingen. Helemaal niet. Niet van mijn kant tenminste. Daar had het kunnen eindigen, dat had het einde kunnen zijn van het verhaal van Jonatan en Josefine. Maar het was nog maar net begonnen. Want toen kwam dat concert.

Dat was maar een week later. Ik zit bij een muziekclub die concerten organiseert, vooral kleine punkbandjes en hardrock en zo, je kent het wel. Meestal komen daar ongeveer dezelfde mensen, maar die avond trad er een hele bekende ska-groep op en er was ongewoon veel publiek. Er was weinig ruimte, want we hebben maar een klein zaaltje, in een oude fabriek in de Grängesbergsstraat die is opgeknapt door een instituut voor volwassenenonderwijs. Nou, er waren dus heel veel mensen, het was lawaaiig en iedereen danste. Een of andere idioot gooide een flesje bier over me heen. Mijn hele trui was drijfnat en ik was kwaad en chagrijnig want ik wilde het optreden van die band echt zien en bovendien wilde ik niet helemaal onder het bier thuiskomen bij mijn moeder, dus ik schold die jongen uit en toen stond hij daar opeens, Jonatan.

Hij stond gewoon naast me en schreeuwde in mijn oor dat ik zijn trui mocht lenen. Toen haalde hij een trui uit een tas en zwaaide ermee en ik was blij hoewel ik eigenlijk boos op hem was, ik trok hem mee naar een kamertje achter het podium, eigenlijk was het meer een hok, en daar, precies daar gebeurde het, toen we daar stonden. Liefde op het derde gezicht. Hij gaf me de trui en vroeg of hij even naar buiten moest gaan terwijl ik me omkleedde.

'Je hebt toch alles al gezien,' zei ik en ik trok mijn natte trui uit. Mijn hemd was ook doorweekt. Ik had geen bh aan, dat heb ik bijna nooit. Maar ik was heel rustig. Hij ook. Het voelde zo vreemd natuurlijk en veilig om daar in mijn blote bovenlijf in dat hok te staan samen met Jonatan, ik trok zonder haast te maken zijn trui aan. Hij rook lekker.

'Het was niet de bedoeling,' zei Jonatan. 'Toen die keer. Ze duwden me naar binnen.'

'Dat weet ik,' zei ik.

We stonden daar en we voelden ons rustig en veilig. Het leek wel of we op een onbewoond eiland zaten en we hadden helemaal geen zin om het te verlaten.

'Je trui ruikt lekker,' zei ik.

'Jouw trui ruikt naar bier,' zei hij.

We lachten samen. Toen begonnen we te praten. Ik merkte meteen dat hij anders was. Hij paste in geen enkel van mijn hokjes. In mijn sorteersysteem voor jongens bevond zich geen afdelinkje voor Jonatan. Dat maakte mij heel gelukkig. Ik wist niet dat er jongens zoals hij bestonden. Of liever gezegd: ik had nooit geweten dat Jonatan bestond. Ik had nooit geweten wie hij was.

We praatten zo makkelijk. Na een paar minuten vertelde ik hem dingen die niemand anders wist en hij zei dingen die ik herkende alsof het mijn eigen, meest intieme gedachten betrof. Over het leven, over school, over de wereld. Over muziek. Over van alles. We praatten over alles. We misten een heel concert en het was nog wel een groep die ik heel graag wilde horen.

We stonden dicht bij elkaar in dat krappe hok, maar we raakten elkaar niet aan. Ik trok de trui niet weer uit, we kusten elkaar niet, omarmden elkaar niet. Alleen dit: Toen we afscheid namen, toen de muziek allang was weggestorven en het publiek de zaal had verlaten en mijn vrienden van de muziekclub al aan het schoonmaken en opruimen waren, legde Jonatan zijn hand op mijn schouder en zei:

'Ik moet nu weg. Anders mis ik de laatste bus.'

Ik kon hem niet antwoorden. Ik was elektrisch geladen. Het klinkt waarschijnlijk ontzettend dwaas, maar zijn hand op mijn schouder maakte dat ik in brand stond. Vanbinnen. Echt waar. Ik ben ongeveer de minst romantische persoon die er bestaat en ik hoor hoe dom het klinkt, maar toen Jonatan zijn hand op mijn schouder legde, begreep ik dat liefde bestond. Of in elk geval verliefdheid. Ik begreep dat de meest dwaze liefdesliedjes waarheid kunnen bevatten.

Daarna… Ja, daarna was het wij. Ik belde hem de volgende dag. Toen ik hoorde hoe blij hij was mijn stem te horen, stond ik weer in brand.

We kregen een relatie. Ik wil hem niet kwijt. Nooit.

Dat dacht ik vannacht toen ik hem zocht, ik was heel erg bang en ongerust en ik dacht: wat heb ik een geluk gehad dat ik Jonatan heb gevonden. Ik heb de hoofdprijs gewonnen. Ik denk echt niet dat hij een heilige is, of mijn held of zo, nee, ik bedoel alleen dat wij tweeën iets unieks hebben.

Ach… Nu klink ik weer als een liefdesliedje. Maar het is waar. Ik wil het zeggen omdat het waar is.

Waarom vertel ik dit? Ik weet het niet.

De woorden stromen naar buiten. Hij is een goed luisteraar, hij kijkt me oplettend aan en knikt.

'Vertel verder,' vraagt hij. 'Vertel me meer over Jonatan. Ik ken hem niet.'

Ik aarzel, maar slechts even. De woede die ik daarnet nog voelde, is weggeëbd, verdwenen alsof hij nooit heeft bestaan. In plaats daarvan hebben mijn herinneringen aan die eerste ontmoeting met jou me een beetje beverig gemaakt van geluk.

Maar wat moet ik zeggen zonder jou te verraden? Zou je willen dat ik vertelde? Aan hem? Jij wilde vertellen, je wilde hem ontmoeten, je had zijn telefoonnummer opgezocht. Maar dat was waarschijnlijk meer omdat je hem wilde horen vertellen en dat heeft hij nu gedaan. Heb je zijn verhaal gehoord?

'Het is beter dat je Jonatan zelf vraagt of hij wil vertellen,' zeg ik ten slotte. 'Ik denk dat hij dat wil.'

Hij knikt. Hij zakt een beetje in elkaar.

'Waarom ligt Jonatan hier?' vraagt hij na een lange stilte, met een knikje naar jou. 'Wat is er gebeurd?'

'Hij heeft te veel gedronken,' zeg ik. 'Hij was... verdrietig. Teleurgesteld in zichzelf. Ik zal het later vertellen.'

Meer zeg ik niet.

Meer wil ik niet vertellen. Niet aan hem, niet nu.

We zwijgen weer, we zitten naast elkaar op de grond.

Waar wachten we op?

Alles staat stil. Er bromt een ventilator, buiten op de gang klinken haastige voetstappen, dan wordt het weer stil. Hierbinnen ruikt het een beetje naar alcohol en dronkenschap, dat ben jij, je ruikt niet lekker. Buiten het raam wordt het licht. Het grijze licht van buiten vermengt zich met het scherpe tl-licht hierbinnen.

We schrikken allebei op als de deur opengaat. Er staat een in het wit gekleed jong meisje in de deuropening, ze kijkt verbaasd naar ons. We zitten nog op de grond onder het raam, ze mompelt iets: 'Ik moet alleen even...' Dan loopt ze naar je toe, hurkt, pakt je bij je schouders en schudt je een beetje heen en weer. Als je even kreunt, lijkt ze tevreden. Ze staat op zonder verder nog iets te zeggen en verlaat de kamer.

Het wordt stil. Dan fluistert hij:

'Sorry.'

Zijn stem is toonloos en droog. Een takje onder de dorre bladeren van vorig jaar dat breekt als je erop stapt, zo klinkt zijn kleine sorry. Het woord blijft hangen in de ruimte, het zweeft even onder het plafond voordat hij verdergaat:

'Sorry dat ik je bang heb gemaakt. Dat was niet mijn bedoeling.'

Ik heb hier de hele nacht zitten praten, ik heb geprobeerd om mijn leven aan Jon te vertellen en… ja…'

Zijn stem sterft weg, een gedachte stopt, hij kan hem niet omzetten in woorden.

'Sorry,' zeg ik als een kleine echo. 'Sorry dat ik me ermee bemoeide. Dat kwam gewoon doordat… doordat ik Jonatans verhaal had gehoord, ik was… boos op jou. Hoewel we elkaar nooit hadden ontmoet. Omdat ik vond…'

'… dat ik Jon iets ergs had aangedaan,' vult hij snel aan als ik aarzel en zwijg.

Ik knik, zucht en weet dat ik weer te veel heb gezegd. Opeens word ik weer bang, ik probeer me van hem terug te trekken, schuif een stukje opzij en hoop dat hij het niet zal merken.

'Word nou niet bang,' zegt hij.

Ik stop, blijf stijf en gespannen stilzitten. Wacht.

Ik hoor hem slikken. Ik hoor zijn ademhaling.

Nu draait hij zich naar mij toe.

'Lieve, beste Josefine. Lieve, beste Josefine die ik niet ken, word nou niet weer bang voor me, ik zweer je, we zitten hier omdat we van hem houden, van de jongen die daar op de grond ligt, dat hebben we met elkaar gemeen, we… Alsjeblieft.'

Ik dwing mezelf om zijn smekende hondenblik te ontmoeten. Ik herken die blik. Toch aarzel ik, ik twijfel.

Nu zie ik zijn hand.

Hij heeft zijn arm naar me uitgestrekt, hij heeft zijn hand op de vloer tussen ons in gelegd, hij wil dat ik mijn hand in de zijne leg.

2

Nee.

Ik zal nooit begrijpen waar de angst vandaan kwam.

Het gevoel van dreiging. De beelden in mijn hoofd.

We zitten naast elkaar op de grond, hij heeft niets speciaals gezegd of gedaan en toch, zonder dat ik de kans krijg om me te verdedigen of verstandig met mezelf te praten, schieten de angstvisioenen door mijn hoofd. Angstaanjagende scènes flitsen voorbij, opeens zijn de beelden er, zonder dat ik begrijp waar ze vandaan zijn gekomen. Ik zie in mijn hoofd hoe hij mijn hand vasthoudt, me naar zich toetrekt, zijn andere hand in mijn nek legt, me dwingt dicht bij hem te komen, mijn hoofd naar zijn buik duwt, naar zijn… Nee.

Ik doe mijn ogen dicht. Ik wil opspringen, wegrennen, maar ik weet dat mijn benen me niet kunnen dragen.

Zijn hand blijft naast me liggen als een bedreiging, als een slang, klaar om toe te happen als ik ook maar de kleinste beweging maak. Ik ben in een nachtmerrie beland. Mijn ergste nachtmerrie is werkelijkheid geworden.

'Lieve Josefine, kijk me aan.'

Nee. Nooit. Jouw ogen zijn zijn ogen en ik kan me nooit meer veilig voelen in jouw ogen als ik zijn ogen in de jouwe zie.

Ik doe mijn ogen dicht en draai mijn gezicht af. De beelden branden in mijn hoofd, scènes waar hij en ik in voorkomen, scènes met geweld en dwang en seks. Ik weet niet waar die beelden vandaan komen, ik weet alleen dat ik ze niet weg kan krijgen, zijn hand hard in mijn nek, hij duwt mijn hoofd naar beneden, doet zijn gulp open en…

Zijn hand.

In de werkelijkheid buiten mijn hoofd, heeft hij zijn hand opgetild. In de werkelijkheid hier en nu legt hij zijn hand op mijn schouder. Losjes en zacht ligt hij daar, maar ik verwacht elk moment dat die hand zich zal sluiten in een stevige greep, me zal vasthouden, kwaad doen, dwingen.

Ik houd op met ademen.

Lieve God, laat me wakker worden uit deze droom.

Het komt doordat ik hem over zijn wang heb geaaid, denk ik. Daar komt het door, dat heeft hij opgevat als een uitnodiging. En doordat ik heb verteld over mezelf terwijl ik naakt was. Ik heb beelden geschapen in zijn fantasie, ik had niet moeten vergeten dat een man een man is en een man blijft, dat de lust van de man een groot, harig beest is dat altijd op de loer ligt, achter de vriendelijke lach en de begrijpende woorden. Iedere man kan binnen een seconde veranderen in een bronstige gorilla.

Als ik had gekund, zou ik het hebben uitgegild en geschreeuwd naar de in het wit geklede mensen die ik aan de andere kant van de gesloten deur hoor langslopen, maar mijn tong zit vastgeplakt aan mijn gehemelte, hij vult mijn mond als een dikke prop en maakt me stom en hulpeloos, ik kan me niet bewegen, ik kan niet om hulp roepen, ik zit vastgebonden voor een filmdoek waarop gewelddadige porno wordt vertoond, waarop close-ups worden vertoond van mijn gezicht volgesmeerd met sperma, waarop een zwaar, harig mannenlichaam tegen het mijne aan wordt vertoond, ik hoor zijn gekreun en mijn verstikte hulpgeroep in mijn hoofd. Red me!

Jonatan, jij kan me redden. Ja, jij bent hier toch.

Ik zet me met mijn rug af tegen de radiator en slaag erin om naar voren te komen, ik val om als een lappenpop, ik rol, kruip en glijd als een paling over de vloer, weet me naar de matras toe te werken, ja, het lukt, mijn krachteloze benen slepen als twee stokken achter me aan, maar ik weet je te bereiken, ja, ik rol de matras op, sla een arm om je heen omdat je op je zij ligt, druk me tegen je rug aan, duw m'n lippen tegen je nek.

Jonatan. Jij bent degene van wie ik houd.

Word nou wakker. Het is genoeg geweest nu. We hebben iets geleerd.

Ik wil naar huis. Met jou. Ik wil je helemaal uitkleden en met je onder de douche gaan, je boenen als een klein kind, je haar wassen, je inzepen, al het slechte wegwassen, ik wil je afdrogen met mijn zachtste badhanddoek, ik wil met mijn hand door je haar gaan, ik wil je tanden heel lang poetsen, ja, ik wil dat je weer lekker ruikt, ik wil dat je weer jij wordt.

Jonatan. Word nou wakker. Ik wil hier weg met jou, nu.

Ik wil dat we wakker worden en weglopen uit onze nare dromen.

Kom. Kom, dan gaan we.

Alles komt weer goed.

We zullen elkaar vrij maken, jij en ik. We zullen elkaar nooit opsluiten.

Jij zal jij zijn en ik zal ik zijn en toch zal er een wij bestaan. Er zal altijd een wij bestaan. Dat is wat ik wil.

Word nou wakker Jonatan. Ik wil naar huis.

3

Ik heb hem niet horen opstaan.

Nu staat hij bij de deur en kijkt naar ons.

Nu durf ik naar hem te kijken. Hij is iemand anders nu.

Al mijn angst is verdwenen. Waar kwamen die afschuwelijke beelden vandaan?

Als ik hem daar zo zie staan terwijl hij naar ons kijkt, kan ik al die angstaanjagende beelden die mij nog maar een paar minuten geleden verlamden onmogelijk begrijpen.

Hij staat in elkaar gedoken, zijn rug gebogen, een moeie en verdrietige oude man. Zijn verdriet doet me pijn, maar ik kan niet nog een keer sorry zeggen, dat kleine woordje sorry is vannacht versleten geraakt. Waar zou ik me voor moeten verontschuldigen?

'Je hoeft niet bang voor me te zijn,' zegt hij terwijl hij zachtjes zijn hoofd schudt.

Ik schaam me. Wat moet ik doen, wat moet ik zeggen?

'Hij heeft een foto van jou boven zijn bed hangen,' zeg ik. 'Jonatan.'

Hij groeit een paar centimeter, strekt zich een beetje uit, het verdriet in zijn ogen vermengt zich met twee theelepels nieuwsgierigheid, een eetlepel hoop en een snufje trots.

'Bedoel je,' zegt hij na een lange, onbeweeglijke stilte, 'dat hij een foto boven zijn bed heeft die ik heb gemaakt, of bedoel je een foto waar ik op sta?'

Ik krijg het gevoel dat hij zijn leven met die vraag in mijn handen heeft gelegd.

'Hij heeft een heleboel foto's op zijn kamer die jij hebt gemaakt,' zeg ik, 'maar boven zijn bed hangt een foto waar je op staat. Het is natuurlijk een oude, het is een foto van jou en Jonatan als hij nog maar een jaar is, maar je bent niet veranderd, ik herkende je meteen.'

'Is het die foto waarop we allebei naakt zijn?'

Nu klinkt er een sprankje licht door in zijn stem, een klein, flakkerend kaarsje van weemoed. Al mijn angst is verdwenen.

'Ja, jullie zijn naakt. Maar hij zit op je schoot, dus het is heel... netjes.'

'Ik maak zelden foto's die niet netjes zijn,' zegt hij en hij hult zich in een lachje dat verdrietig en mooi is. 'Ik ben geen Mapplethorpe.'

'Wie?' vraag ik.

'Robert Mapplethorpe. Een van de beste fotografen ter wereld. Maar hij heeft een serie foto's gemaakt die je waarschijnlijk... niet netjes kunt noemen. Veel piemels om het zo maar te zeggen...'

'Is hij bekender dan jij?'

'Pfff... Als fotograaf ben ik niet meer waard dan de nagel van de kleine teen van Robert Mapplethorpe. Maar die foto waar je het over had, herinner ik me natuurlijk wel. Die heb ik gemaakt met de zelfontspanner, in onze flat in Sofielund. Ik heb hem ook boven mijn bed hangen.'

Ga nou niet huilen, alsjeblieft, denk ik.

Maar nee, helemaal niet, hij is nu kalm en beheerst, hij is weer zichzelf, zoals hij was toen ik kwam. De oude, wanhopige man die ik een minuut geleden bij de deur zag staan, is verdwenen.

'Maar je bent veel te beleefd,' zegt hij en hij lacht nog steeds, 'als je zegt dat ik niet veranderd ben. Die foto is zestien jaar geleden gemaakt. Het leven is hard voor me geweest sinds die tijd. Of… Waarom zou ik het leven de schuld geven? Ik ben slecht voor mezelf geweest.'

Hij heeft natuurlijk gelijk. Het is waar. De trotse jonge vader op de foto is niet dezelfde als de man die voor me staat. Zijn gezicht is wat voller en slapper en geworden, hij heeft rimpels gekregen, zijn oogleden hangen, zijn rug is gebogen en een lelijk oudemannenbuikje hangt over zijn broekriem. En toch, merkwaardig genoeg, zag ik pas nu ik hem in het echt zie hoeveel jullie op elkaar lijken. De blik, de stem, de gebaren, de manier van bewegen, de manier van… zijn.

Dat zie je allemaal niet op die foto.

'Ik heb ook nog een andere foto van jou gezien,' ga ik verder. 'Van toen je nog maar een jaar of zeventien, achttien was en haar tot op je schouders had. Een echte hippie.'

Nu durf ik alles, nu zeg ik alles wat me voor de mond komt.

Zijn lach blijft. Het is een dun lachje, hij straalt niet als een gelukkige zon, nee, het is een beetje een wazig maanlachje, maar het is er.

'Zo zag ik eruit toen ik Karin ontmoette,' knikt hij. 'Jonatans moeder. Je… je kent haar waarschijnlijk wel.'

Ik knik. Vraag me niet of ik iets over Karin wil vertellen, smeek ik in mezelf.

Hij leest mijn gedachten en schudt geruststellend zijn hoofd.

Precies zoals jij. Precies zoals jij me soms verrast door mijn gedachten te lezen.

Al die mooie dingen wil ik tegen je zeggen, alles wat ik nog nooit heb gezegd.

'Ik voel me opeens heel oud,' zegt hij plotseling en hij grijnst een beetje verlegen. 'Oud en een buitenstaander.'

Wat moet ik zeggen? Ik wil hem niet langer zielig vinden, ik wil niet dat hij dat wil.

'Ik wil jouw medelijden niet,' zegt hij en hij bewijst opnieuw dat hij goed gedachten kan lezen.

'Er is hier ook nog wel plek voor jou,' zeg ik. 'Op de matras.'

Ik zeg het zonder erbij na te denken, de woorden vliegen als zwaluwen uit mijn mond, ik bedoel dat hij aan jouw andere kant kan liggen, dat we je tussen ons in hebben, je beschermen en verwarmen met onze lichamen. Eerst ziet hij eruit als een verbaasd kind, dan knikt hij, komt naar de matras toe lopen en strekt zich naast je uit. Het is krap, maar het gaat.

'Heb je genoeg ruimte?'

Hij lacht:

'Toen ik een kind was, zat ik op scouting. Als we op kamp gingen, deden we soms vreemde spelletjes. Een van die spelletjes heette broodje worst. Dat ging zo: jij en ik zijn het broodje en Jonatan is de worst. Maar… maar ik weet niet meer waar het om ging bij dat spelletje.'

'Misschien was het gewoon een excuus om dicht bij elkaar te kunnen liggen,' zeg ik.

Als het een poosje stil is geweest, zegt hij:

'Jij bent een verstandig meisje. Ik ben heel blij dat Jonatan jou gevonden heeft.'

Hij meent het, ja, ik hoor de blijdschap in zijn stem, ik voel me trots alsof ik de eerste prijs heb gewonnen.

'Maar hij stinkt wel, dat vriendje van je,' zegt hij dan en hij grinnikt. 'Mijn neus zit op drie centimeter van zijn mond.'

'Meestal ruikt hij lekkerder,' zeg ik en ik voel me warm en rustig en kriebelig vrolijk.

Alles komt weer goed. Nu weet ik het.

4

Na een poosje vraag ik of hij klaar was met zijn verhaal, met alles wat hij je wilde vertellen en hij antwoordt dat hij het belangrijkste heeft verteld, hij zegt dat de rest leegte en domheid is, hij zegt dat hij tien jaar van zijn leven heeft verloren, hij zegt dat hij nu zichzelf weer wil vinden, hij vertelt dat hij nu een jaar en tien maanden nuchter is.

'Alles komt weer goed,' zeg ik.

'Je had gelijk,' zegt hij.

'Hoezo?'

'Ik heb domme dingen gedaan na de scheiding. Ik was een tijd lang mezelf niet. Ik had het idee opgevat dat de enige manier om te overleven was dat ik het contact met mijn oude leven niet moest loslaten, of liever gezegd, dat ik ervoor moest zorgen dat Karin mij niet helemaal zou vergeten, ik wilde niet weggegumd worden, uitgevlakt alsof iemand zich verschreven had, het was gewoon een stom spel, maar dankzij dat spel wist ik mijn hoofd boven water te houden gedurende de ergste periode, ik wilde haar niet... Ik heb haar nooit kwaad willen doen. En ik lette heel goed op dat ik Jonatan er niet bij betrok. Als zij iets anders beweert, dan liegt ze.'

Ik zeg niets en wacht af.

'Ik liet mijn leven sturen door een gevoel,' gaat hij verder. 'Geen haat, ik wilde geen wraak. Het was wanhoop. En... ja, jaloezie natuurlijk. Niets waar ik in mijn leven ooit in heb geloofd, heeft mij meer beheerst dan dat verdriet en die jaloezie. Ik was mezelf niet. Ik bestuurde mijn daden niet zelf. Of... kun je schuld buiten jezelf leggen?'

'Wat heb je dan gedaan?' vraag ik.
Hij antwoordt niet.

Dan liggen we zonder iets te zeggen elkaar te verdringen op de matras, jij, ik en je vader. Ik sta een paar keer op het punt om te vertellen, ik wil hem over jou vertellen: wie je bent, hoe je bent, ik wil hem helpen om dichter bij je te komen en ik bedenk hoe ik je zou kunnen beschrijven, een rechtvaardig beeld van je schetsen, ik bedenk wat het is dat jou maakt tot degene die ik nooit meer kwijt wil. Hoe beschrijf je een mens? Hoe schets je een beeld van iemand?
Misschien kan ik vertellen over vorige week zaterdag. Er was een demonstratie tegen politiegeweld. We liepen door de Söderstraat, we riepen en zongen en we werden bewaakt door duizend politieagenten en opeens, midden tijdens de demonstratie liep je naar de kant, je ging op het trottoir staan. Ik liep je achterna.
'Wat is er?' zei ik.
'Dit is belachelijk,' zei je.
'Hoezo?' zei ik.
Eerst wilde je het niet uitleggen, maar ik zeurde door en toen liepen we weg en gingen in het Kungspark op een bankje zitten. Je zei:
'Een grote groep jongeren van wie de ouders leraar of psycholoog of jurist of informaticus zijn, is verwikkeld in een gevecht met de politie. Omdat de politie ze niet op straat wil laten dansen. Dat is belachelijk. Al dat gepraat over reclaim is gewoon dwaas. Het gaat helemaal niet om de strijd tegen het kapitalisme of het automobilisme of het commercialisme of iets dergelijks, het gaat er gewoon om dat een grote groep jongeren niets zinnigs te doen heeft. Niets belangrijks. Wie wil er nou op straat dansen verdomme?'
'De vorige keer dat we op straat dansten vond je het anders hartstikke leuk, of niet soms?' herinnerde ik hem.

'Oké. Inderdaad. Maar ik voerde geen belangrijke strijd. Ik had het net zo leuk gehad als ik in een discotheek had gedanst.'

'Je gaat toch nooit naar een discotheek?'

'Nee, maar áls ik dat had gedaan. De wereld staat in brand, honderdduizenden kinderen hebben elke dag honger, ze gaan dood aan onnodige ziekten en een groepje Zweedse jongeren vindt het zo verdomd belangrijk of je op straat mag dansen of niet. Begrijp je niet wat ik bedoel? Je hebt als het ware een klein leugentje en daar maak je een grote waarheid van om het er mooi uit te laten zien. Het is net als het Hultsfredfestival.'

'Hoezo?'

'Je weet toch hoe het daar is. Vijftigduizend jongeren die in het dagelijks leven allemaal vinden dat ze een beetje anders zijn, zich een beetje anders kleden, naar een beetje andere muziek luisteren en anders denken. Dan komen ze naar Hultsfred en ontdekken ze dat er nog negenenveertigduizendnegenhonderdnegenennegentig anderen zijn die er precies hetzelfde uitzien als zij en bovendien precies hetzelfde vinden als zij en naar dezelfde concerten en dezelfde demonstraties zijn geweest en eigenlijk zijn ze daar allemaal naartoe gekomen om te drinken en te feesten, hun maagdelijkheid te verliezen en een paar dagen weg te zijn van hun moeder.'

'Ik begrijp niet waar je het over hebt,' zei ik. 'Hebben we het vorig jaar dan niet leuk gehad in Hultsfred? Hebben we dan geen goeie muziek gehoord?'

'Jawel. Oké. Dat is waar. Maar begrijp je dan niet wat ik bedoel?'

'Ik probeer het,' zei ik.

'Het komt er altijd op neer dat je een ander veracht,' zei je. 'Dat je je beter voelt dan een ander. Belangrijker. Eerlijker. Of iets anders. Het zwarte blok is wat stoerder dan de rooien, die op hun beurt weer wat stoerder zijn dan de groenen. Hiphoppers verachten hardrockers, die punkers verachten, die iedereen verachten. Het is toch gewoon... belachelijk. Het is gewoon een spel. Een grote groep welvaartskinderen die een spel spelen. Begrijp je het niet? Begrijp je niet wat ik bedoel?'

Zo is hij, de jongen van wie ik houd. Dat zou een beeld van hem zijn. Hij wil zijn eigen weg gaan, altijd. Hij wil weten dat hij het goed doet. Hij wil in control zijn, hij wil nooit met de stroom meegaan, of iets doen alleen omdat anderen het doen. Of iets vinden alleen omdat anderen het vinden. Zo is hij. Hij merkt niet dat hij soms toch door alle anderen wordt gestuurd, alleen omdat hij het tegenovergestelde wil doen.

En dan nog iets. Hij zegt soms dingen die hij niet meent, soms zegt hij het tegenovergestelde van wat hij vindt, alleen om te proberen... alleen om te zien wat er gebeurt, alleen om niet vast te raken in de standpunten van een ander. En om te zien welke antwoorden hij krijgt. Als hij nu een discussie met Karin en Claes zou hebben over wat hij zei, zou hij waarschijnlijk precies het tegenovergestelde zeggen. Of dat van die discotheek. Hij haat discotheken. Ik geloof dat hij niet meer naar een discotheek is geweest sinds de brugklas.

Ik begrijp hem niet altijd. Ik ben het niet altijd met hem eens. Als hij zegt dat je het recht niet hebt om te protesteren omdat je ouders academici zijn of tot de middenklasse behoren, dan heeft hij het mis. Als hij zegt dat de strijd die wordt gevoerd een nepstrijd is, dan heeft het hij mis. Feminisme, veganisme, anarchisme, verzet tegen globalisering en de politiestaat, dat is allemaal zeer serieus, dat zal allemaal vooruitgang brengen. Mijn vriendin Sanna was op het World Social Forum in Porto Alegre. Ze heeft daar vakbondsmensen ontmoet uit Korea, arme vrouwen uit Brazilië, feministes uit Palestina en Israël, milieuactivisten uit de Filippijnen en anarchisten uit Duitsland, ze heeft ontzettend veel mensen ontmoet, ze heeft Noam Chomsky en Naomi Klein horen spreken, er is strijd, er is verzet, er is een beweging, dat is geen spel, dat is serieus. Een andere wereld is mogelijk. Soms heeft hij het mis. Maar ik houd van hem om wie hij is. Klinkt dat belachelijk? Dat kan me niets schelen.

En als het zo is: dan zou ik een beeld van jou kunnen schetsen, ik zou je vader kunnen vertellen over ons gesprek van vorige week zaterdag. Maar dat doe ik niet. In plaats daarvan zeg ik:

'Ik zal vertellen wat er voor vannacht is gebeurd. Ik zal vertellen waarom Jonatan hier ligt.'

Ik praat tegen je nek. Aan je andere kant ligt hij, ik voel dat hij luistert en wacht, maar voordat ik kan beginnen, gaat de deur open.

DE MOEDER

1

Ik ben nog nooit van mijn leven zo bang geweest. Of toch, een keer. Twee keer.

We kwamen laat thuis, Claes en ik, we waren naar een verjaardag geweest van iemand die vijftig werd. Een collega van me gaf een feest in de buurt van Skanör. We hadden een leuke avond gehad. Op sommige van die verjaardagen zit je eindeloos aan tafel om te eten en naar trieste toespraken te luisteren, maar hier speelde een bluesband en er werd gedanst en, ja, ik had een beetje te veel gedronken, dat is zo, ik merkte zelf dat ik een beetje luidruchtig en aanhalig werd. In de taxi naar huis zaten Claes en ik op de achterbank te zoenen alsof we een stelletje tieners waren. Toen kwamen we thuis. Hanna was alleen thuis geweest met een oppas, een buurmeisje dat zou blijven slapen. Ik had eten en wat lekkers voor ze klaargezet en een video gehuurd. Ja, ik was een beetje dronken, een beetje vrolijk en nog aanhaliger toen we thuiskwamen, ik dacht natuurlijk dat de meisjes sliepen dus ik trok Claes mee de keuken in, ik wilde het op de keukentafel doen, nee, eigenlijk ben ik niet zo, meestal ben ik niet zo, met dat soort gekke dingen en malligheid ben ik al lang geleden opgehouden, maar het was natuurlijk de wijn en hup daar ging mijn jurk omhoog en mijn slipje omlaag en Claes liet zijn broek zakken. Hij zag het briefje net toen ik op mijn rug op de tafel ging liggen en mijn benen om zijn nek sloeg.

Vreemd eigenlijk dat hij dat briefje toen zag. Vreemd dat hij het las. Vreemd dat hij het tegen me zei, dat hij daar niet mee wachtte. Dat zegt wel iets over hem, denk ik.

Het briefje dat de oppas had geschreven. Dat het ziekenhuis had gebeld, dat er iets met Jonatan was gebeurd. *Hij ligt op de afdeling*

168

spoedijsende hulp, had ze geschreven en hoewel ik bang was als nooit eerder in mijn leven, zag ik dat ze het verkeerd had gespeld. Dat zegt wel iets over mij misschien.

Claes stond daar als een verwelkte tulp terwijl ik naar de slaapkamer van de meisjes rende en hen wakker maakte. Ze vertelden hetzelfde als wat er op het briefje stond. Hanna vertelde dat Josefine ook had gebeld en naar Jonatan had gevraagd. Ik belde een taxi, ik was volkomen nuchter en ik was bang als ik nog nooit eerder was geweest. Jonatan, mijn lieveling. Wat is er gebeurd? Wat heb je gedaan? Claes moest thuisblijven bij de meisjes en ik ging naar de eerste hulp in het ziekenhuis. Net toen ik trappelend van ongeduld stond te wachten op de verpleegkundige die een mishandelde jongen met bloed over zijn hele gezicht ontving, bedacht ik dat ik geen slipje aanhad.

Toen kwam de verpleegkundige en die zei dat Jonatan 'een alcoholintox had opgelopen.' 'Dronken dus,' zei ze toen, alsof ik een dom wicht was of een onverantwoordelijke ouder die terechtgewezen moest worden. Te veel drank was het banale probleem, mijn zoon moest alleen maar rusten en nuchter worden, al zijn waarden waren stabiel. Ik schaamde me. Ik voelde me een schoolmeisje. De capaciteit van de eerste hulp in beslag nemen met tienerdronkenschap, zo onnodig. Iets van mijn angst werd vervangen door... nee, geen woede misschien, maar wel irritatie. Jonatan, dit had je me toch kunnen besparen.

Maar ik zal mezelf geen onrecht aandoen, ik was natuurlijk vooral opgelucht dat het niet erger was. Tijdens de taxirit naar het ziekenhuis waren er beelden door mijn hoofd gegaan van verkeersongelukken, van Jonatans lichaam dat op straat lag, bloedend, met verdraaide ledematen, ik had scènes gezien van mishandeling, skinheads met grove laarzen die tegen Jonatans hoofd schopten, die mijn zoon kapotschopten, ja… In mijn hoofd had ik de afgrijselijkste beelden uit de afgrijselijkste films gezien en die beelden hadden me gesneden als scherpe messen en hadden me pijn gedaan als trappen met legerlaarzen. Natuurlijk was ik opgelucht dat hij hier lag omdat hij te veel had gezopen. Opgelucht en een beetje geïrriteerd.

Ik beantwoordde een paar vragen van de verpleegkundige en daarna ging ik snel naar de kamer die ze me aanwees.

Toen ik de deur had geopend, bleef ik staan.

Ik wilde op hem af rennen, ik werd gegrepen door een intens verlangen om hem te zien, om zijn hoofd in mijn handen te houden, maar ik bleef staan.

Daar lag hij op een matras midden op de vloer in de kale ruimte. Maar hij lag niet alleen. Er lagen drie mensen tegen elkaar aangedrukt op de smalle matras. Achter Jonatan stak het hoofd van Josefine omhoog, ze lachte mat, bijna slaperig naar me, maar vóór hem, met zijn rug naar me toe, lag een man.

Ik bleef in de deuropening staan en staarde. Wie was dat? Waarom lag er een vreemde man dicht tegen mijn zoon aangedrukt?

Ik bleef staan en voelde de woede in me groeien. Ik wilde naar Jonatan toe rennen, maar er lag een vreemde man in de weg. Hij lag daar als een walrus en draaide zich niet eens om. Ten slotte liep ik natuurlijk de kamer binnen. Josefine ging zitten. Pas toen ik naar hen toe was gelopen en op mijn hurken naast haar was gaan zitten, zag ik wie de man was.

Ik had er geen moment aan gedacht dat hij het was.

Langzaam tilde hij zijn hoofd op van de matras en knipperde met zijn ogen naar me, het leek wel of hij had geslapen. Hij was dik geworden, of tenminste, hij had een voller gezicht gekregen en zijn haargrens was een paar centimeter omhooggeschoven. Ik geef toe, even vergat ik Jonatan en staarde ik alleen maar naar hem, duizend verschillende gevoelens, beelden en herinneringen kwamen naar boven, ze wedijverden met elkaar en net toen het erop leek dat een gevoel van weemoed had gewonnen, grijnsde hij en mompelde:

'Ik zie dat je geen slipje meer draagt.'

Toen rolde hij van de matras af, krabbelde overeind, liep vlug de kamer uit en deed de deur achter zich dicht.

Göran, klootzak. Ik haat je. Je bent een varken.

2

Nu ben ik hier. Nu zit ik op een matras samen met Josefine, het vriendinnetje van mijn zoon. Jonatan ligt voor ons, hij lijkt te slapen, de vredige slaap van een kind. Af en toe hoor je hem snuiven of snurken. Ik heb hem op zijn wang gekust, maar ik heb me snel weer teruggetrokken. Hij stonk naar drank en braaksel.

Dat had ik nooit gedacht. Dat ik mijn zoon zou moeten ophalen op de eerste hulp omdat hij veel te veel had gezopen. Ik ben teleurgesteld.

Maar natuurlijk ook opgelucht. Het had zoveel erger kunnen zijn.

Ik heb Josefine gevraagd wat er was gebeurd. Ze zei alleen dat hij verdrietig was en te veel had gedronken. Haar antwoord verborg iets voor mij, ik zag in haar ogen en hoorde aan haar stem dat er iets was wat ze niet wilde vertellen. Dat irriteert me ook.

Nu zitten we hier. En ik moet vragen:

'Waarom is hij hiernaartoe gekomen? Göran, Jonatans vader.'

'Hij was hier toen ik kwam,' antwoordt Josefine. 'Hij zat te vertellen...'

'Vertellen?'

'Ja, ik geloof dat hij hier al heel lang zat. Hij zei tegen mij dat hij Jonatan over zijn kindertijd had verteld en over toen hij zelf jong was en... en hoe hij jou had ontmoet en over toen Jonatan klein was en… en waarom jullie gescheiden zijn. Ik heb alleen het einde gehoord.'

Ik hoor het meteen aan haar stem. Het is zo duidelijk alsof ze het met woorden zou hebben gezegd. Ze heeft partij gekozen, ze heeft naar Göran geluisterd en al zijn leugens geloofd, net zoals ik ooit heb gedaan. Ze lag daar samen met hem op die matras. Ha, ze moest eens weten.

'Aha, dus hij heeft verteld,' zeg ik en ik hoor zelf dat er ijspegels van mijn woorden afdruipen.

'Ja. Hij zei dat hij dat altijd aan Jonatan heeft willen vertellen en dat hij vannacht de kans kreeg. Hij denkt dat Jonatan zijn hele verhaal heeft gehoord,' ratelt Josefine alsof ze een les opzegt.

Ach, goedgelovig kind. Dat jij zo dom en makkelijk voor de gek te houden bent, dat had ik niet gedacht.

'Waarom is hij hiernaartoe gekomen?' vraag ik. 'Hoe wist Göran dat Jonatan hier lag?'

'Omdat…'

Nu aarzelt ze. Ik bespeur een lafheid bij haar die ik nooit eerder heb gezien.

Mijn gevoelens voor Josefine zijn gemengd. Zoals dat heet. Soms jaagt het me schrik aan dat ze altijd zo sterk en zelfverzekerd lijkt. Zo vastberaden. Zo solide, zo onwankelbaar. Ze aarzelt nooit, krabbelt nooit terug, is altijd zo overtuigd van wat de juiste manier is. En Jonatan volgt haar zo gewillig en gladjes. Dat maakt mij nog het meest ongerust denk ik. Of misschien irriteert het me. Dat hij Josefine als een hondje achternaloopt. Sinds ze elkaar hebben ontmoet, hebben al haar standpunten afgegeven op Jonatan, hij is haar stem geworden, haar echo. En zij is zich altijd zo bewust van haar vrouw-zijn, let er altijd zo precies op dat alles even rechtvaardig is, tot op de millimeter.

Ik weet dat ik nu onrechtvaardig ben. Ik weet dat Jonatan verstandig is, ik weet dat hij zelf kan denken. En natuurlijk ben ik blij dat hij Josefine heeft leren kennen en dat ze een relatie hebben, ik zie hoe leuk ze het hebben samen, ik hoor ze lachen als ze samen hun vegetarische eten klaarmaken in de keuken of 's avonds op de bank zitten en een spelletje doen met Hanna. Ze hebben het goed samen, ze zijn lief en zorgzaam voor elkaar.

Als ze maar niet zo sterk was. Als ze ook eens een keer niet zo rechtlijnig en geweldig zou kunnen zijn. Als ze ook eens een keer een klein onzeker meisje zou kunnen zijn.

Misschien ben ik alleen maar jaloers. Ik zie hoe ze mijn zoon heeft afgepikt. Die mooie glimlach of die blije schaterlach die hij haar geeft, krijg ik nooit te zien. Ik ben buitengesloten uit hun blije gemeenschap.

Schoonmoederparanoia. Het aloude liedje.

Maar ik herken mijn Jonatan niet. Of: Ik ken mijn Jonatan niet meer. Hij laat mij alleen een buitenkant zien, alsof ik het niet meer waard ben om zijn vertrouwen te krijgen, om dicht bij hem te komen. Ik weet niet wat hij diep vanbinnen denkt of voelt. Vroeger kon ik hem altijd lezen als een open boek, hij kon nooit tegen mij liegen of iets voor mij verborgen houden. Nu is hij gesloten. Dat doet me pijn. Maar als ik beweer dat dat door Josefine komt, ben ik onrechtvaardig, dat weet ik.

Hij is zeventien.

Hij zal bij me terugkomen, ik ben hem niet kwijt. Een moeder blijft altijd een moeder. Alle anderen kunnen worden ingewisseld, alle anderen kunnen komen en gaan, alle anderen kunnen verraden en verraden worden. Maar een moeder nooit.

'Omdat... omdat Jonatan zijn telefoonnummer in zijn zak had,' stamelt Josefine nu. 'Het telefoonnummer van zijn vader. Op een papiertje. Jonatans portemonnee was gestolen, dus de politie heeft dat nummer gebeld.'

'Waarom...?' begin ik, maar ik stop meteen weer.

Ze krijgt mijn vernedering niet te zien. Ik zal het Jonatan later vragen. Waarom hij rondliep met Görans telefoonnummer in zijn zak.

Verdomme. Alles gaat fout.

Er groeit een ijsklomp in mijn buik. Verdomme.

Ik verberg mijn gezicht in mijn handen en buig me naar Jonatan toe. Verdomme.

Göran, jij klootzak. Je hebt de kleine Josefine voor je gewonnen en via haar zul je Jonatan terugwinnen. Denk je. Maar dat zal nooit gebeuren. Nooit, nooit, nooit. Ik zal niet kunnen verhinderen dat hij je opzoekt, ik begrijp dat hij dat op een bepaald moment in zijn leven zal willen, dat hij zijn vader zal willen leren kennen, maar ik zal de deur nooit voor je opendoen. Nooit.

Jouw leugens zullen nooit de waarheid worden.

Ik kijk op en kijk recht in Josefines grijze ogen.

'Ik zal het vertellen,' zeg ik.

'Wat?' zegt ze en ze speelt dat ze het niet begrijpt.

'Ik zal je vertellen hoe het in werkelijkheid was,' zeg ik.

Door haar aarzelende blik begrijp ik dat Görans listige leugens vruchtbare grond hebben gevonden bij haar. Wacht maar, wacht maar meisje, totdat je de ware versie hebt gehoord.

'Ik zal het vertellen,' herhaal ik.

3

Göran en ik hebben elkaar ontmoet tijdens een demonstratie. In 1972. Het was een fietsdemonstratie voor een autovrije binnenstad, zeg ja tegen pedaalenergie! – je weet wel. Ik deed mee aan alle demonstraties in die tijd. Op een gegeven moment ontstond er ruzie met een groepje automobilisten bij een voetgangersoversteekplaats en ik kreeg een stok of zoiets tegen mijn hoofd, het bloed stroomde eruit en ik viel en… Ik was bang. Toen kwam hij. Hij heeft me wel duizend keer verteld hoe hij me zag vallen en hoe hij naar me toe rende en me wegtrok en in een taxi heeft gezet zodat we in het ziekenhuis kwamen. Ik kreeg vier hechtingen, je kunt het litteken nu nog zien. Kijk maar.

Hij had haar tot over zijn schouders en droeg een kapotgeknipte spijkerbroek en een vuil T-shirt. Hij was mager als een lat. Een beetje verlegen en onhandig. Ja, hij was lief, dat was hij.

Ik zat in de derde klas van de middelbare school en ik had al een vriendje. Claes. Ja, ik had verkering met Claes toen ik Göran ontmoette. Ik… het is moeilijk uit te leggen. Toen mijn ouders in het ziekenhuis kwamen en toen ik mijn moeders verachtelijke blikken op Göran zag, nam ik een besluit. Alles wat ik in die tijd deed, was een protest tegen mijn ouders, dat begreep ik toen natuurlijk niet, maar nu wel.

Ik was een wild kind. Ik had al vriendjes sinds ik dertien was. Ik was lid van alle linkse groeperingen die er bestonden, zo heb ik Claes trouwens ontmoet, er waren in die tijd twee soorten jongeren, de mensen die lid waren van het Vietnambevrijdingsfront en de hasjrokers. Ik hoorde natuurlijk bij de eerste groep, maar toen ik Göran had ontmoet, begreep ik dat het een nóg sterkere daad van verzet zou zijn als ik verkering kreeg met een echte hippie.

Of ik dan niet verliefd op hem was?

Jawel, natuurlijk wel. En toch was het van het begin af aan een vergissing. Claes is de man van mijn leven, we zijn voor elkaar bestemd. Göran was een zeventienjarige onderbreking in mijn leven met Claes. Een vergissing die zeventien jaar duurde.

Eigenlijk begreep ik de tweede zomer al dat het een vergissing was. Göran sleepte me mee naar een hippiekamp in Denemarken. Hij had een paar hasjvrienden die erheen gingen. Ik haatte zijn vrienden van het begin af aan, ze minachtten mij omdat ik niet dezelfde boeken had gelezen als zij en niet naar dezelfde muziek luisterde en omdat ik het niet het toppunt van geluk vond om de hele dag in een slooppand hasj te zitten roken. Maar ik ben toch met Göran meegegaan naar dat kamp. Het was een nachtmerrie. Op een vies, modderig terrein liepen een heleboel naakte mensen die stoned waren, ze dachten allemaal dat ze Jezus waren of Che Guevara en het ergste van alles was dat Göran zo gelukkig was daar. Hij had het er serieus over dat dit de nieuwe maatschappij was die ze zouden creëren. God bewaar me voor die maatschappij. Ik schaamde me die hele week voor mezelf, ik speelde een rol om te overleven, maar ik wist dat ik mezelf niet was, dat ik nooit meer halfnaakt zou rondlopen en dansen op de maat van trommels en een of andere piepende fluit.

Eigenlijk begreep ik toen al dat Göran een vergissing was. Dat hij zijn hele leven bouwde op een leugen en dat hij en ik elkaar nooit echt zouden begrijpen. Of... ik weet niet of ik dat toen al begreep. Ik was misschien nog steeds een beetje blind, blind van verliefdheid.

Maar zijn vrienden heb ik al die tijd gehaat. Arrogant en vol minachting, ze dachten dat ze altijd alles beter wisten dan alle anderen. Vooral een die Lasse Mattsson heette. Ik ben hem een paar jaar geleden tegengekomen op een feest, hij was een of andere hoge piet geworden bij de Onderwijsraad. Hij stond daar in een duur pak met een cocktail in zijn hand. Hij die mij had bespot en gepest met mijn ouders en hun grote villa, nu stond hij daar zelf op een feest in een van de dure voorsteden van Malmö keurig en beleefd te converseren. Ik heb niet gezegd wie ik was en hij herkende me natuurlijk niet.

Göran was eigenlijk geen echte hippie. Hij zag eruit als een hippie, maar ik denk eigenlijk dat zijn zogenaamde vrienden hem ook minachtten, hij hing er eigenlijk maar een beetje bij in dat groepje, hij liep rond met een camera op zijn buik en probeerde erbij te horen, hij gebruikte dezelfde drugs als de anderen om niet buitengesloten te worden, ik denk dat het zo zat. Zelf heeft hij altijd een ontzettend romantisch beeld van die tijd gehad. Hij deed er altijd zo belachelijk verwaand over dat hij erbij was geweest, dat hij hasj had gerookt en een paar keer LSD had gebruikt, alsof dat een soort verdienste was of zo, alsof hij iets belangrijks had geleerd. Zichzelf voor de gek houden en anderen voor de gek houden, daar is Göran altijd goed in geweest.

4

Vies. Alles waar Göran van hield was vies. We hebben twee zomers kleren gesorteerd in Småland, we werkten als beesten voor de solidariteit. Je zweette je rot en er waren ontzettend veel muggen. En het was vies, alles was vies en iedereen was vies. Het leek wel of die mensen nog nooit van zeep en tandpasta hadden gehoord.

Göran vond het natuurlijk geweldig om samen te leven in een soort vieze commune en je rot te werken, werk dat bestond uit het sorteren van vieze kleren die naar de bevrijdingsbewegingen in zuidelijk Afrika werden gestuurd.

Hij had zijn vwo afgemaakt en een appartement gehuurd in West.

Maar eerst zou hij natuurlijk een wereldreis gaan maken, hij wilde de wereld zien, hij had het de hele zomer over zijn grote reis. Ik vond het natuurlijk vervelend dat hij wegging, maar ik bedacht dat het veel voor hem betekende. Ik wilde hem niet tegenhouden, ook al zag ik dat hij zichzelf voor de gek hield met zijn gepraat.

En inderdaad, al na een maand kwam hij met hangende pootjes terug. Op een dag stond hij op het schoolplein toen ik naar buiten kwam. Hij zag er meelijwekkend en mislukt uit.

Eigenlijk kun je zeggen dat ik daarna bij hem ben ingetrokken. Hij ging werken als ziekenverzorger in een psychiatrisch ziekenhuis, het Östra Ziekenhuis. De eerste tijd had hij elke nacht nachtmerries over wat hij overdag zag, ik moest hem troosten als een moeder.

Ik deed eindexamen. Dat ik rechten wilde gaan studeren, was een politieke beslissing. Ik wilde de maatschappij van binnenuit veranderen. Toen al betekende politiek heel veel voor mij. Politiek was serieus, dat was geen spelletje of verzet tegen je ouders. Dat sommige mensen van buitenaf en sommige van binnenuit moesten werken, was zuiver een politieke tactiek. Göran heeft dat nooit begrepen. Voor hem betekende mijn beslissing alleen dat ik in de voetstappen van mijn ouders trad, dat ik een pad koos dat zou leiden tot een goedbetaalde baan met veel status. Als wij over politiek discussieerden, eindigde het er altijd mee dat hij zei: 'Politiek, dat is de manier waarop je leeft.' Natuurlijk. Dat heeft hij wel bewezen met zijn leven. Met zijn mislukte leven. Jouw leven is nou niet bepaald een heftige revolutie geworden, Göran.

5

'Wat is er?'

Ik zwijg, ik heb mijn gezicht weer in mijn handen verborgen. Nu hoor ik ongerustheid in Josefines stem.

Ja, toch een beetje ongerustheid. Ik zag het wantrouwen in haar ogen terwijl ik vertelde, ja, ik zag zelfs een glimp van haat, maar nu is ze toch een beetje ongerust. Of ze moet wel een heel goede toneelspeelster zijn.

'Er komen zoveel herinneringen boven,' zeg ik. 'Er is zoveel waar ik niet... niet aan wilde denken.'

Ze knikt.

Verdomme. Kleine Josefine. Natuurlijk doorzie je mij met je kinderlijke wijsheid. Je hoort dat ik het er te dik op leg als ik over Göran praat. Maar ik moet dat doen, niet alleen voor jou, ook voor mezelf. Ik wil niet het risico lopen dat ik verval in dwaze tienernostalgie. Natuurlijk, daar zou ik eigenlijk tegen ingeënt moeten zijn, omdat ik de uitkomst ken. Ik weet hoe het afloopt, ik weet

hoe het ging, en toch voel ik dat ik geen enkel risico mag nemen.
'Heeft hij over die tijd verteld?' vraag ik.
Ze schudt haar hoofd.
'Dat heb ik niet gehoord. Ik heb alleen het einde gehoord. Maar waarschijnlijk heeft hij dat wel gedaan, dat zei hij toch, hij zei dat hij had verteld over… ja, toen jullie elkaar leerden kennen en zo…'
Ik weet niet of ze liegt. Misschien heeft ze Görans versie wel gehoord. Kleine Josefine heeft zich vannacht van een kant laten zien die ik nooit eerder had gezien.

Ik kijk naar Jonatan en denk aan wat ik vertelde over wie Göran was toen ik hem leerde kennen, ik bedenk dat Jonatan nu net zo oud is als Göran toen en opeens schiet er een gedachte door me heen, iets wat ik natuurlijk meteen had moeten bedenken. Merkwaardig hoe langzaam en sloom hersenen soms werken.
'Gebruikt hij drugs?'
Josefine doet alsof ze me niet begrijpt.
'Jonatan. Gebruikt hij drugs? Je moet eerlijk antwoorden, dat begrijp je toch wel. Is er nog iets anders, behalve drank, waardoor hij hier is beland? Heeft hij verschillende dingen door elkaar gebruikt?'
Josefine aarzelt. O, dom klein wicht, begrijp je het dan niet? Het gaat hier om zijn leven, niet om een bemoeizieke moeder.
'Hij heeft wel eens wat gerookt,' zegt ze ten slotte met een onzekere stem.
'Wat gerookt?'
'Ja, ik bedoel…'
'Ik begrijp het,' onderbreek ik haar. 'Doet hij dat vaak, heeft hij het gisteravond gedaan, denk je dat hij gisteravond iets anders heeft gebruikt?'
'Nee,' zegt Josefine snel en beslist. Met een enkel nee beantwoordt ze alledrie mijn vragen.

Ik moet haar geloven, ik heb geen keus.

'Het… het is niet zo belangrijk voor hem,' mompelt Josefine.

'Maar in Roskilde… Iedereen doet het daar.'

Ik vraag haar niet of zij het ook doet. Dat kan mij niets schelen, we hebben belangrijker zaken aan ons hoofd. Ik heb belangrijker zaken aan mijn hoofd. Ik ga verder met mijn verhaal.

6

In 1975 begon ik aan mijn studie in Lund. We gingen in een commune wonen in Fäladen. We waren met z'n zessen, het was Görans idee. Hij was als de dood voor het gezinsleven, het idee dat wij met z'n tweeën zouden wonen, alleen hij en ik, was volkomen ondenkbaar voor hem. Hij wilde natuurlijk het liefst dat we in een hippiecommune ergens in de rimboe zouden gaan wonen en groente kweken en in ons blootje rondlopen en ons eigen kleine maatschappijtje creëren, maar in plaats daarvan werd het een modern appartement in Lund.

Ik liet hem in die tijd veel te veel beslissen, hij wist mij steeds weer te overtuigen. Onze zogenaamde commune was van het begin tot het einde een mislukking, er was totaal geen gemeenschap, alleen ruzie, gezeur, gemopper en irritaties. Iedere kleinigheid leidde tot grote, belachelijke ruzies en scènes. Bovendien was Göran heel erg verliefd op een van de andere meisjes daar, een stomme koe die Gunilla heette. Hij stond in elke discussie aan haar kant, ik voelde me zo… zo vernederd. Het leek wel of hij me op de een of andere manier wilde testen of straffen omdat we geen bonen kweekten op het platteland.

Maar toen werd hij afgetroefd door Hugo. Hugo, de charmeur uit Chili en het was juist Gunilla die hem ons huis binnenbracht. Al na een paar weken had hij haar en het andere meisje dat er woonde, Maria, verleid. Ze vonden het heel spannend dat hij een echte politieke vluchteling was, ze vonden het waarschijnlijk een daad van solidariteit om met hem naar bed te gaan. Gunilla was vanaf de allereerste keer dat Hugo zijn jongensachtige lachje lachte en zijn donkere ogen liet schitteren, haar belangstelling voor Göran verloren. Toen stortte onze commune met veel gedonder en geraas in elkaar en Göran en ik verhuisden naar een appartement in de Tomegapsstraat.

Dus toen waren hij en ik toch samen. Alleen hij en ik.

Hij werkte in het Sankt Lars ziekenhuis in die tijd, had ik dat al gezegd?

We woonden nog maar een paar weken in ons appartement toen ik ontdekte dat ik zwanger was. Ik was twintig. Ik was net begonnen aan mijn rechtenstudie. De gedachte dat ik moeder zou worden, was volkomen ondenkbaar, dat kon ik me niet voorstellen, ik nam de beslissing meteen toen ik de zwangerschapstest had gedaan. En bovendien wist ik niet…

Ik zal niet onrechtvaardig zijn. Het was mijn fout, ik was slordig geweest. In twee opzichten. Het was helemaal mijn fout.

En Göran… Hij was lief. Ja, ik zal niet onrechtvaardig zijn. Hij liet de beslissing aan mij over, hij steunde me, hij troostte me als ik verdrietig was.

Hij nam als vanzelfsprekend aan dat hij het was… Dat hij de vader was.

Maar… Ja. De waarheid was dat ik het niet wist.

Hij was lief toen en ik schaamde me. Hij bond me aan zich, ik had een schuld aan hem, dat was de reden… dat was de reden dat we zo lang bij elkaar zijn gebleven. Ja. Dat heb ik later begrepen. Veel later, toen mijn liefde al helemaal voorbij was, kon ik nog steeds niet vergeten dat ik hem toen heb verraden, dat ik bij hem in de schuld stond.

Later kwam ik erachter dat hij mij honderden keren had bedrogen en voor de gek gehouden, daar was hij toen al mee begonnen, maar dat kon ik natuurlijk nog niet weten.

Ik probeer mijn schuld niet af te schuiven. Het was dom van me. Ik schaamde me, ik had spijt en ik voelde me een dom gansje. Het duurde heel lang voordat ik Göran weer in de ogen durfde te kijken. Hij heeft het nooit begrepen.

Door mijn abortus waren we aan elkaar gebonden. Maar ik zal niet onrechtvaardig zijn. Die jaren in Lund waren goede jaren. Ondanks alles wat er was gebeurd, ondanks dat ik nu weet wat ik toen niet wist, waren het goede jaren.

Göran begon volwassen te worden, hij gaf een paar van zijn romantische hippie-ideeën op. Hij knipte zelfs zijn haar af. Dat was een schok, lieve help, ik kende hem alleen met lang haar. Toen kwam hij op een dag thuis en zag eruit als... als een schooljongetje. Een lief schooljongetje. Hij had een stap gezet op de weg naar volwassenheid en zag eruit als een schooljongetje. Hij werkte, ik studeerde. Ik was lid van de Zweedse Communistische Partij en op politiek gebied waren we niet dichter bij elkaar gekomen, maar we deden in die tijd dingen samen. We dansten dansen uit de oude volkstraditie. We waren lid van het Muziekforum en organiseerden concerten en festivals. We hadden dingen gevonden waar we samen in wilden investeren.

Toen kwam die foto-expositie. Ik wist niet eens dat Göran foto's had ingestuurd en toen, op een avond, ging de telefoon en hoorde hij dat hij mocht meedoen aan een expositie in de Kunsthal en dat hij vijfduizend kronen had gewonnen. Vijfduizend. Je hebt geen idee hoeveel geld dat was in die tijd. Hij was zo gelukkig, natuurlijk was hij gelukkig. Ik ook.

Juist toen, juist in die tijd, voelde het alsof we een leven samen zouden kunnen leven. Zo voelde ík het in elk geval. Later ben ik erachter gekomen dat Göran zoveel met zich meedroeg dat ik nooit te zien kreeg, maar ik ben er zeker van dat hij juist toen gelukkig was, ik ben er zeker van dat hij ook... Ja.

Het was niet alleen die expositie en het geld. Hij was er opeens achtergekomen wat hij wilde. Hij ontwikkelde een trots. 'Göran Persson, fotograaf' stond er met grote letters op zijn voorhoofd geschreven. Opeens wist hij wat hij wilde met zijn leven, hij had een plan dat werkelijk verschilde van alle vage hippiedromen die hij in zijn leven had gehad. Hij had zijn levenspad gevonden. Hij vond het heerlijk om andere fotografen te ontmoeten, we gingen om met kunstenaars en schrijvers, hij was zo gelukkig dat hij bij de culturele gemeenschap hoorde.

Ik was gelukkig voor hem.

Het is waar, ik zal niet onrechtvaardig zijn. Ik was gelukkig voor ons. Het was niet langer alleen mijn schaamte over dat geval met Hugo die ons bij elkaar hield.

7

Toen verhuisden we naar Malmö, naar een klein, donker appartement in Sofielund. Ik deed mijn rechtbankstage en Göran was nu fulltime fotograaf. Hij had ook een parttime baan bij het Zuid-Zweeds Dagblad, of misschien kreeg hij die pas later trouwens... We waren geen studenten meer, die wereld hadden we voorgoed achter ons gelaten.

Er zou die winter een referendum worden gehouden over kernenergie. We werkten allebei mee aan de volkscampagne. Dat hadden we natuurlijk al in Lund gedaan. Stop de kernenergie. Nu! We woonden bijeenkomsten bij, deelden strooibiljetten uit, demonstreerden en luisterden naar debatten. Nu was Göran bijna degene die zich het meest betrokken toonde. En hij was het meest teleurgesteld toen we verloren. Ondanks de smerige tactieken van de sociaal-democraten en de afschrikpropaganda, stemde bijna half Zweden tegen kernenergie, maar het hielp niets, we verloren. Göran trok het zich heel erg aan, hij was maandenlang bitter en teleurgesteld, hij geloofde werkelijk dat de totale maatschappelijke ontwikkeling anders zou zijn geworden als op dat moment was besloten kernenergie af te bouwen.

Nu zal alles slecht gaan, zei hij. Nu zal het kapitaal de macht overnemen.

We waren zó dichtbij, zuchtte hij terwijl hij het met zijn duim en wijsvinger aanwees. Alsof hij dacht dat er nog maar twee centimeter ontbrak tot de revolutie.

Maar hij kreeg in zekere zin gelijk. Toen kwam het debat over de EU en het referendum dat we ook met maar een paar procent verloren. Hoe anders zou een Zweden zijn dat buiten de EU was gebleven, en een Zweden zonder kernenergie?

Nee, we hebben het niet over politiek nu. Maar Görans reactie na het referendum maakte me… bang. Er was iets met hem gebeurd, hij veranderde. Ik denk dat het daar op de een of andere manier mee te maken had dat hij een paar jaar later bij me weg wilde, dat hij uit elkaar wilde zonder dat hij kon uitleggen waarom.

Nu maak ik een sprong in mijn verhaal, nu loop ik vooruit op de gebeurtenissen.

Wat eerst nog gebeurde, was zijn grote succes. Hij maakte die foto van mij in onze slaapkamer. Daarna deed hij mee aan een grote expositie in Stockholm, in het Museum voor Moderne Kunst, en toen ging het opeens allemaal zo hard, hij kwam op de televisie en op de radio en in de krant, hij werd geïnterviewd. Hij was opeens bekend.

En toch, merkwaardig genoeg, toonde hij niet dezelfde blijdschap als toen in Lund. Natuurlijk was hij trots, het is logisch dat hij gevleid was toen hij werd uitgenodigd in New York en Madrid en… en nog een heleboel andere plaatsen. Maar toch. Niet dat jubelende geluksgevoel.

Hij was niet dezelfde. Zijn humeur wisselde sterk. Hij kon hele nachten in gepieker verzonken zijn, hij maakte lange, eenzame wandelingen. Ons leven was ook veranderd, een deel van de vrolijkheid in ons leven samen was weg. Misschien betekende het daarom zoveel voor me dat ik Claes terugzag.

Tijdens die Volkscampagne was ik me betrokken gaan voelen bij de Zweedse Communistische Partij, links dus. Meteen de eerste keer dat ik naar een bijeenkomst ging, kwam ik Claes tegen. Claes, mijn vroegere vriendje met wie ik het had uitgemaakt toen ik Göran ontmoette. Ik had hem nooit meer gezien sinds we uit Malmö waren weggegaan, we hadden geen contact gehouden, maar nu kwam hij opnieuw in mijn leven. Hij maakte me blij. We hadden een gemeenschappelijke geschiedenis die ik bijna was vergeten. Het kwam zeker ook door Görans melancholie en zijn wisselvallige humeur dat het samenzijn met Claes zo ongecompliceerd voelde.

We zagen elkaar. We hadden geen geheime affaire, geen verhouding, ik bedoel, ik was niet ontrouw, als Göran dat zegt dan liegt hij. Zelfs geen gedachte aan seks, niet bij mij tenminste. Dat zweer ik. We lunchten samen, we gingen een paar keer naar de film, we praatten, hij maakte me aan het lachen, we voelden ons prettig bij elkaar. Verder niets. Maar ik vertelde Göran niet over Claes, dat geef ik toe. Soms zat ik met hem in een restaurant als Göran dacht dat ik naar een afdelingsvergadering was.

Leugens om bestwil, een paar. Maar het was geen probleem, het had niets hoeven betekenen. Nee.

Toen Göran op een dag zei dat hij bij me weg wilde, dat hij een poosje op zichzelf wilde wonen, zei ik nee.

Ik zei: Ik wil met jou leven.

Ja, dat zei ik.

Het was zo raar: op een dag zat hij gewoon aan de keukentafel en zei hij dat. Alles was precies zoals anders, er was niets bijzonders gebeurd, we waren tien jaar bij elkaar en toen zei hij opeens dat hij had nagedacht, dat hij had bedacht dat hij alleen wilde zijn. Ik was volkomen geschokt. Ik begrijp nog steeds niet dat ik hem heb gevraagd om te blijven. Alles was zoveel eenvoudiger geweest als we toen uit elkaar waren gegaan. Alles was veel beter en makkelijker geweest.

Alles behalve één ding, ik weet het.

De aanleiding dat we hier zitten, ik weet het.

Ik zag Claes al in die tijd, ik wist dat Göran en ik van elkaar weggleden, en toch aarzelde ik geen seconde.

Ik wil dat je blijft, zei ik. Ik wil de rest van mijn leven met je delen, zei ik.

Ja, dat is waar. Dat zei ik.

Het is zo raar. En het is net zo raar dat hij terugkrabbelde. Hij nam het terug. Hij bleef. Ik begrijp nu nog niet waarom.

Als je in God geloofde, of in het lot, dan zou alles veel eenvoudiger zijn, dan zou je de zin van dergelijke gebeurtenissen begrijpen, dan zou je kunnen zeggen dat de jongen die hier op de grond ligt de zin van dat alles was. Maar ik geloof niet in God, ik geloof niet dat er een bedoeling is met ons leven.

8

Nu voel ik de blik van Josefine, ik voel dat ze naar me staart. Ik was haar bijna vergeten, ik vertel niet langer aan haar.

Als ik opkijk, haar aankijk, wendt ze zich af. Haar blik fladdert door de kamer en stopt bij Jonatan.

'Heeft Göran dit verteld?' vraag ik. 'Heeft hij over die tijd verteld?' Ze schudt haar hoofd.

'Toen ik binnenkwam, praatte hij over toen Jonatan een baby was,' zegt ze.

186

Had ze dat al niet gezegd? Ik weet niet meer wat er tien minuten geleden is gebeurd, ik ben verstrikt geraakt in veel oudere herinneringen.

Nee, ik vertel niet meer aan jou, kleine Josefine.

Iemand van zeventien kan het leven van een volwassene niet begrijpen, dat geloof ik niet. Ik herinner me niet meer waar ik in geloofde toen ik zeventien was. Ja, ik geloofde in de grote revolutie en de nieuwe mens. Maar bedacht ik wel eens dat er een alledaags leven was, dacht ik wel eens na over hoe dat eruit zou zien? Dat denk ik niet.

Nee, ik denk niet dat iemand van zeventien dat kan begrijpen. Iedereen moet z'n eigen vergissingen maken. Z'n eigen keuzes. Proberen ervan te leren.

'Ja, nu komt Jonatan,' zeg ik en ik voel dat de glimlach die ik haar probeer te schenken een stijve grimas wordt. Nu komt Jonatan in beeld.

Ze buigt haar hoofd een beetje en blijft naar hem kijken, naar de jongen die nu mijn verhaal binnenkomt, de jongen die nu ter wereld gaat komen.

Het zou makkelijk zijn om te zeggen dat we probeerden onze relatie te redden met het krijgen van een kind. Misschien is het wel waar, maar het zou toch te simpel zijn.

Opnieuw was ik degene die besliste, ik was degene die het zei. Ik was degene die het als eerste wilde en die mijn wil omzette in woorden.

En Göran zei ja. Merkwaardig genoeg.

Op een dag was het verlangen om moeder te worden er gewoon. Zonder dat ik er eigenlijk goed over had nagedacht, voelde ik het op een dag opeens in mijn hele lijf. Ik voelde dat het tijd was. Misschien is dat bij ons vrouwen ingebouwd, ik weet het niet, ik geloof eigenlijk niet in biologische verklaringen, maar…

Ja, opeens was het er, een verlangen. En Göran zei alleen maar: ja natuurlijk.

Ik weet waar Jonatan is ontstaan. Op de boot tussen Kopenhagen en Oslo. We hebben het uitgerekend. Dat heb ik hem nooit verteld, ik denk dat ik me zou schamen, dat hij beelden in zijn hoofd zou krijgen van zijn vader en moeder in een hut op de boot naar Oslo. Zijn toekomstige vader en moeder.

Göran maakte duizenden foto's van mijn buik. Dat vond ik niet prettig. Ik dacht: Al die foto's moeten worden verbrand als er iets misgaat.

Ik was vaak bang. Soms was ik ervan overtuigd dat ik een miskraam zou krijgen of dat er een mismaakt kind geboren zou worden, soms was ik daar zo van overtuigd dat ik plannen begon te maken voor een leven na de ramp.

Maar alles ging goed. Jonatan werd geboren op 5 december 1983 in het Malmö Allmänna ziekenhuis. Hij woog 3260 gram en was 51 centimeter lang. Het ging snel, achteraf gezien was het een makkelijke bevalling. Hanna´s geboorte was erger, veel erger. Jonatan was precies zoals hij zijn moest, zo'n perfect klein mensje en toch…

Toch werd ik overvallen door verdriet. Ik was er totaal niet op voorbereid. Alles was goed gegaan, Göran was gelukkig, Jonatan lag op mijn buik en ik werd overvallen door een verdriet dat ik nog nooit eerder had gevoeld. Ik begrijp niet waarom. Ik had ook opgelucht en gelukkig moeten zijn, maar tijdens de dagen dat ik in het ziekenhuis bleef, was ik overmand door een donker, verlammend verdriet.

Ik… ik kan het niet uitleggen, ik kan niet beschrijven wat ik voelde, het komt me nu bijna onwerkelijk voor, maar ik weet dat ik huilde. De hele tijd. Behalve als Göran er was. Ik wilde niet dat hij het zag en hij was zo vol van Jonatan dat hij niets merkte.

Wat betekende mijn verdriet? Ik weet het niet. Geen enkel gevoel in mijn leven is zo sterk en donker geweest als dat verdriet.

Ik denk... ik denk dat ik dood wilde.

Hoe kan iemand die net moeder is geworden dood willen? Naast mij in een klein bedje lag een pasgeboren baby die mij nodig had en ik wilde niet leven.

Dit heb ik nog nooit aan iemand verteld.

Ik weet niet waarom ik het nu vertel.

9

Nee, waarom vertel ik dit aan Josefine?

Ze zit met gebogen hoofd te luisteren, ze verbergt zich voor me, ze laat niet zien wat ze vindt of denkt.

Ik begon te vertellen omdat ik haar voor me wilde winnen. Omdat ik via haar Jonatan voor me wilde winnen.

Maar waarom ben ik zo eerlijk?

Nu ben ik in het nadeel, een zeventienjarig meisje heeft macht over mij gekregen door stil te zitten luisteren, ze heeft de macht overgenomen. Ze houdt me voor de gek, ze sust me in slaap, maakt dat ik me veilig voel, ze krijgt me zover dat ik mezelf binnenstebuiten keer, ik vertel dingen die zelfs Claes niet weet. Of Göran natuurlijk.

'Ik wil niet... ik wil niet dat je dit aan Jonatan vertelt,' zeg ik terwijl ik mijn vernedering wegslik.

Ik probeer haar te paaien. Dat kleine tienermeisje.

Ze groeit voor mijn ogen, ze ontmoet mijn blik zonder te aarzelen en kijkt me vast aan.

'Ik zal het niet vertellen,' zegt ze. 'Ik zal hem niets vertellen.'

Ik kijk haar aan en hoop dat ze de achterdocht en de twijfel niet in mijn ogen kan zien.

'Je moet Jonatan zelf vertellen wat je wilt dat hij weet,' gaat ze verder. 'Ik vind dat je dat moet doen. Aan hem vertellen. Ik denk... nee, ik weet dat hij dat wil.'

Josefine. Nu ben je weer zo wijs en zelfverzekerd. Misschien zou ik me vernederd moeten voelen als jij mij goede raad geeft, maar ik weet dat je dit keer gelijk hebt en juist op dit moment heb ik het gevoel dat we aan dezelfde kant staan.

Ik zal verder vertellen, ook al weet ik niet meer aan wie. Ja, we waren zorgvuldige ouders, dat heb je Göran waarschijnlijk ook horen zeggen. Het is waar. We hadden alle boeken gelezen, we wilden Jonatan in alles het beste geven. We draaiden muziek en zongen voor hem. We schilderden zijn kamer in rustige kleuren. We kochten een antroposofische lappenpop en houten speelgoed. Ik heb hem een jaar lang borstvoeding gegeven, daarna maakten we zelf babyvoeding van onbespoten groenten en bonen. We gebruikten katoenen luiers. Overal hingen de luiers te drogen, ons appartement veranderde in een driemaster met overal piepkleine zeiltjes. Dat zei Göran. Het is een mooi beeld. We zeilden voort, twee jonge ouders die voor ons kind alle goeds wensten dat we maar konden bedenken.

Nu klinkt het alsof ik zit op te scheppen, hè? Alsof ik denk dat wij beter waren dan anderen. Dat is niet wat ik bedoel. Het werd alleen zo ironisch later. Na onze ruzies en toen Göran wegging, ik bedoel niet dat al onze zorgzaamheid opeens weg was, ik bedoel alleen… Ach, ik kan het niet uitleggen. Kun je het toch begrijpen?

We deelden natuurlijk het ouderschapsverlof. Misschien was Göran, juist die eerste jaren, meer vader dan ik moeder was. Ja. Ik had het druk met mijn carrière, ik was begonnen met een nieuwe baan die ik interessant en belangrijk vond, maar Göran… Het leek wel of Göran zijn carrière opgaf. Hij sloeg aanbiedingen voor banen en exposities af, het leek wel of het hem niets meer kon schelen.

Misschien wilde hij echt fulltime vader zijn. Alleen vader en verder niets. Ik weet het niet.

In 1988 verhuisden we naar een benedenwoning buiten de stad, in Riseberga. We vonden het niet goed om met een vierjarig kind tussen de uitlaatgassen te lopen. Het was een mooi huis met een buitenplaatsje en een volkstuintje waar we wat groenten konden kweken.

Dat dachten we. Maar er heeft nooit iets anders dan onkruid gegroeid op dat stukje grond.

Ik weet niet wat ik moet zeggen over de korte tijd dat we daar hebben gewoond. Jonatan groeide, hij ging naar een oppasmoeder. In de stad ging hij naar een kinderdagverblijf en dat vonden we natuurlijk het beste, maar buiten de stad waren de wachtlijsten voor kinderdagverblijven ontzettend lang. We hielden een dagboek bij van zijn ontwikkeling, daarin schreven we grappige dingen die hij had gedaan en gezegd. Göran en ik groeiden ook, maar verschillende kanten op. Ik had mijn werk en de politiek, ik ontmoette collega's en bleef contact houden met Claes. Maar het was nog steeds alleen vriendschap, niets anders. In elk geval van mijn kant. Met Görans carrière ging het bergafwaarts en hij begon te vereenzamen. Zijn oude vrienden waren allang weg en zijn nieuwe kunstenaarsvrienden en journalistenvrienden verdwenen toen hij geen belangstelling meer toonde om bij dat wereldje te horen. Algauw bleek dat hij eigenlijk nooit echt contact met een van hen had gekregen.

We hadden grappen gemaakt over de crisis bij dertig, we hadden gepraat over stomme mythen en self-fullfilling prophecy's.

Als het niet goed met je gaat, ben je daar zelf schuldig aan. Zo dachten we er ongeveer over. Burnout was toen nog niet uitgevonden.

Ik heb het gevoel dat ik me in bochten wring. Alsof ik probeer het moeilijkste deel van mijn verhaal voor me uit te schuiven door ergens anders over te praten.

Nee. Ik probeer alleen een achtergrond te schetsen, ik probeer een verklaring te vinden die leidt tot die avond in oktober 1989. Ik kan het niet. Alles wat ik over Göran en mij heb verteld, leidt op de een of andere manier daarnaartoe. Er zijn geen eenvoudige verklaringen.

10

Ik kwam die avond laat thuis. Ik was eerst naar een vergadering geweest en daarna had ik nog ergens een glas wijn gedronken met Claes.

Meteen toen ik ons huis binnenkwam, begreep ik dat er iets mis was. Jonatan lag te jammeren in zijn bedje, hij schreeuwde niet maar hij maakte kleine, piepende geluidjes, alsof hij zo lang had gehuild dat hij niet meer kon, alsof hij het had opgegeven. Ik was natuurlijk doodsbang, ik rende naar binnen en tilde hem op, zijn kussensloop was doorweekt en zijn wangen waren nat van de tranen. Het hele huis was ijskoud, in de woonkamer stonden de terrasdeuren wijdopen, de gordijnen fladderden, het was een grauwe, kille oktoberavond met motregen. Het stormde bijna buiten. De parketvloer was nat tot ver in de kamer.

Pas toen ik de terrasdeuren had dichtgedaan, zag ik de televisie. Hij lag omvergegooid op de grond, de beeldbuis was kapot, duizenden kleine scherfjes glinsterden in het zwakke licht van de hal.

Jonatan drukte zich stijf tegen me aan, hij duwde zijn kleine lijfje tegen mijn lichaam alsof hij doodsbang was dat ik hem zou verlaten. Ik voelde zijn natte wang tegen de mijne.

Eerst dacht ik dat er was ingebroken en dat er iets met Göran was gebeurd. Ik wilde net de politie bellen toen ik muziek hoorde in de badkamer.

De badkamerdeur was op slot. Ik stond te aarzelen voor de deur, het zou een vreemde kunnen zijn daarbinnen, het kon iedereen zijn. Maar toen herkende ik de muziek, ik hoorde Joni Mitchell zingen en toen wist ik dat het Göran was.

Ik werd boos. Ik was nog nooit eerder zo kwaad geweest. Waar was hij mee bezig? Ik klopte op de deur en schreeuwde zijn naam. Ik bleef een paar minuten doorgaan, maar er gebeurde niets. Hij gaf geen antwoord.

Toen werd ik heel erg bang.

Stel je voor dat hij zelfmoord heeft gepleegd, stel je voor dat hij daar met doorgesneden polsen in bad ligt, stel je voor dat hij ligt te baden in zijn eigen bloed.

Ik huilde en bad en smeekte voor die deur, maar er gebeurde nog steeds niets. Ik hoorde alleen de muziek en misschien hoorde ik heel zacht wat geplas van water.

'Göran! Ben je daar? Leef je nog? Geef dan antwoord! Doe de deur open!'

Jonatan huilde weer, ik bracht hem naar onze slaapkamer en probeerde hem te troosten. Toen liet ik hem in ons bed liggen terwijl ik een schroevendraaier ging halen.

Ik wist wat ik moest doen, ik had Göran een week eerder de wc-deur van buitenaf zien openmaken toen Jonatan zichzelf had opgesloten. Het was niet moeilijk.

Ik ben nog nooit zo bang geweest als toen ik die deurkruk naar beneden duwde en de deur opendeed. Jawel, een keer. En vandaag toen ik Hanna's briefje op de keukentafel zag liggen. Drie keer in mijn leven doodsbang. Dit was de eerste keer.

Binnen lag Göran in de badkuip. Hij lag in een schuimbad. Op de rand van het bad stond de cassetterecorder en Joni Mitchell zong met haar hoge, schrille stem.

Eerst was ik alleen maar opgelucht. Hij leefde.

Maar ik begreep natuurlijk dat er iets aan de hand was, dat er iets heel erg mis was. Göran staarde me alleen maar met lege ogen aan, zijn hoofd stak uit het schuim, hij zag eruit als een domme walrus, hij zei niets, staarde alleen maar alsof hij me nog nooit eerder had gezien.

Ik stond te wachten in de deuropening, ik dacht serieus dat hij gek was geworden.

'Nee,' zei hij ten slotte. 'Ik weet het niet zeker.'

'Wat?' zei ik.

'Dat ik leef,' zei hij. 'Ik denk dat ik een levende dode ben. Ik denk dat ik in een zombie ben veranderd.'

Toen werd ik kwaad. Hij lag zichzelf zielig te vinden terwijl Jonatan wanhopig en helemaal alleen in zijn bedje had liggen huilen. Ik wist niet hoe lang, maar ik had gezien hoe verdrietig Jonatan was, ik had gevoeld hoe hij beefde en trilde toen ik hem optilde. Ik schold Göran uit, ik schreeuwde tegen hem, ik probeerde hem iets te laten zeggen maar hij draaide zich gewoon om en staarde naar de tegels. Ik kreeg zin om naar hem toe te lopen en zijn hoofd onder water te duwen om hem te laten reageren, maar dat deed ik natuurlijk niet.

Uiteindelijk besloot ik Jonatan mee te nemen en naar mijn ouders te gaan, maar terwijl ik hem aankleedde en troostte, was Göran uit bad gekomen. Toen ik met Jonatan op mijn arm kwam aanlopen, stond Göran met een handdoek om zich heen gewikkeld voor de deur van de badkamer.

Hij was zichzelf weer, oneindig verdrietig, maar wel zichzelf. De lege blik was weg, alsof ik een paar minuten daarvoor had gedroomd.

'Ga niet weg,' zei hij. 'Alsjeblieft, blijf. We moeten praten. Je hoeft niet bang te zijn.'

Ik begrijp nu nog steeds niet waarom ik ben gebleven. Ieder ander was daar zo snel mogelijk weggegaan, gewoon gevlucht, maar ik bleef. Ik stopte Jonatan in bed en zong voor hem. Daarna zaten Göran en ik de hele nacht aan de keukentafel te praten en wat hij zei maakte me nog banger en nog verbaasder dan de kapotgegooide televisie.

11

Je kunt denken dat je een mens kent. Als je zeventien jaar lang hebt samengeleefd, als je samen een kind hebt, als je sinds je tienertijd samen bent opgegroeid. Je deelt een geschiedenis.

Sinds die nacht weet ik niet meer hoe dicht bij een ander mens we eigenlijk kunnen komen. Misschien hebben de mensen die zeggen dat de wereld een toneel is waarop wij onze rollen spelen wel gelijk, we spelen zelfs toneel voor degenen die ons het meest na staan. Slechts wanneer we alleen zijn zetten we onze maskers af. Ik weet het niet.

Een deel van wat Göran zei had ik natuurlijk al eerder gehoord. Dat hij zijn dromen wilde verwezenlijken en zo, dat hij het gevoel wilde hebben dat hij zelf koos, dat hij eerlijk tegenover zichzelf wilde zijn. Dat had ik allemaal al eerder gehoord. Wat mij beangstigde, was zijn wanhoop. Het leven dat wij deelden was een gevangenis voor hem geworden, niets van de dingen die we samen hadden gedaan leek nog iets waard te zijn.

Alsof ik zijn leven de hele tijd had gestuurd. Alsof ik zijn cipier was. Alleen dat en verder niets.

We hadden in hetzelfde bed geslapen, aan dezelfde ontbijttafel gezeten, samen gereisd, met Jonatan gespeeld, plannen gemaakt voor de toekomst, en hij had al die tijd in een andere wereld geleefd dan de mijne. Een andere wereld die belangrijker was dan de wereld die we deelden.

Hij zei: Ik ben in een doodlopende steeg beland met stenen muren overal rondom.

Hij zei: Er moet iets gebeuren, anders pleeg ik zelfmoord.

Begrijp je dat? Hij dreigde met zelfmoord. En hij wilde mij daarvoor verantwoordelijk stellen. Laat me vrij, anders pleeg ik zelfmoord, dat zei hij.

Kun je begrijpen hoe het voelt om zoiets te horen? Zo laf was hij, zo in de war was hij dat hij zijn toevlucht nam tot chantage.

Toch hadden we een gesprek, ik huilde, ik was wanhopig toen ik hem hoorde, maar we hadden een gesprek. Misschien hadden we ons er wel doorheen kunnen praten, misschien had ik hem tot rede kunnen brengen, hem kunnen wegvoeren uit zijn doodlopende steeg, als hij niet had gezegd wat hij daarna zei.

Hij begon te praten over vrijheid

Ik zei iets over veiligheid.

Hij had het over vrijheid.

Ik zei iets over trouw.

Hij had het over vrijheid.

Ik zei iets over eerlijkheid.

Toen begon hij me te bespotten. Hij schreeuwde: als eerlijkheid zo belangrijk voor me was, kon ik een flinke dosis eerlijkheid krijgen; toen vertelde hij over de vrouwen. Over de vrouwen met wie hij naar bed was geweest sinds we elkaar hadden leren kennen.

Al toen we in dat kamp in Denemarken waren, had hij geneukt met een of andere highe Deense hippieprinses, terwijl ik lag te slapen in onze tent. Tijdens zijn mislukte wereldreis, toen hij negentien was, was hij in Schotland met een meisje naar bed geweest. Gunilla in Lund natuurlijk, twee keer. Een collega in het Sankt Lars, in een voorraadkast. Een bekende pottenbakster uit Helsingborg. Een kunstenares uit Luleå. Een Japanse fotografe. Toen ik zwanger was van Jonatan had hij een verhouding gehad met een piepjonge Japanse fotografe. Daarna herinner ik me niets meer, daarna heb ik mijn oren dichtgehouden.

Maar hij dwong me te luisteren. Hij vertelde over zijn liefdesontmoetingen, hij beschreef nauwkeurig wie er onder of boven had gelegen, wie hij van achteren had genomen, wie hij had gelikt, wie hem in haar mond had gehad. Hij dwong me te luisteren. En toen hij klaar was schreeuwde hij:

'Hier heb je je eerlijkheid! Was het fijn? Voel je je goed nu?'

Zo'n klootzak was hij.

Zo erg wilde hij mij kwetsen, zo erg haatte hij mij.

Is het mogelijk om dat te begrijpen? Na een half leven samen.

Toen heb ik de ingelijste foto van het hippiekamp in Denemarken, die in al onze keukens had gehangen, van de muur gehaald en kapotgeslagen op de hoek van de tafel. Daar had hij zijn kinderachtige dromen over een ander leven. Daarna ben ik met Jonatan naar mijn ouders gegaan en was ons gemeenschappelijke leven voorbij. Punt.

Ik zwijg, ik merk dat ik harder ben gaan praten, dat ik ben meegesleept door mijn verhaal. Josefine zegt niets, ik hoor haar ademhaling.

'Jij hebt Görans versie gehoord,' zeg ik. Ik probeer mijn eigen stem terug te vinden.

Ze knikt.

'Hij heeft niets over de vrouwen gezegd,' fluistert ze.

'Dat dacht ik wel,' zei ik.

'Maar hij zei… dat je was gebleven…' fluistert Josefine.

'Gebleven?'

'Hij zei dat het een week duurde. Hij zei dat hij je had zien slapen, en… en had gedacht dat alles weer goed zou komen, dat herinner ik me omdat… omdat ik eraan dacht.'

Ze geneert zich. Dat is niet zo vreemd. Ze belandt zomaar in het intiemste privé-leven van twee mensen, het is net of ze onze wasmand heeft moeten leeghalen en ons vuile ondergoed heeft moeten bestuderen.

'Blijven? Hoe kon ik blijven na wat hij had verteld? Ik zal nooit meer in hetzelfde bed slapen als Göran. Het is waar dat ik nog een keer met hem heb gepraat, dat is logisch. Maar op dat moment was het voorbij. Die nacht was aan ons gemeenschappelijk leven een einde gekomen.'

Ja, het is waar dat we nog hebben gepraat. Ik weet niet zeker of Göran echt dacht dat we konden blijven samenleven. Hij probeerde het terug te nemen, hij probeerde het uit te leggen, het leek wel of hij niet begreep dat hij een grens was gepasseerd. Een grens voor hoe erg een mens een ander kan kwetsen.

Zelfs zijn verhoudingen met andere vrouwen probeerde hij uit te leggen en te bagatelliseren.

Hij zei: Hebben we elkaar seksuele trouw beloofd? Hij zei: Eigenlijk had het allemaal niets te betekenen. Hij zei: Het had niet meer te betekenen dan wanneer ik met die meisjes had gedanst, of koffiegedronken en gepraat. Hij zei: Wat is dat toch voor merkwaardigs met seks? Hij zei: Het heeft ons leven nooit beïnvloed, er waren geen gevoelens bij betrokken, het was maar een spel.

Als een spel? Als koffiedrinken? Ja, dat is wat hij zei.

Ik zei: Waarom heb je me dan niets over je ontmoetingen verteld?

Hij zei: Ik wilde je niet kwetsen.

Hij zei: Jij bent de enige van wie ik hield.

Dat zei hij.

Het leek wel of hij niet wilde begrijpen dat alles voorbij was, dat het te laat was. Hoewel hij degene was die zich gevangen had gevoeld in ons leven, leek het wel of hij ermee door wilde gaan.

Dat was waarschijnlijk vanwege Jonatan. Hoe afschuwelijk hij zich tegenover mij ook had gedragen, hoe erg hij me had bedrogen, hoe vaak hij tegen me had gelogen, ik kan niet ontkennen dat hij van Jonatan hield, dat hij een goede vader was.

Maar hoe zou ik met hem durven leven na wat er was gebeurd, hoe zou ik Jonatan met hem durven laten leven? Nooit.

12

We waren niet getrouwd, dus we hoefden ook niet te scheiden.
Göran vond een appartement bij Möllevången en ik bleef in Rise-

berga wonen. Jonatan zou natuurlijk bij mij blijven wonen, maar we zouden de voogdij samen delen. Natuurlijk. Toen Göran eenmaal had ingezien dat alles voorbij was, werd het allemaal heel eenvoudig. We praatten alleen over praktische dingen, onze relatie werd een soort correcte onderhandeling, een soort zakelijke overeenkomst. Het ging allemaal heel snel. Hij wilde niets meenemen toen hij ging verhuizen, alleen wat kleren en een paar oude elpees. Hij nam niet eens zijn mappen met negatieven mee. Toen hij was verhuisd, gingen Jonatan en ik weer terug naar het huis. Wij hadden die week bij mijn ouders gelogeerd. Het was maar een maand later dat Claes bij ons kwam wonen. Toen moest hij zijn scheiding regelen en dat werd een ingewikkeld, uitputtend verhaal waar een hysterische vrouw en twee huilende kinderen bij waren betrokken.

Nee. Ik had tijdens het gesprek met Göran helemaal niets over Claes gezegd. Zelfs niet toen hij mij vernederde met zijn beschrijvingen van hoe hij had rondgeneukt. Ik zei natuurlijk ook niets over Hugo. Ik… ik weet niet waarom. Omdat ik bang was geworden voor Göran, omdat ik laf was, omdat ik me toch schaamde en wist dat ik huichelde als ik eerlijkheid van hem verlangde, of… Of omdat ik hem niet nog meer wilde beschadigen. Hij beschadigde zichzelf. Ik weet het niet, maar ik ben blij dat ik niets heb gezegd.

Hij heeft Jonatan maar één keer gehad. Het was zo verdrietig, het leek wel zo'n vreselijke, melodramatische Hollywoodfilm. Jonatan wilde niet, hij huilde en protesteerde, ik moest hem troosten en overhalen. We hadden met Göran afgesproken bij Södervärn en ik moest Jonatan bijna dwingen om te blijven toen ik wegging, ik moest hem omkopen met alles wat ik maar kon bedenken. Ik begreep meteen dat dit deel van onze overeenkomst niet haalbaar was en Göran begreep het ook, zo dom of verblind was hij ook weer niet.

Kinderen hebben een vader nodig. Dat geloof ik. Vooral jongens. Maar dat hoeft misschien niet per se hun biologische vader te zijn, en omdat Claes al zo snel bij ons kwam wonen, loste dat probleem zichzelf op. Maar voor Göran was het natuurlijk een ramp. Claes was een goede vader. Jonatan mocht hem meteen vanaf het begin, er zijn nooit problemen geweest. Ik heb nooit gelogen tegen Jonatan, nooit iets slechts over Göran verteld, zelfs niet in de periode dat hij ons leven tot een hel maakte. Je gelooft me misschien niet, maar dat is echt waar. Ik heb altijd gedacht dat Jonatan vroeg of laat Göran zou willen leren kennen. Ik heb de foto's op zijn kamer gezien, ik begrijp dat hij is gaan nadenken over zijn vader. Zijn eerste vader. Ik vind dat ik het goed heb aangepakt, ondanks alles wat Göran heeft gedaan.

Na dat weekend met Jonatan ben ik het contact met Göran kwijtgeraakt.

Ik stond midden in mijn nieuwe leven. Er was een storm overgeraasd, een nachtmerrie was voorbij. Ik wilde vooruit denken, niet aan wat achter me lag. Dat was logisch, zo zou iedereen reageren.

Jonatan heeft niet één keer naar Göran gevraagd. Dat is waar. Misschien moest ik daar blij om zijn, dat ook hij het oude achter zich had gelaten, maar het maakte me wel een beetje bang.

Is ieder mens zo makkelijk inwisselbaar? Dat ga je je wel afvragen.

Waarschijnlijk was het een soort verdedigingsmechanisme bij Jonatan, ik denk dat een psycholoog het wel zou kunnen verklaren.

Ik heb een paar keer geprobeerd met Göran in contact te komen, maar na een paar maanden was zijn telefoon opgezegd en toen ik bij hem langsging was hij niet thuis. Ik heb zelfs zijn ouders gebeld, maar ik werd afgesnauwd door zijn moeder. Toen dacht ik: Ik laat hem zijn eigen leven leiden. Dat wilde hij toch. Waarom zou ik me er dan druk over maken? Het gaat goed met me, ik leef met een man van wie ik houd, Jonatan heeft een vader. Waarom zou ik me druk maken over de man die mij erger heeft gekwetst dan wie ook ter wereld? Ik had net besloten dat Göran voor altijd uit mijn leven was verdwenen, toen hij weer opdook.

Het was een mooie herfstavond, Jonatan was aan het spelen in de zandbak, in dat opzicht was het een prettige omgeving, er waren altijd kinderen buiten, we waren nooit ongerust als hij buiten was. Maar die avond kwam hij binnen en zijn gezicht zat vol snot en tranen, hij was eerder verontwaardigd dan dat hij verdrietig was, het duurde even voordat hij wilde vertellen wat er was gebeurd, maar uiteindelijk zei hij dat er een man bij de speelplaats zat die hem bang had gemaakt. Of misschien had hij hem niet echt bang gemaakt, hij was eigenlijk meer in de war. Ik liep de veranda op. Op het bankje naast de schommel zat een man. Hij zag mij meteen, we staarden elkaar een hele tijd aan voordat ik hem herkende. Het was Göran. Hij zag eruit als een zwerver, zoals de kerels die je ziet rondscharrelen bij het Möllevångsplein, ongeschoren en ongekamd, gekleed in een oude jas en een kapotte oude werkbroek vol vlekken, zijn blote voeten in pantoffels.

Mijn eerste gedachte was dat hij zich had verkleed, dat hij toneel speelde. Dat is waar.

'Wat wil je?' riep ik.

Hij gaf geen antwoord, hij staarde alleen maar naar me.

'Je hebt Jonatan bang gemaakt,' riep ik.

Hij staarde naar me, toen stond hij op en liep weg zonder een woord te zeggen.

Die avond heb ik Jonatan ondervraagd. Nee, de man had niets gedaan, hij had alleen zo raar gepraat.

Ik weet niet of Jonatan zijn vader heeft herkend. Dat heeft hij nooit gezegd, maar op de een of andere manier kreeg ik het idee dat hij hem wél had herkend en dat dát hem bang had gemaakt.

13

Toen begon Görans terreurcampagne. Ruim een halfjaar lang heeft hij ons leven veranderd in een horrorfilm, een thriller.

Nog diezelfde nacht ging de telefoon. Ik sliep al, maar Claes was nog aan het werk en toen hij opnam, was het eerst stil in de hoorn. Daarna vroeg een man wie hij was en of hij daar woonde en of ik daar woonde. Toen had de man gevraagd hoe vaak we neukten. Daarna had hij opgehangen. Pas toen begreep Claes dat het Göran was geweest.

De volgende nacht belde hij weer. Ook dit keer nam Claes op, hij probeerde met Göran te praten, maar hij kreeg alleen een heleboel schunnige opmerkingen ten antwoord.

De volgende nacht nam ik op. Toen hij mijn stem hoorde, was hij stil. Ik was boos, ik vroeg hem wat hij wilde, je heb je vrijheid nu toch, zei ik, wil je die zó gebruiken? Ik dreigde met de politie als hij niet zou ophouden. Hij zei al die tijd niets. Toen ik ophing, dacht ik dat ik hem hoorde huilen.

Ik dacht dat het toen over was. De volgende nacht en de nacht daarop bleef de telefoon stil, ik dacht dat hij wanhopig was, verdrietig en eenzaam, ik dacht dat hij door mijn stem en mijn woorden tot bezinning was gekomen. Ik dacht dat het voorbij was.

De volgende dag kreeg Claes een brief op zijn werk. In de envelop zat een seksfoto waar mijn gezicht op was geplakt.

Diezelfde nacht ging de telefoon weer. Toen ik opnam was het stil. Hij zei niets, hij hing gewoon weer op.

Nadat we nog een nacht waren gewekt, namen we contact op met de politie. We wisten immers wie het was, we wilden niet dat hij zou worden gestraft, we wilden alleen dat hij ophield. We waren nog steeds meer boos dan bang, en ik had nog steeds een beetje begrip voor Göran. Zijn verdriet en eenzaamheid moesten oneindig groot zijn, dacht ik.

Ik probeer mezelf niet beter voor te doen dan ik ben. Ik ben geen heilige, ik heb verteld over mijn verraad en mijn leugens. Het is waar dat ik hem haatte toen we uit elkaar gingen, maar het is ook waar dat hij een deel van mijn leven is geweest. En dat hij de vader is van mijn zoon.

Claes heeft me overgehaald om contact op te nemen met de politie. Ook voor Göran, zei hij. Zodat hij hulp kan krijgen, zei hij. Ja, dacht ik.

Waarschijnlijk stelde ik me voor dat het probleem opgelost zou zijn als we eenmaal de politie hadden gebeld. Dat was zeker niet het geval, integendeel. De politie kon hem niet vinden. Hij was verdwenen, opgeslokt. Er was geen adres, geen enkele instantie had contact met hem, niemand wist waar hij woonde of wat hij deed. Göran was erin geslaagd zichzelf onzichtbaar te maken voor de buitenwereld. Ik weet niet hoeveel tijd de politie aan het geval besteedde. Het lukte ons niet om invloed uit te oefenen op de zaak, ondanks dat Claes en ik allebei goede contacten hadden. Waarschijnlijk deed de politie een heel beperkt onderzoek. Het ging per slot van rekening niet om een ernstig misdrijf.

Misschien hadden we moeten wachten met de politie inschakelen, want toen Göran later echt ons leven dreigde te gaan beheersen, kregen we geen hulp, de politie zei alleen dat ze al hadden geprobeerd hem te zoeken, zonder resultaat.

Ja. Maar toen wisten we natuurlijk niet dat dat nog maar het begin was.

De nachtelijke telefoontjes hielden op. Het volgende dat gebeurde, was een nieuwe brief die Claes ontving op zijn werk.

Geen foto deze keer, maar het ging nog steeds om seks.

Het duurde ruim een week voordat Claes mij de brief liet lezen, hij had hem in een vlaag van woede verkreukeld. Eerst was hij van plan geweest om hem te verbranden, daarna was hij van plan geweest om hem aan de politie te laten zien en daarna had hij hem ver onder in een la van zijn bureau gestopt. Toen we op een avond over Göran zaten te praten, haalde hij opeens die brief en liet hem mij lezen. Wat ik las toen ik de verkreukelde prop papier had opengevouwen, was een gebruiksaanwijzing. Een handleiding, heel formeel geschreven.

Een handleiding voor hoe ik het wilde. Op seksueel gebied. Een nauwkeurige beschrijving van wat ik het lekkerst vind, maar ook van wat ik niet prettig vind. Kun je dat begrijpen? Kun je zo iemand begrijpen?

Claes vond het natuurlijk vreselijk, hij was eigenlijk helemaal niet van plan geweest om mij de brief te laten zien, maar het merkwaardigst van alles was dat ik... dat ik...

Ja, dat ik ergens aan werd herinnerd. Ik bedoel, Claes en ik hebben het goed, zowel overdag als 's nachts als je begrijpt wat ik bedoel, maar toen ik Görans brief las, werd ik eraan herinnerd dat hij mij beter kende. Alles wat er stond, klopte. Hij wist hoe ik het wilde. Dat is natuurlijk niet zo gek, we hebben zoveel jaren het bed gedeeld en Claes en ik woonden toen pas een jaar samen. Het kost tijd om een ander te leren kennen, ook in dat opzicht. Maar ik werd ergens aan herinnerd. En dat was natuurlijk precies wat hij wilde.

Verdomme. Waarom vertel ik dit?

Ze bloost niet eens, Josefine. Maar ze vindt mij waarschijnlijk wel afstotelijk.

'Ik weet niet waarom ik dit aan jou vertel,' zeg ik en ik word overvallen door een grote vermoeidheid.

Josefine kijkt me met haar ernstige ogen aan.

'Ik heb je dingen verteld die ik nog nooit aan iemand anders heb verteld,' zeg ik. 'Ik keer mezelf binnenstebuiten. Ik begrijp niet waarom.'

'Het is goed,' zegt Josefine. 'Het is goed dat je het vertelt.'

Ondanks haar jeugdige wijsheid, weet ik niet zeker of ze het begrijpt. Ik vertel dingen over mezelf die geen mens normaal gesproken aan een ander vertelt. Ik laat haar in mijn allergeheimste kamer kijken. Ik leg mijn leven in haar handen. Vreemd genoeg heb ik geen moment geaarzeld, alles stroomde gewoon naar buiten, mijn gedachten en herinneringen zijn omgezet in woorden zonder dat er een filter in de weg stond. Misschien heeft ze wel gelijk, misschien is het wel goed.

'Göran…' begint ze.

'Ja?'

'Hier heeft hij niets over verteld. Hij heeft niets gezegd over telefoontjes of brieven. Hij zei alleen… dat hij domme dingen had gedaan. Dat hij zichzelf niet was. Dat het voor hem een manier was om te overleven. En toen zei hij…'

'Ja?'

'Dat hij er zeker van wilde zijn dat je hem niet zou vergeten.'

Ik kan niet anders dan lachen.

Nee, dat weet God. Hij heeft er wel voor gezorgd dat ik hem niet vergat.

Maar ik word snel weer serieus.

'Je hebt het ergste nog niet eens gehoord,' zeg ik.

14

Het was een week voor kerst. Na die brief was er niets meer gebeurd, we begonnen te hopen dat Göran het had opgegeven, dat hij voorgoed was verdwenen. We verheugden ons op ons eerste kerstfeest samen, het jaar ervoor zat Claes nog midden in zijn scheiding en waren de kerstdagen een chaos geweest van huilende kinderen en slechte gewetens. Maar nu hadden we het gevoel dat we niet meer hoefden te denken aan alles wat voorbij was, we konden het achter ons laten, we bouwden ons eigen gezinsleven op en creëerden onze eigen tradities. We hadden peperkoekjes gebakken en we hadden iedere avond samen naar het adventsprogramma op televisie gekeken, we hadden kaarsen aangestoken en het huis versierd en stiekem cadautjes verstopt in de kasten. We waren een heel gewoon gezinnetje dat kerst ging vieren.

Net toen we aan de keukentafel zaten en de vierde adventskaars hadden aangestoken, hoorden we een bel rinkelen vanaf het plaatsje voor ons huis. Claes keek naar buiten en zei: 'Kijk, daar is de kerstman al.'

We keken door het raam en zagen een heleboel kinderen die op het speelpleintje om een kerstman heen stonden.

'Het lijkt wel of hij cadautjes uitdeelt,' zei ik. 'Moet je niet gauw naar buiten, Jonatan?'

Natuurlijk rende hij snel weg, ijverig als een klein ratje.

We dachten natuurlijk dat het door de bewonersvereniging was georganiseerd, er was een commissie die van alles organiseerde, zomerfeesten en barbecues en werkdagen en zo. Claes en ik stonden voor het raam en we lachten toen we zagen dat Jonatan aarzelde voordat hij naar de kerstman toe durfde te gaan, we zagen dat de kerstman een cadautje uit zijn zak haalde en het aan hem gaf. Daarna zag ik dat de kerstman naar ons raam keek. Hij had zo'n lelijk stijf plastic masker op en toen ik zag dat hij zich naar ons omdraaide, ging er een ijskoude rilling door me heen. Claes merkte er niets van en toen kwam Jonatan al aangerend met zijn cadeau. Hij ging aan tafel zitten en scheurde het papier eraf. Wat moest ik doen? Ik kon hem toch niet zijn eerste kerstcadeau van het jaar afpakken? Ik keek goed naar hem en toen hij het cadeau had opengemaakt, zag ik dat hij teleurgesteld was. Goed zo, dacht ik. Liever teleurgesteld dan bang.

Het was een ingelijste foto. Een foto van ons drieën, genomen terwijl we de dag ervoor een kerstboom kochten.

'Wat mooi,' zei ik vlug. 'Een foto van ons terwijl we een kerstboom kopen. Wat mooi, kijk, Claes gaat net betalen. Wat een mooi cadeau heb je van de kerstman gekregen.'

Jonatan lachte een beetje aarzelend. Claes staarde naar me.

Dat was de eerste foto.

Daarna kregen we er elke week een. Foto's van onszelf. Gewone, alledaagse foto's. Bijvoorbeeld een foto van Claes die uit de bus stapte. Een foto van mij terwijl ik zat te lunchen. Een foto van mij op het balkon. Een foto van ons drieën terwijl we de eendjes voerden in het park.

Elke week een foto. Een kleine herinnering aan iets wat we die week hadden gedaan. Ze kwamen met de post, ze werden direct in onze brievenbus gestopt, of ze kwamen op mijn werk of op Claes zijn werk. Er kwam zelfs een keer iemand van een koeriersbedrijf een foto bij mij bezorgen terwijl ik in een bespreking over een asielkwestie zat.

Hij begon ons leven te beheersen.

We konden nergens heen gaan, niets doen, zonder onrustige blikken om ons heen te werpen. Daar ergens was hij. En hij had een goede telelens.

Hij begon ons leven te beheersen. Ik vergat geen minuut dat Göran ergens in de buurt was. Was dat niet wat je zei daarnet, ja toch? Dat dát was wat hij wilde. Dat hij niet vergeten wilde worden. Dat is hem gelukt. Hij heeft ons bijna kapotgemaakt. We hebben steeds geprobeerd om Jonatan erbuiten te houden, maar hij merkte natuurlijk dat we prikkelbaar en bang waren, dat we binnen bleven, dat we niets met hem wilden doen.

En de politie, ja, dat heb ik al verteld. Die kon niets doen.

Kun je je voorstellen hoe dat voelt? Dat je voortdurend door iemand in de gaten wordt gehouden? Nee, ik denk niet dat iemand zich dat kan voorstellen.

Om er even helemaal uit te zijn, gingen we op vakantie naar de

Canarische eilanden. Het was een last-minute reis die we een paar dagen van tevoren hadden besproken. Hoewel we zo ver van huis waren, konden wij pas de laatste dagen echt genieten van de zon en de zee. Maar Jonatan heeft het leuk gehad, hij heeft het er nog heel lang over gehad, over dat lange strand. Hij heeft daar leren zwemmen, hoewel hij nog maar vijf was. Of zes. Ja, hij was zes denk ik. Dus toen we thuiskwamen, waren we vrolijk en bruin, we hadden het gevoel dat onze nachtmerrie voorbij was.

Die maandag kwam een van de secretaresses mijn kantoor binnen. 'Er was een man die wilde dat ik dit aan je gaf,' zei ze en ze gaf me een envelop.

Eerst wilde ik hem gewoon verscheuren en weggooien. Of in de papierversnipperaar stoppen. Ik was ervan overtuigd dat er een foto van onze vakantie in zou zitten, een foto van ons op het strand, een grofkorrelige, onscherpe foto, zo'n foto die paparazzi-fotografen maken van prinsessen die topless met hun nieuwe vriendje op het strand liggen.

Ten slotte scheurde ik de envelop toch open. Nee, er zat geen foto in, hij was ons niet gevolgd naar de Canarische eilanden. Natuur-lijk. Het was alleen een kort berichtje van Göran. 'Welkom thuis' had hij op een blaadje uit een kladblok geschreven. Dat beteken-de: Nu ga ik weer door met fotograferen. Nu ga ik door met jullie volgen.

Hij was ons leven binnengedrongen. Hij beheerste ons leven. Kun je dat begrijpen?

Alle vreugde vloeide uit me weg. Alles was één grote kilte.

Wat moesten we doen? We schaduwden elkaar om te kijken of we Göran konden ontdekken, we schakelden privé-detectives in, we probeerden alle contacten die we hadden te gebruiken.

Niets hielp. De foto's bleven komen.

In die tijd had ik Göran kunnen vermoorden. Dat is waar. Of…

Nee. Maar zo voelde het wel. Ik wilde alles doen, als ik maar vrij zou zijn.

Het werd voorjaar. Een moe, bleek, vreugdeloos voorjaar.

Op een zonnige aprildag ging ik naar buiten om te lunchen, ik was het zat om me steeds maar af te vragen of ik zijn prooi was, ik was het zat om steeds te vluchten. Ik ging op een bankje in het Slottspark zitten, ik keek naar een groepje spelende kinderen, er was een hele afdeling kleintjes van een kinderdagverblijf buiten in het park. Een- en tweejarige peuters hobbelden rond, zaten de eenden achterna en genoten van het groene gras en de blauwe lucht. Ik kon nergens meer van genieten, zo voelde het. Al mijn vreugde was weg.

Toen ontdekte ik hem. Toen de zon plotseling glinsterde in een lens boven op een heuvel zag ik hem, hij stond met zijn camera opgeheven tegen een boom aangeleund. Ik stond vlug op. Toen bleef ik staan. Eerst wilde ik naar hem toe rennen, toen wilde ik me omdraaien en wegrennen, maar ik bleef alleen maar staan en staarde recht in zijn lens.

Naakt en weerloos stond ik daar, als een muisje dat is gehypnotiseerd door de blik van de arend.

Ik stond met mijn armen slap langs mijn lichaam en toen begonnen mijn tranen te stromen. Twee rivieren van verdriet stroomden over mijn wangen.

Ik kon niet anders dan blijven staan en openlijk huilen. Ik zag niet dat de kinderen om mij heen stopten met spelen, ik hoorde niet dat een van hun leidsters ongerust werd en me iets vroeg, ik weet niet hoe lang ik daar heb gestaan, maar door mijn tranen heen zag ik ten slotte dat hij zijn camera liet zakken, zich omdraaide en wegliep.

Daarna was het voorbij.

Daarna is er nooit meer een foto gekomen.

15

Het wordt een mooie dag. Buiten, aan de andere kant van het raam, schittert een vroege ochtendzon boven de stad, de lucht is helderblauw en je hoort het eerste verkeer beneden op straat als een zacht gebrom.

Nu voel ik hoe moe ik ben, ik zou wel naast Jonatan op de matras willen gaan liggen. Hij slaapt nog steeds, hij ademt rustig. Opeens moet ik lachen. Josefine kijkt me verbaasd aan.

'Ik dacht aan Jonatan,' leg ik uit en ik slik een geeuw weg. 'Hij heeft geen idee van alles wat hij vannacht heeft veroorzaakt, hij ligt daar maar lekker te maffen.'

Josefine knikt en lacht even naar me.

'Er is ook wel iets gebeurd voordat hij hier terechtkwam,' zegt ze.

'Vertel eens,' vraag ik. 'Weet jij wat er is gebeurd?'

Josefine knikt weer.

'Ik was erbij,' zegt ze. 'Ik weet wat er bij mij thuis is gebeurd. Maar toen is hij weggegaan en wat er daarna is gebeurd, weet ik niet.'

'Ik wil toch graag dat je het vertelt,' zeg ik. 'Ik heb jou nu mijn hele leven verteld.'

'Niet echt,' antwoordt Josefine en ze schudt haar hoofd.

Eerst begrijp ik niet wat ze bedoelt, maar dan snap ik dat ze vindt dat mijn verhaal nog niet af is.

'Oké,' zeg ik en ik haal mijn schouders op.

Eigenlijk, denk ik voordat ik verder vertel, eigenlijk gaat mijn verhaal meer over Göran dan over mij. Ik heb bijna niets gezegd over mijn dromen, mijn plannen en mijn gedachten. Ik heb hem tot hoofdpersoon gemaakt in een verhaal over mijn leven. Maar zo is het ook eigenlijk begonnen, ik begon te vertellen om een beeld van hem te schetsen. De hoofdpersoon is natuurlijk de jongen die hier op de grond ligt.

Toen hij die dag in april tussen de bomen verdween, is Göran uit mijn wereld verdwenen. Na een paar weken zonder foto's begreep ik dat het voorbij was. Mijn tranen in zijn zoeker hadden er om de een of andere reden voor gezorgd dat hij ophield met waar hij mee bezig was. Begreep hij toen pas hoeveel pijn hij me deed? Ik weet het niet, ik wilde hem alleen maar vergeten.

Toen moesten we proberen uit de ruïnes en de overblijfselen een gezinsleven op te bouwen, Claes, Jonatan en ik. We begrepen dat we niet in Riseberga konden blijven wonen, maar toen Claes via via had gehoord dat er een villa in Falsterbo zou vrijkomen, hadden wij onze eerste grote ruzie. Nooit van mijn leven, zei ik. Wat in Falsterbo woont, is niets anders dan een conservatief zootje, zei ik. Ik wil niet dat Jonatan tussen dat soort opgroeit, zei ik. Het is zo mooi daar, zei Claes. De duinen. Het licht over het schiereiland. De heide. Je woont aan zee en in de natuur en toch dicht bij de stad. Beter kunnen we het niet krijgen. Beter kan Jonatan het niet krijgen.

Ik liet me overhalen en nu ben ik daar blij om. Claes had gelijk, de zee en het licht en de stranden hielpen bij het helen van onze wonden. De omgeving werd inderdaad bevolkt door conservatieven, maar sommigen daarvan zijn onze vrienden geworden, sommigen bleken goede buren te zijn, aardig en behulpzaam in alle opzichten. Maar inderdaad, er wonen ook een heleboel bekrompen idioten, en veel nationalistische racisten, dat weet je zelf ook wel.

Opeens bedenk ik iets, iets wat ik natuurlijk meteen had moeten bedenken:
'Zei je niet dat Jonatans portemonnee was gestolen? En had hij ook geen sleutels bij zich?'
Josefine knikt.
'Dan moet ik zijn visa-card blokkeren,' zeg ik en ik zoek in mijn

handtas naar mijn mobiele telefoon. 'En ik moet Claes vragen of hij een slotenmaker wil bellen die vandaag nog kan komen, misschien zat zijn adres wel in zijn portemonnee, we moeten de sloten laten verwisselen anders kan ik vannacht niet slapen…'

Josefine legt een hand op mijn arm en houdt me tegen.

'Wacht,' vraagt ze. 'Het is niet zo erg. Jonatan had maar een paar honderd kronen op zijn rekening. Zoiets wordt vergoed door de creditcardorganisatie. De slotenmaker kun je later wel bellen. Maak eerst je verhaal af, alsjeblieft.'

Ik zucht en aarzel.

'Alsjeblieft. Vertel me over Jonatan,' smeekt Josefine. 'Hoe heeft hij dat alles doorstaan?'

Ik knik en zet mijn handtas weer neer. Ja. Ik zal mijn verhaal afmaken.

16

'Jonatan begon weer in bed te plassen toen hij zes was. Elke morgen waren zijn lakens nat. Ten slotte moest ik een matras lenen bij de thuiszorg, zo'n matras die gaat piepen als hij nat wordt. Ik was zo bang dat hij niet van het bedplassen af zou zijn als hij naar school ging; stel je voor dat zijn klasgenootjes zouden vinden dat hij naar plas rook. Of dat ze ergens naartoe zouden gaan met school, ergens zouden blijven slapen.

Ik was vaak bang toen Jonatan nog klein was. Bang dat hij er niet bij zou horen, bang dat hij geen vriendjes zou hebben, dat hij anders zou zijn, dat hij niet uitgenodigd zou worden op feestjes en partijtjes. Bang dat hij niet zou thuiskomen uit school. Elke keer als ik in de verte een ambulance of sirenes hoorde, was ik bang. Ik weet niet waarom, ik weet niet waar mijn angst vandaan kwam. Ik vond de wereld opeens zo vol dreiging. Of… misschien was het niet zo moeilijk te begrijpen waarom. Maar dat met Göran was niet het enige, ik was ook een beginner in het ouderschap. Claes was oké, hij stelde me gerust, hij was zoveel cooler. Nu met Hanna is het heel anders, nu kan ik op een heel andere manier genieten van het moederschap.

Ik zie Jonatan voor me, bleek, een snotneus, met die grote, ronde, verwonderde ogen waarmee hij de wereld inkeek, zijn haar als een rommelige wolk rond zijn hoofd. Jonatan als zevenjarig jongetje. Ik werkte vijfenzeventig procent in de tijd dat wij naar Falsterbo verhuisden.

Toen ging Jonatan naar school. Soms stond ik stiekem naar hem te kijken als hij met de andere kinderen op het schoolplein was. Nog steeds bang, nog steeds met een bonzend moederhart. Zou hij alleen lopen? Zou hij gepest of geplaagd worden omdat hij de verkeerde kleren droeg of de verkeerde dingen zei? Ik stond achter een groepje bomen te gluren of ik hem zag. Ik voelde me een idioot, maar ik wilde het weten, ik moest weten of alles was zoals het zou moeten zijn.

Eigenlijk was al mijn angst overbodig. Jonatan heeft een rustige, veilige jeugd gehad. Hij hoorde natuurlijk niet bij de stoerste jongetjes, maar hij had gedurende zijn hele schooltijd twee vriendjes, Alexander en Benjamin. Ze waren altijd samen, Jonatan was degene die zich af en toe terugtrok, het leek wel of hij zijn eenzame momenten nodig had.

Ja, eigenlijk waren mijn angst en ongerustheid volkomen onnodig. De eerste jaren lette ik heel goed op dat ik dezelfde kleren kocht als de andere kinderen droegen en hem dezelfde films liet zien en naar dezelfde muziek liet luisteren; ik wilde dat hij een normaal, gemiddeld kind was, ik kon de gedachte dat hij er niet bij zou horen niet verdragen, maar daarna begreep ik dat Jonatan sterk genoeg was om zichzelf te zijn en dat het hem niet uitmaakte wat de anderen vonden. Toen kon ik me een beetje ontspannen. Het is niet makkelijk om moeder te zijn.

Er is ongerustheid en een angst die je hart kan breken.
En er is verdriet. Er ligt altijd verdriet op de loer.

17

Op een dag wist ik dat ik een kind wilde met Claes. Voordat het te laat was. Als ik veertig ben, is het te laat, besloot ik.
Jonatan was míjn kind, ook al was Claes als een vader. Zijn twee dochters woonden bij hun moeder, ook dat was een slechte, pijnlijke scheiding geweest, met veel bitterheid en tranen. We hadden twee slechte scheidingen achter ons liggen. Maar nu wilde ik een kind samen.
Hanna werd geboren in augustus 1995 en Jonatan hield van zijn zusje vanaf de eerste keer dat hij haar zag. Hij was elf jaar. Ik had me een beetje zorgen gemaakt dat hij jaloers zou zijn, hij was immers zo lang enig kind geweest, maar hij hield van haar vanaf het moment dat hij in het ziekenhuis op mijn bed zat, met wijdopen mond, en aandachtig met haar kleine teentjes en vingertjes speelde. Ja, je weet zelf hoe dol hij nog steeds op haar is, ik geloof niet dat dat zo gewoon is.

Ja, deze keer was het veel makkelijker om moeder te zijn. Ik was veel rustiger met Hanna. Maar als het om Jonatan ging, droeg ik nog steeds mijn angst en mijn ongerustheid bij me.
Er kwamen steeds weer nieuwe angsten. Er kon zoveel gebeuren. Toen hij de basisschool achter de rug had, ging hij naar de middelbare school, een grote nieuwe school met vijftienjarige kleine gangsters die de nieuwe brugklassertjes verwelkomden door hun hoofden in toiletpotten te duwen, over hen heen te plassen, hen te terroriseren en te dwingen tot onderwerping en gehoorzaamheid. In mijn fantasie dan.
Maar... Ja, het werd ook moeilijker in de werkelijkheid. Een moei-

lijkere tijd. Toen Jonatan naar de middelbare school ging, had ik nog verlof en was ik thuis met Hanna. Ik zag hoe Jonatan veranderde. Hij had school altijd leuk gevonden, hij was nieuwsgierig, wilde dingen leren. Op de middelbare school werd dat allemaal veel moeilijker voor hem. Een grote meerderheid van de klas kon het allemaal niets schelen, die besteedden al hun tijd aan punten scoren door stoer te doen, door de zwakkeren te pesten, door de lessen te verstoren, rotzooi te trappen. En de leraren waren zo… laf. Ja, ze durfden de strijd als het ware niet aan te gaan, ze durfden niet te zeggen dat school belangrijk is. Ik weet het niet. Maar Jonatan leed eronder.

Als er een leuke particuliere school in de buurt was geweest, had ik niet geaarzeld, ja, dat is waar, ik had mijn oude idealen overboord gezet, het had me niet uitgemaakt wat mijn partijgenoten ervan hadden gevonden.

Ik geloof niet dat hij is gepest, maar het werd steeds moeilijker voor hem om zijn eigen weg te gaan. Hij wilde niet langer met Alex omgaan. Eerst begrepen we niet waarom, ik probeerde hem zelfs over te halen om contact te houden met zijn oude vriend, maar uiteindelijk vertelde Jonatan het. Dat Alex domme dingen deed, dat hij dronk en rotzooi trapte en dat hij in racistische kringen verzeild was geraakt. Geen domme skinheads natuurlijk, die hebben we niet in onze buurt. Hier hebben we een ander, waarschijnlijk gevaarlijker soort. Goedgeklede, goed formulerende, beleefde, charmante, aantrekkelijke jonge racisten die veel van hun ideeën thuis aan de ontbijttafel opdoen.

Maar Benjamin was er nog, ja, hij is er nog steeds, dat weet je. Die ging de andere kant op, werd een punker met boosaardig groen haar. Hij had een tijdje van die echte punkstekels op zijn hoofd en een zwart leren jack en een polsband met spijkers. Als ik hem was tegengekomen in de stad, was ik waarschijnlijk bang voor hem geweest, maar nu zat hij 's avonds aan onze keukentafel en was dezelfde goeie ouwe Benjamin die Jonatans vriendje was sinds ze zes waren, die met lego had gespeeld en een hut in onze tuin had gebouwd.

Zo is het. Je moet door de buitenkant heen kijken. Dat vergeet je. Natuurlijk, dat is precies wat punkers of skinheads willen, maar wij volwassenen mogen niet vergeten door de buitenkant heen te kijken. Daar bevindt zich een jong mens, een mens dat niet zo lang geleden nog een kind was. We zouden niet zo snel bang moeten zijn voor jongeren.

Sorry. Vergeef me, nu klink ik vervelend braaf en verstandig, niet? Maar ik heb hier zoveel over nagedacht. Sorry dat ik preek. Waar had ik het over? Over moeder zijn, ja. Eigenlijk zou ik over Jonatan vertellen, en nu praat ik alleen over mezelf. Over hoe bang ik was.

18

Het is gek, Göran en ik waren het zo met elkaar eens als het ging om kinderen krijgen. Nooit, hadden we gezegd. Er moet een belangrijke strijd gestreden worden en als je kinderen krijgt, word je zwak en laf en kwetsbaar, je wordt moeder of vader en vergeet dat je mens bent. Dat zeiden we. Ergens hadden we gelijk, en toch hadden we het ook zo ontzettend mis. Want een deel van de zin van het leven, is het krijgen van kinderen, dat begrijp ik nu. Misschien is het zelfs wel de zin.

Daar werd ik aan herinnerd die keer dat Jonatan bijna dood was. De zomer dat Jonatan dertien was, gingen we op wandelvakantie in de bergen. Jonatan en ik en Claes en zijn dochters Sofie en Emma die drie en vier jaar ouder zijn dan Jonatan. Hanna was bij mijn ouders. We wandelden in de bergen van Jämtland, we liepen van Storulvån naar Blåhammaren, daarna de grens over naar de Noorse kant en toen terug via Sylarna. De eerste dagen zeurden de meisjes de hele tijd, ze klaagden over de zware rugzakken, de muggen en het eten. Ik werd er gek van, alles was gewoon verkeerd en ik had blaren op mijn hielen en pijn in mijn rug, maar toen… toen kwam die avond… Ik moet eerst over die avond vertellen. We waren van het pad afgegaan en door de lage begroeiing naar een top geklommen. Daar hadden we de tent opgezet, een gevriesdroogde maaltijd gekookt op het primusje en gegeten. De meisjes klaagden, ze waren moe en prikkelbaar zoals gewoonlijk en Jonatan verlangde naar huis, hij vond het denk ik vrij zinloos om hele dagen rond te sjouwen met een zware rugzak. Toen we voor de tent zaten, zagen we opeens dat de lucht donker werd, we zaten hoog, we konden ver kijken, we zagen het onweer al van verre aankomen, we zagen de bliksemflitsen boven de bergtoppen, we hoorden de donder, daar zaten we en we konden niet anders dan wachten. Ik herinner me het gevoel nog precies. Zo overgeleverd zijn, zo machteloos. We zagen het onweer dichterbij komen en we konden er niets aan doen. We konden nergens naartoe vluchten, we konden ons nergens verbergen. Claes verankerde de tent met stenen en toen de eerste dikke regendruppels kwamen, vlogen we naar binnen. Toen kropen we in de tent dicht bij elkaar, we drukten ons tegen elkaar aan, de regen kletterde op het tentdoek, de donder kwam steeds dichterbij, we hoorden de zware donderslagen dreunen, de meisjes jammerden van angst, ik denk dat we allemaal even bang waren, maar Claes en ik voelden allebei dat er van ons volwassen moed werd verlangd en we probeerden hen te kalmeren en te troosten. We telden de seconden tussen de bliksemflits en de knal, een twee drie vier vijf zes… twee kilometer, een twee drie… een kilometer, een… vlak boven ons daverde een donderslag als een explosie en toen… toen trok het onweer weg, we konden steeds verder tellen, de regen nam af en ten slotte werd het stil, we hielden elkaars hand vast, we trilden, we keken elkaar aan zonder een woord te zeggen. We leefden nog.

Terwijl de angst langzaam wegebde, bleven we zwijgend in de tent zitten, stom en overweldigd. Toen vulde de tent zich met licht. Eerst begrepen we niet wat er aan de hand was, ik dacht dat er buiten iets in brand stond, maar toen trokken we de rits omlaag en keken naar buiten. De hele wereld baadde in een onwerkelijk licht. Als ik gelovig was geweest, had ik gezegd dat de wereld baadde in Gods schijnsel. Ja, dat is waar. Het is waar, zo'n moment was het. We kropen naar buiten en bleven alleen maar staan in de zon, we hadden nog geen woord gezegd sinds de regen ons de tent in had gejaagd. We zeiden nog steeds niets, we hielden elkaars hand vast. Nee, ik ben nog nooit zo dicht bij een religieuze ervaring geweest. Ik heb nooit in God geloofd. Ik heb altijd gedacht dat de mens God heeft geschapen en niet andersom. De mens heeft God geschapen uit angst. Dat heb ik altijd gedacht. Ik heb altijd in rationele verklaringen geloofd. Ik bedoel niet dat ik die avond bekeerd ben of zo, ik bedoel alleen dat ik eraan werd herinnerd dat de mens soms een klein hulpeloos wezentje is, een wurmpje, een miertje, er zijn krachten op de wereld die ons kunnen vernietigen alsof het niets is.

Vanaf dat moment was alles anders. De rest van onze wandeltocht was heerlijk, we genoten van de overweldigende natuur, we genoten van elkaars gezelschap, we waren zo blij dat we elkaar hadden. Dat we leefden. We hebben nooit met een woord gesproken over wat er die avond van het onweer is gebeurd, en toch weet ik zeker dat we dezelfde ervaring hebben gehad. Dat we eraan herinnerd waren dat we moeten zorgen dat we leven voor we doodgaan. Ach, het klinkt toch belachelijk als ik probeer dat gevoel onder woorden te brengen. Het klinkt banaal. Maar ik draag die herinnering voor altijd bij me en af en toe haal ik hem tevoorschijn.

Tijdens onze wandeltocht werd ik er even aan herinnerd hoe kwetsbaar het leven is. Maar wat ik eigenlijk wilde vertellen, is wat er de laatste avond van onze tocht gebeurde.

Het was een mooie avond. We hadden de tent opgezet bij een bruisende bergbeek die uitmondde in een meertje. We voelden ons goed. Ik herinner me dat ik voor de tent zat en me goed voelde. Ik dacht: Nu ben ik bijna gelukkig. Misschien bestaat geluk dan toch. Na alles wat er was gebeurd. Na Göran. Na mijn ongerustheid over Jonatan. Ik voelde me goed, een grote roofvogel zweefde hoog boven me in cirkels, het was een buizerd denk ik, het rook naar gagel, ik hoorde de kinderen spelen en lachen. Jonatan en de meisjes hielden wedstrijdjes met hun drinkbekers in de beek. Ze lieten ze bovenaan los en dan dreven ze tussen stenen en stroomversnellingen door naar beneden terwijl zij ernaast meerenden en hun eigen beker aanmoedigden. Claes kwam naast me zitten, ik legde mijn hoofd op zijn schouder en voelde me goed. Hij vroeg of ik zin had om een avondwandelingetje te maken en ik knikte.

Precies op dat moment werd ik er weer aan herinnerd hoe dun de draad is tussen vreugde en wanhoop, tussen leven en dood. Herinnerd aan wat eigenlijk belangrijk is.

Opeens hoorden we Emma en Sofie schreeuwen. Claes en ik vlogen overeind, we renden naar het meertje waar de meisjes aan de waterkant stonden en toen we daar aankwamen… toen zag ik Jonatan onder water. Dat beeld zal nooit uit mijn hoofd verdwijnen. Jonatans haar waaierde als zeewier heen en weer onder het wateroppervlak, er kwamen luchtbellen uit zijn mond, het was net een beeld uit een thriller of een nachtmerrie. Mijn eerste gedachte was dat hij dood was, maar Claes stapte in het meertje. Hij vloekte toen hij wegzonk in het zand, maar toen vond hij houvast voor zijn voet op een steen en hij trok Jonatan omhoog.

We legden hem op de grond, hij ademde, zijn ogen waren open, ik zal zijn blik nooit vergeten. Nooit.

'Ik wilde mijn beker pakken,' fluisterde hij. 'Toen zonk ik weg. Ik zat vast.'

Zo dichtbij was het.

Zo dun is de draad.

Als we niet bij de tent hadden gezeten, als we een avondwandelingetje waren gaan maken, dan was Jonatan doodgegaan. De meisjes hadden hem nooit omhoog kunnen trekken, hij was verdronken in een bergmeertje, dertien jaar oud.

Wat ik eigenlijk moet zeggen is: op dat moment begreep ik wat voor mij het belangrijkst was, in mijn leven, op de wereld. Mijn kind. Mijn kinderen. Belangrijker dan al het andere, belangrijker dan alles waar ik in geloof en waar ik voor vecht. Klinkt dat simpel? Laf? Burgerlijk misschien? Dat kan mij niets schelen, ik weet wat ik voel. Ik heb iets geleerd tijdens die wandeltocht. Göran en ik hadden het mis, kinderen zijn het belangrijkst, de strijd moet worden gestreden voor de kinderen.

19

Ja. Het is geluk en zorg tegelijk. En ongerustheid.

Nu zit ik hier op de eerste hulp en kijk ik naar mijn zoon die veel te veel heeft gedronken. Ik voel me dwaas. Het voelt… goedkoop. Een beetje vernederend. Maar natuurlijk, ja, natuurlijk, het had veel erger kunnen zijn, het had slechter kunnen aflopen, veel slechter, natuurlijk.

Ik heb mezelf lang voor de gek gehouden en gedacht dat Jonatan niet dronk. Ik weet dat veel jongeren al op hun dertiende of veertiende beginnen met drinken, maar ik dacht dat hij anders was, rijper, of laffer misschien. Dus toen Jonatan een keer, toen hij in de tweede zat, vroeg of er een klassenfeest bij ons thuis gehouden mocht worden, het was in het voorjaar, vond ik dat goed. Ik was blij dat hij ondanks alles toch het gevoel had dat hij bij de klas hoorde. Claes en ik en Hanna gingen op bezoek bij vrienden in Höllviken, waar we waren uitgenodigd voor de eerste barbecue van het jaar, dus ze zouden geen last van ouders hebben.

Het was denk ik een uur of tien of halfelf toen Jonatan belde, ik herkende zijn stem bijna niet, maar ik begreep dat er iets mis was. Dat was trouwens ook te horen op de achtergrond, ik hoorde boos geschreeuw en muziek en brekend glas. We reden natuurlijk meteen naar huis. Toen we bijna thuis waren en onze straat in de villawijk inreden, kwamen we twee jongens tegen die iets tussen zich in droegen. We begrepen pas achteraf dat dat onze video was geweest.

Toen we onze oprit opreden, was het één grote chaos. De buren stonden op straat, er stonden een heleboel jongeren op het grasveld en voor onze garage, sommigen vochten en scholden elkaar uit, een meisje braakte in onze brievenbus. Net toen ik de auto uitstapte en nog voordat we iets hadden kunnen doen, kwam er een politieauto met loeiende sirene aanrijden. Een van de buren had gebeld. Even later waren alle jongeren vertrokken. Twee van de ergste herrieschoppers werden meegenomen door de politie.

Toen ik de voordeur opendeed, wilde ik alleen maar huilen. De vloer van de woonkamer was bezaaid met gebroken aardewerk, etensresten en bier, de stereo was weg, alle laden van de kasten waren uitgetrokken, en op de bank lag Jonatan, wit als een doek en dronken als een tor.

Wat moet ik zeggen? Een deel van de gestolen spullen kregen we terug, de inboedelverzekering dekte een deel van de schade. Het ergste was de vernedering: dat dertig dronken kinderen ons huis hadden vernield, kapotgeslagen, in onze laden hadden gekeken, onze kasten hadden doorsnuffeld. Het ergst van alles was dat iedereen met wie we spraken gewoon zijn schouders ophaalde en zei: Zo is het nou eenmaal. Iedereen leek wel iets soortgelijks te hebben meegemaakt, of kende iemand die ook was getroffen.

Kun je daarbij met je verstand? Het is duidelijk dat jongeren elkaar in het weekend bellen op hun mobieltjes. Als iemand hoort dat er ergens een feest is, dan gaat de hele troep erheen, ze eten het eten op, drinken de drank op, stelen wat waard is om te stelen en vernielen de rest. Kun je daarbij met je verstand? Onze eigen kinderen lijken wel een zwerm schadelijke insecten, sprinkhanen, mieren of wilde barbaren. Kun je daarbij met je verstand? Moeten we ons beschermen tegen onze eigen kinderen? Zijn hun levens zo triest en zinloos geworden dat destructie en dronkenschap het enige is dat overblijft?

Nee, dat zal ik nooit kunnen begrijpen.

Maar ik vond het zielig voor Jonatan. Het was niet zijn fout, hij had geprobeerd de ergste herrieschoppers weg te sturen. Naderhand schaamde hij zich vreselijk en was hij heel verdrietig. Maar hij was net zo goed dronken geweest, hij ook.

Hij heeft een halfjaar lang de zondagkrant rondgebracht om te betalen en te vervangen wat er was gestolen en kapotgemaakt; op het laatst vond ik het bijna zielig voor hem, maar hij heeft er nooit over geklaagd.

Wat probeer ik te vertellen? Ik wilde je denk ik een beeld geven van Jonatan nadat zijn vader was verdwenen, maar misschien is het meer een beeld van mezelf geworden. Van mijn angst en mijn vreugde. En van een wandelvakantie en een door vandalen vernield huis.

Ik voel me nu geruster. Jonatan is volwassener geworden, soms is hij zo wijs dat ik tranen in mijn ogen krijg. Maar vannacht is hij misschien niet zo wijs geweest. Ik voel me geruster maar ook bezorgder. Eenzamer. Hij ontgroeit me, mijn zoon. Hij laat me niet langer toe in zijn leven, ik ben wel eens jaloers op jou en jullie vrienden. Ik denk wel eens dat hij mij dom vindt. Dat wil ik niet, dat hij dat vindt. We botsen zo vaak met elkaar, ik heb het gevoel dat hij zich ergert aan alles wat ik zeg, dat hij mij altijd moet tegenspreken. De discussies die wij voeren aan tafel, zijn voornamelijk demonstraties in retoriek. Hij zegt dingen om mij en Claes te provoceren. Meestal Claes. En meestal slaagt hij daarin.

Ik wil weer dicht bij Jonatan komen. Ik wil hem niet verliezen.

20

De eerste jaren in Falsterbo praatte ik nooit met Jonatan over Göran en hij heeft nooit naar hem gevraagd. Na alles wat er was gebeurd, was ik blij dat hij het ook vergat. Want dat deed ik. Ik wilde al het oude achter me laten, ik had in die tijd heel sterk de behoefte om vooruit te kijken.

Ik zat nog in mijn ouderschapsverlof voor Hanna toen ik Göran een keer 's avonds op televisie zag.

Het was een reportage over de partijleider van mijn partij. Ze had haar alcoholprobleem openbaar gemaakt en werd nu geïnterviewd in *Nämndemansgården* waar ze gedurende een periode verbleef. Dat is een kliniek voor alcoholisten hier in Skåne. Hun behandelmethoden zijn effectief gebleken. Nou, ik zat dus naar die reportage te kijken en toen zag ik ineens Göran. Hij zat in een leunstoel te praten met een paar andere alcoholisten, hij zag er vrolijk uit, hij lachte en gebaarde.

Zo kwam ik erachter dat Göran werd behandeld in *Nämndemansgården*. Later hoorde ik dat hij zichzelf had ingeschreven en dat zijn problemen vergeleken met die van de meeste anderen heel klein waren geweest. Of van een ander soort.

Ik haalde mijn schouders op en dacht: O. Hij leeft dus nog. Dat maakte me blij noch bang, ik was hem ontgroeid. Ik keek vooruit. Hij hoorde bij een ander leven, een andere wereld. Zo voelde ik het.

Toen Jonatan twaalf werd, was er een pakje gekomen met de post. Ik was niet thuis toen hij uit school kwam en gelukkig was hij degene die het in de brievenbus vond, anders was ik natuurlijk doodsbang geworden en had ik het hem niet laten openmaken. Maar het was gewoon een verjaarscadeau. Een klein zakmes, een mooi schrift met een harde kaft en een boek, *Twintigduizend mijlen onder zee* van Jules Verne. En een kaartje waarop stond: 'Van harte gefeliciteerd met je twaalfde verjaardag, pappa.'

Eerst was ik boos. Hoe durfde hij? Na alles wat hij ons had aangedaan. Wat was dat voor een manier om na zeven jaar contact te zoeken met je zoon? Maar toen ik een paar dagen later op een avond Jonatans kamer binnenkwam om hem welterusten te wensen, lag hij het boek te lezen. Toen hij mij zag, keek hij op, hij zag er beschaamd uit, alsof hij iets deed wat niet mocht. Ik ging op de rand van zijn bed zitten. Het was een goed boek, zei hij. Het was spannend, zei hij. Ik wendde me af zodat hij de tranen in mijn ogen niet zou zien.

Daarna besloot ik te proberen om Görans adres te achterhalen. Begrijp me niet verkeerd, ik wilde hem niet ontmoeten, ik wilde niet met hem praten, ik wilde alleen weten waar hij was en misschien… misschien op de een of andere manier een oogje op hem houden. Voor Jonatan, alleen voor Jonatan.

Het was niet moeilijk om hem te vinden. In dat opzicht is het persoonsnummer een goede uitvinding.

Hij bleek naar Göteborg te zijn verhuisd. Hij woonde in een appartement in Majorna en werkte samen met een groep fotografen die daar in de buurt een gemeenschappelijk atelier hadden.

'Ik dacht…'

Josefine ziet eruit alsof ze een beetje in de war is, verbaasde rimpels in haar voorhoofd.

'Ik dacht… Toen hij vertelde… Ik kreeg het idee dat hij… dat het heel erg met hem was… Dat hij heel erg lang had gedronken en… Ja, je hebt toch zelf verteld hoe hij eruitzag toen hij daar bij de zandbak zat. Hij zei tegen mij dat hij nu een jaar en tien maanden nuchter was, ik dacht dat…'

Ik schud mijn hoofd.

'Nee, Göran is nooit alcoholist geweest. Hij heeft misschien geprobeerd het te worden, maar… Dat is slechts een van de verzinsels uit zijn wereld. Ik heb hem eindelijk begrepen, ik ken hem het best. Hij wilde alcoholist en verstote spelen. Net zoals hij ooit hippie en verslaafde speelde. Hij heeft altijd toneelgespeeld, hij heeft verschillende rollen geprobeerd. Zo is het. Hij is nooit volwassen geworden, hij is nooit ouder dan zeventien geworden. Hij heeft altijd in zijn wereld van verzinsels geleefd. Hij heeft altijd geprobeerd te lijken op zijn helden en idolen. Zijn helden waren dichters en filosofen, drugsgoeroes, hippieleiders, verlopen kunstenaars en schrijvers en weet ik wat nog meer. Zijn helden waren altijd het soort mensen dat hun gevoeligheid en hun eerlijkheid had bewezen door te mislukken in het leven in deze wereld vol leugens. Mensen die het kleine leven verachtten. Het gewone leven. Het alledaagse leven. Göran heeft hun leven geïmiteerd, zonder dat hij echt durfde loslaten. Of kon loslaten. Zo is het. Hij heeft niet geleefd, hij heeft het leven geimiteerd. Dat klinkt heel gemeen, maar het is waar. Of hij nu volwassen is, weet ik niet, ik kan het alleen maar hopen.'

'Maar…'

'Die keer toen hij bij de zandbak zat, dat was gewoon toneel, hij had zich verkleed, mijn eerste gedachte klopte. Hij woonde bij zijn moeder toen. Toen hij uit zijn appartement in Möllevången was vertrokken, was hij teruggegaan naar zijn moedertje. Al die tijd dat hij ons volgde, woonde hij bij dat akelige mens, ik weet zeker dat ze wist waar hij mee bezig was. Ze loog gladjes tegen de politie en tegen mij. Hij heeft twee weken in *Nämndemansgården* gezeten, hij is daar behandeld, maar hij is nooit alcoholist geweest, hoe je dat woord ook uitlegt, dat weet ik. Het was allemaal toneel…'

Nu huil ik.

Ik huil om Göran.

Om wat ik heb gezegd. Ik heb gezegd dat zijn hele leven een leugen is. Wie heeft het recht om dat van een ander mens te zeggen? En ik huil om mezelf.

Ik huil als ik mijn eigen woorden hoor, want ik weet dat Göran nog steeds in mij zit.

Ik hoor Görans stem elke dag. Ik zie hem elke dag, ik zie zijn lach, zijn gebaren, zijn manier van lopen… Ik bedoel: via Jonatan zie ik Göran, hoor ik Göran.

21

Weet je nog, een paar avonden geleden, Josefine? Toen we aan de keukentafel zaten en een discussie over politiek hadden? Dat hebben we natuurlijk bijna altijd als jullie thuis zijn, maar dit keer raakte Claes heel erg geïrriteerd. Weet je nog wat Jonatan zei? 'De manier van leven die we kiezen, is een politieke daad, of niet soms? We hebben een persoonlijke verantwoordelijkheid, of niet soms? We hebben een wil, of niet soms?' Dat zei Jonatan, maar ik hoorde Göran. Göran zit aan onze keukentafel. Ik bedoel niet dat Jonatan een kopie van zijn vader is, maar ze gaan met het jaar meer op elkaar lijken.

Soms schrik ik als ik Görans stem in die van Jonatan hoor doorklinken. Als ik Görans woorden herken. Of als ik een gebaar of een gezichtsuitdrukking zie die herinneringen bij mij oproept.

Maakt dat mij blij of verdrietig? Allebei. Het is verdriet en blijdschap. Ik kan alleen maar hopen dat iedere generatie iets wijzer is, dat niet alle vergissingen opnieuw gemaakt hoeven te worden.

We hadden het ook over de demonstraties in Göteborg en de protesten tegen de globalisering en Claes wees erop dat hij en ik al politiek actief waren sinds we tieners waren en hij zei dat wat er tijdens de EU-bijeenkomst gebeurde gewoon een oploopje was dat niets te maken had met politieke protesten.

'Maar jullie zijn toch mislukt,' zei Jonatan toen. 'Jullie hebben gedemonstreerd en strooibiljetten uitgedeeld en krantjes verkocht en heel hard je best gedaan, maar met welk resultaat? Stenen door etalageruiten gooien is misschien toch een effectievere methode.

Iedereen heeft het nu over de globalisering.'

Dat was het moment dat Claes geïrriteerd raakte.

'Je hebt het mis. Niemand heeft het over de globalisering,' zei hij. 'Ze hebben het alleen over stenen. Je moet leren van de geschiedenis. Wat jij zegt over de strijd die wij voerden, en nog steeds voeren, is gewoon kinderachtig. Je gezicht verbergen tijdens demonstraties zou verboden moeten worden. Dat is laf. Demonstreren betekent dat je laat zien dat je achter je standpunten staat.'

'Je begrijpt het niet,' zei Jonatan toen. 'Je begrijpt niet in wat voor wereld wij leven. Je begrijpt niet dat de politie en de neonazi's ons fotograferen. Je denkt misschien dat het verdrag van Schengen een leuke uitvinding is voor toeristen, zodat die geen gedoe meer hebben met paspoorten. Je begrijpt niet dat ik ergens bij een grens in Europa kan worden aangehouden omdat ik in Göteborg of Malmö heb gedemonstreerd. Dat is wat het verdrag van Schengen betekent. Je begrijpt niet dat de neonazi's ook registers aanleggen, ze kunnen hier op een dag aankloppen, en ze zullen gewapend zijn. Daarom verbergen wij ons gezicht. Jij begrijpt niet in wat voor wereld wij leven.'

Toen zei Claes dat de demonstranten in Göteborg leken te zijn vergeten dat er nooit een revolutie zal komen als je het volk tegen je hebt en Jonatan zei dat het volk verdoofd voor Expeditie Robinson zit en moet worden wakker geschud, en Claes zei: als je een strijd voert met geweld zonder dat je de steun van het volk hebt, ben je een terrorist en leef je met kinderlijke dromen over heldendom of martelaarschap. Toen vroeg Jonatan of Claes vond dat je jongeren die stenen gooiden als ze werden geprovoceerd door de politie gelijk kon stellen aan fundamentalistische vliegtuigkapers en moordenaars.

Toen stond Claes op van tafel en liep weg.

Toch vind ik het meestal goed dat jullie je zorgen maken, dat jullie je betrokken tonen. Ik vind ook niet dat jullie het altijd mis hebben. Maar die discussies over de rechten van het dier begrijp ik totaal niet. Jullie hebben problemen met de bio-industrie, maar dan kunnen jullie toch wel vis eten. En wild. Maar ik ben blij dat jullie wel melk drinken.'

'Ik ben van plan om dat ook niet meer te doen,' mompelt Josefine.

Ik kijk haar aan en zucht.

'En wat wild betreft: je moest eens weten hoeveel elanden er ieder jaar worden aangeschoten en een pijnlijke dood sterven in het bos. Jagers zijn geen aardige natuurliefhebbers, het zijn moordenaars,' zegt ze en ik zie dat ze zich begint te wapenen met argumenten om de discussie voort te zetten.

Maar daarvoor zijn we niet hier en ik leg haar het zwijgen op door me af te wenden.

De tranen lopen nog steeds over mijn wangen.

Ik denk aan wat Jonatan zei, wat ik Göran zo vaak heb horen zeggen. De manier van leven die we kiezen, is een politieke daad. Ja, we wonen in een villa in Falsterbo en we zijn omringd door een heleboel conservatieven. Ik verdien veel geld, mijn man verdient veel geld. We betalen natuurlijk ook veel belasting. We hebben twee auto's. Onze dochter heeft dezelfde kleren en dezelfde spullen en zit op dezelfde manege als haar conservatieve klasgenootjes. We hoeven nooit zuinig te doen. We kunnen ons veroorloven om biologische melk te kopen en groente met een EKO-keurmerk. Ik geloof nog steeds ergens in, ik heb nog niet alles opgegeven, ik werk voor mensen die niet in staat zijn om hun eigen verdediging te voeren, mijn betrokkenheid heeft het leven van honderden families beïnvloed. Ik ben nog steeds lid van een linkse progressieve partij en hoewel Jonatans kritiek deels terecht is, vind je daar de verstandigste mensen. Ik was betrokken bij de Nee-beweging toen we moesten stemmen over toetreding tot de EU, ook al ben ik nu niet meer zo zeker van die zaak. Ik ben lid van een Amnesty-afdeling en ik ben lid van de vereniging voor natuurbehoud. We scheiden ons afval en we geven onze kleren aan de Emmaus Stichting.

De manier van leven die we kiezen, is een politieke daad. Natuurlijk. Maar Göran maakte het wel erg eenvoudig voor zichzelf. Hij heeft bijvoorbeeld nooit zijn rijbewijs gehaald. Dat was handig, dan kon hij zeggen dat hij niet bijdroeg aan het broeikaseffect of de luchtvervuiling of de grootstedelijke problematiek. Maar toen we naar Riseberga verhuisden toen Jonatan nog klein was, hadden we een auto nodig en toen moest ik altijd rijden en hem overal naartoe brengen. Göran hoefde niet omdat hij geen rijbewijs had. Gewoon een handige manier om ergens onderuit te komen.

Waarom zit ik mezelf te verdedigen?

Omdat ik natuurlijk niet honderd procent zeker weet dat Jonatan het bij het verkeerde eind heeft. Jonatan en Göran. Zelfs het feit dat Görans eigen leven zo kapitaal is mislukt, bewijst misschien nog niet dat hij het bij het verkeerde eind had.

Maar dat is niet de reden dat ik huil.

Ik huil omdat ik Görans stem hoor aan mijn eigen keukentafel in mijn eigen huis, ik huil om alles wat ik vannacht over hem heb gezegd.

Ik huil. Mijn tranen vallen op Jonatans trui. Ik zie nu pas dat er bloed op zit. Ik wrijf de tranen uit mijn ogen en knik naar Jonatan.

'Bloed,' zeg ik half snikkend. 'Hij heeft bloed op zijn trui.'

'Het is niet erg,' fluistert Josefine. 'Het is mijn bloed.'

Als ik begrijp dat ze niet van plan is om meer te zeggen, ga ik verder. Ik heb immers beloofd dat ik mijn verhaal zou afmaken voordat ze mij het hare zal laten horen.

Maar er valt bijna niets meer te vertellen. We leefden als een gezin, we woonden in de villa in Falsterbo en de kinderen groeiden op. Iedere verjaardag en iedere kerst kwam er een cadeautje van Göran en ieder jaar was Jonatan weer even gelukkig. De brieven die erbij zaten werden steeds langer, hij liet ze mij niet lezen en ik heb ze niet stiekem gelezen. Ik weet eerlijk gezegd niet of Jonatan verder nog contact heeft gehad met zijn vader. Ik heb begrepen dat hij steeds meer over Göran nadenkt, ik heb gezien dat hij foto's van Göran heeft opgehangen in zijn kamer en die foto boven zijn bed. Maar de keren dat ik er met hem over probeerde te praten, ontweek hij me en dat vond ik eigenlijk wel best omdat het voor mij ook moeilijk was. Ik heb Göran in al die jaren één keer gezien. Behalve die keer op televisie. Dat was toen hij nog in Göteborg woonde.

22

Ja, ik probeerde Göran een beetje te volgen, vanwege Jonatan, ik bedoel niet dat ik hem in de gaten hield, ik controleerde alleen af en toe of hij nog op hetzelfde adres woonde, of hij werkte en zo. Ik had natuurlijk geen idee hoe hij leefde en hoe het met hem ging. Dat kon me ook niets schelen, ik wilde alleen voor Jonatan dat zijn vader ergens zou zijn en een normaal leven zou leiden. Toch was ik blij toen ik een artikeltje in de krant zag waarin stond dat Göran meedeed aan een overzichtstentoonstelling in het Hasselblad Center. Toen ik een paar weken daarna naar Göteborg moest voor mijn werk, bezocht ik natuurlijk die tentoonstelling.

Precies toen ik de trappen opliep daar op het Götaplein ging er een gedachte door me heen: Stel je voor dat Göran de foto's van ons tentoonstelt. De foto's die hij heeft gemaakt tijdens de winter dat hij Claes en mij volgde.

Maar nee, dat was natuurlijk niet zo. Het was een soort foto's dat ik nog nooit eerder had gezien, zwart-wit foto's van lichamen in klei, lichamen die waren ingesmeerd met klei, lichamen die bijna één waren met de aarde en. Heel suggestieve foto's, ik… ik was bijna een beetje trots, dat is waar. En blij. Dit was toch iets wat hij kon, hier was hij goed in, hierin was hij thuis.

Toen ik op het punt stond om weg te gaan, zag ik Göran. Hij stond bij de kassa's te praten met een oudere heer met een witte baard en twee jonge mensen. Ik dacht dat ik de man met de baard herkende van de televisie. Naast Göran stond een knappe, goedgeklede vrouw. Donkere ogen en pikzwart haar, opgemaakt, ze zag er vrouwelijk uit op zo'n ouderwetse manier, zoals vrouwen uit Oost-Europa of Griekenland. Het was vreemd te zien dat zo'n vrouw Görans arm vasthield en zich tegen hem aan drukte. Verliefd, dat sprak uit haar manier van staan.

Göran had een zwart pak aan met een zwart T-shirt. Het kunstenaarsuniform. Hij was iets dikker geworden, hij had een klein buikje gekregen.

Ze zagen er alle vijf vrolijk uit, ze stonden druk te praten en te gebaren, ik hoorde Görans lach.

Ik bleef in de deuropening staan en voelde me gevangen in een val. Om uit het museum te komen, moest ik precies langs hen heen en alleen al die gedachte maakte mijn benen onvast.

Ik stond daar te staren als een domme koe. Ja, zo voelde ik me. En ik was geïrriteerd. Görans vrolijkheid irriteerde me. Oké, ik wilde dat het goed met hem zou gaan, voor Jonatan, maar zo verdomd gelukkig hoefde hij er nou ook weer niet uit te zien. En die vrolijke saamhorigheid met die interessante cultuurmensen was toch ook niet nodig. En zo dicht hoefde die vrouwelijke vrouw toch ook niet tegen hem aan te staan, ze hoefde Göran toch niet zo dwaas bewonderend en verliefd aan te kijken.

Ja. Ik was weer een tienermeisje geworden. Een domme koe en een tienermeisje. Niet jaloers. Nee, nee, nee. Nee, nooit. Niet herinnerd

aan een oude liefde of overweldigd door gelukkige herinneringen.
Nee. Alleen buitengesloten. Ik was vernederd door mijn eenzaamheid.

En ik zou nog meer vernederd worden, want de vrouw aan Görans
arm ontdekte mij, ze voelde mijn blik. Ze ging op haar tenen staan
en fluisterde iets in Görans oor. Voordat ik kon vluchten, draaide
hij zich naar me om. Een paar seconden keken we elkaar recht aan.
Hij herkende me meteen. En weet je wat er gebeurde? Hij lachte.
Die klootzak lachte naar me. Alsof we oude vrienden waren die
elkaar weerzagen. Hij lachte alsof hij blij was. Alsof hij niet anders
kon. Alsof hij dacht dat ik zou teruglachen. Alsof er niets was
gebeurd. Begrijp je dat? Hij lachte en ik zag dat zijn lippen mijn
naam vormden. Hij lachte alsof hij dacht dat ik naar hem toe zou
komen, alsof hij dacht dat hij mij aan zijn vrienden zou kunnen
voorstellen. 'Dit is Karin, mijn ex-vrouw en dit zijn…'
Ik rende terug het museum in. Een trap op. Een toilet in. Daar
bleef ik een uur zitten. Domme koe. Vernederd tienermeisje. Daarna waste ik mijn gezicht en ging weg zonder dat ik ook maar een
spoor van Göran of zijn vrienden zag.

Dat was de laatste keer dat ik hem gezien heb. De enige keer sinds
we gescheiden waren. Ongeveer een halfjaar later hoorde ik dat hij
weer naar Malmö was verhuisd, hij woont nu in een oud huis in
Klågerup, ik weet niet precies of hij daar alleen woont. Hij is lid
van een groep fotografen die een ruimte in Limhamn hebben.
Soms zie ik zijn naam onder foto's in verschillende tijdschriften.
Ik vermoed dat hij een of andere subsidie krijgt. Hij lijkt zich te
redden. Hij heeft ook een paar exposities gehad. Ja, ik heb zijn
adres en telefoonnummer, maar ik heb geen contact met hem
opgenomen. Ik weet niet of Jonatan met hem heeft gepraat.
Het lijkt wel of Josefine niet begrijpt dat mijn verhaal nu is afgelopen, ze ziet eruit alsof ze op de voortzetting wacht, of op z'n
minst een einde, dus ik zeg:

'En toen zag ik hem hier vandaag. Op deze matras met jou en Jonatan. Je hebt zelf gehoord wat hij tegen me zei.'

Ze buigt haar hoofd een beetje.

'Ik denk dat hij nog steeds van je houdt,' fluistert ze.

Domme kleine Josefine. Ik vergeet hoe jong je bent. Houden van, wat betekent dat? Wat zou dat waard zijn voor mij, zelfs als het waar is wat je zegt? Heb je zo slecht geluisterd…?

Kleine Josefine die meer over mijn leven weet dan wie ook ter wereld. Tenminste van dat deel van mijn leven waar Göran bij betrokken was. Maar wat heb je er weinig van begrepen.

Ik vergat dat je nog maar zeventien bent. Je hebt me misleid. Ik vergat hoe weinig iemand van zeventien begrijpt.

Domme kleine Josefine, je moet nog veel leren.

'Nu zou jij vertellen,' help ik haar herinneren. 'Wat er gisteravond is gebeurd. En waarom we hier zijn, waarom… Jonatan hier ligt.'

Ze knikt weer, maar maakt geen aanstalten om iets te zeggen.

Ik wacht.

Er bromt een ventilator.

De zon heeft zijn weg naar de kamer gevonden, hij richt een lichtbundel op de hoek waar een klein bureautje staat, ik zie nog net dat de vlek zonlicht groeit en een groter oppervlak van de vloer verovert, een schaduw schiet voorbij, dat was waarschijnlijk een meeuw die langs het raam vloog, de zon is al bijna tot aan de matras gekropen als Josefine haar keel schraapt en zegt:

'Ja. Nu zal ik vertellen.'

Dan gaat de deur open.

DE VADER

Ik weet niet waarom ik in de wachtkamer bleef zitten. Alles wat vannacht is gebeurd, danste door mijn hoofd. Eerst alle herinneringen die ik bij mezelf had opgeroepen om aan Jonatan te geven. Ik moest mijn hele leven in een paar uur opnieuw beleven. Daarna de ontmoeting met de wijze, mooie Josefine en wat zij vertelde. Toen werd ze bang, ik begrijp niet waarom ik haar zo bang maakte. Als... als ik haar niet had weten terug te winnen, was alles verspilde moeite geweest, mijn leven was verspild geweest. Maar toen lagen we daar op de matras en ik was zo gelukkig, ik voelde hoe dicht ik vannacht bij je was gekomen. Niets kan mij ooit nog schaden, dacht ik. Precies op dat moment kwam Karin. En ik vluchtte. Ik kan haar niet ontmoeten, niet nu.

Er is een grens aan hoeveel het woord sorry kan dragen. Ik heb die grens met duizend ton overschreden. Zo zwaar is mijn schuld. Misschien gelooft ze niet dat ik dat heb ingezien, maar ik heb niet langer de behoefte om het uit te leggen.

De tijd heeft een oceaan tussen ons gegraven, we leven op verschillende continenten, al onze gemeenschappelijke herinneringen en al de toekomstplannen die we hadden, zijn verdronken. Ik begrijp het. Ik rouw er niet om. Ik heb geen geheime plannen om te proberen haar weer te bereiken, dat kan ik niet en dat wil ik niet. Maar ze is de moeder van mijn zoon. Voor altijd.

Ze is bij hem gebleven daarbinnen. Misschien heeft ze mijn plaats op de matras ingenomen. Of misschien hebben ze het ziekenhuis langs een andere weg verlaten.

Waarom zei ik dat? Dat ze geen slipje aanhad. Het vloog er gewoon uit, ik kon mijn dwaze woorden niet tegenhouden. Verdomme, dat ik nog steeds zo'n domme puber kan zijn. Maar waarschijnlijk is het niet belangrijk.

Alle bitterheid is nu verdwenen. Niets kan mij nog schaden. Niet nu ik alles aan jou heb verteld, Jon.

Ik heb hier zo lang gezeten dat mijn broek aan het groene vinyl van de wachtkamerstoel plakt. Ik heb een paar ongevallen zien binnenkomen, een meisje dat een overdosis had genomen, een oude vrouw die iets gebroken leek te hebben, een mishandelde man van mijn eigen leeftijd en een paar vrouwen die bij een verkeersongeval betrokken waren geweest, ze hadden een shock. Ik denk dat het een hele rustige zaterdagnacht is geweest voor de eerste hulp. Ik blijf zitten. Ik wil niets anders. Ik wacht niet op iets of iemand. Er is een soort rust over me gekomen. Tot hier ben ik gekomen, denk ik. Hier ben ik nu. Ik denk niet langer aan wat er is geweest. Ik maak geen plannen voor wat er komen gaat. Ik zit alleen met een vastgeplakte broek en denk: Hier ben ik nu. Hier is het raakpunt, hier komen de draden bij elkaar.

Zat ik hier ook, in deze zelfde wachtkamer, een zaterdag in 1972? Zat ik hier ook met een deken om mijn schouders te wachten totdat Karins voorhoofd was gehecht? Is mijn verhaal precies exact hier begonnen? Ik kijk om me heen en probeer het me te herinneren. Nee. Nee, ik herinner het me helemaal niet zo. Zelfs niet als het opnieuw gemeubileerd is, het moet een andere kamer zijn geweest, ik herkende het buiten ook niet. Maar het zou bijna mooi zijn geweest als ik mijn leven zo aan elkaar had kunnen knopen. Of eigenlijk jouw leven. Wacht eens even. Ik bedenk opeens iets. Heb jij gisteravond gebeld? De telefoon ging en toen ik opnam, was het stil aan de andere kant. Was jij dat, Jon?

Was het jouw ademhaling die ik in mijn oor hoorde? Hoorde ik ook niet een zacht gesnik, was het jouw verdriet dat ik hoorde? Dat ik daar niet eerder aan heb gedacht. Je had mijn telefoonnummer op een briefje in je zak. Was jij inderdaad degene die gisteren belde?

Nu zie ik een man en een meisje aankomen en naar de receptie lopen. Ik herken hem niet voordat ik zijn stem hoor.

'Ligt Jonatan Persson hier nog? Ik ben zijn vader.'

Ho eens even, Claes, ouwe boef, denk ik. Jonatan Perssons vader zit hier.

Maar ik ben heel rustig, niets kan mij nog schaden.

De verpleegkundige praat even met hem, dan komen hij en het meisje recht op mij aflopen.

'Wacht hier maar even, Hanna,' zegt hij en hij wijst haar de blaadjes die ze kan lezen terwijl ze wacht. 'Ik ga eerst even kijken hoe het met Jonatan is en dan kom ik je halen.'

Hij werpt vlug een blik op mij, maar herkent me niet. Dan laat hij het meisje achter en verdwijnt met vlugge passen de gang in.

'Hallo,' zeg ik zodra ik de deur achter hem heb horen dichtvallen.

Het meisje kijkt op uit haar Donald Duck.

Karins ogen, Karins haar, Karins kleine, zachte kin. Ik kan niet zien of ze ook Karins oorlelletjes heeft, het haar van het meisje is lang en valt tot op de smalle schouders.

'Hallo,' zegt ze.

Geen achterdocht, alleen een open kinderblik recht in de mijne. Hebben haar ouders haar niet gewaarschuwd voor enge mannen?

'Heet jij Hanna?' vraag ik.

'Hoe weet je dat?' vraagt ze terwijl ze tevreden knikt.

'O, dat hoorde ik je vader zeggen,' leg ik uit. 'Dat was toch je vader?'

Ze knikt weer en kijkt met een schuin oog naar het blaadje dat open op haar schoot ligt.

'Ik heet Göran,' zeg ik.

Ze knikt, maar ze lijkt Donald Duck interessanter te vinden dan ons gesprekje.

'Toen mijn zoon nog klein was, zei hij altijd: "Mijn vader heet Göran, ja echt man. Göran, ja echt man. Göran, ja echt man."'

Ze giechelt en kijkt me listig aan. Ze kijkt naar me met haar ogen half dichtgeknepen en het puntje van haar tong tussen haar lippen.

Je ziet er lief uit als ik het puntje van je tong kan zien, denk ik.

'Hoe heet jouw zoon?' vraagt ze.

'Jonatan.'

'Dat is gek,' zegt ze, haar ogen worden groot en rond. 'Mijn grote broer heet ook Jonatan. Hij ligt daarbinnen.'

Ze wijst met een hoofdknikje naar de deur waardoor haar vader naar binnen is gegaan.

'Gek,' zeg ik.

'Soms noem ik hem Jo-ho-natan. Maar soms noem ik hem ook Ponatan,' zegt ze giechelend.

'Wat?'

'Ponatan. Jonatan-de-Ponatan. Snap je?'

'Nu begrijp ik het,' zeg ik en ik lach.

'Maar mijn moeder heet alleen Karin,' zegt Hanna. 'Die wordt niets genoemd.'

'Aha,' zeg ik. 'Wordt ze dan geen mamma genoemd?'

'Ja, natuurlijk,' zegt Hanna.

Dan zeggen we niets meer, maar als ik zie dat haar blik weer naar het blaadje gaat, vraag ik vlug:

'Hoe oud ben je, Hanna?'

'Vijf,' antwoordt ze. 'Maar ik word zes. Hoe oud is Jonatan? Jouw Jonatan bedoel ik?'

Ik aarzel. Hoe lang kan ik nog doorgaan voordat ze argwaan krijgt? Maar ik kan niet liegen, ik kan het niet.

'Zeventien,' antwoord ik.

'Dat is wel heel gek,' zegt Hanna en ze maakt zo'n grappig gebaar dat ik begin te grinniken. 'Mijn Jonatan is ook zeventien. Eh, hoe ziet jouw Jonatan eruit?'

'Hij is heel lang. En dun. En hij heeft heel kort haar.'

'Dat is wel heel gek,' zegt Hanna en nu begint ze voluit te lachen. 'Hij ziet er precies zo uit als de mijne. Mijn Jonatan heeft een vriendinnetje dat Josefine heet, heeft jouw Jonatan een vriendinnetje?'

Ik knik alleen. Hier moet ik stoppen.

'Mijn Jonatan doet soms heel erg gek,' gaat Hanna verder, ze moet opeens lachen om een herinnering. 'Weet je, toen ik jarig was, had hij schatkaarten gemaakt waarmee iedereen moest zoeken naar zijn snoepzakje en toen had hij er een in de wasmachine verstopt. En een op de wc, onder de deksel en Leonora wilde haar snoep niet opeten omdat ze het vies vond en daarna hielden Jonatan en Josefine een poppenkastvoorstelling met een politieman die een prins en een prinses achternazat en hij wilde ze slaan.'

Ze zwijgt, denkt even na, buigt zich dan voorover alsof ze een geheim gaat vertellen dat alleen ik mag horen.

'Weet je,' fluistert ze.

'Nee,' fluister ik en ik kan het bijna niet laten om te grinniken van puur geluk.

'Jonatan is eens een keer echt meegenomen door de politie,' fluistert kleine Hanna. 'Maar dat was niet zijn schuld. De politie was dom.'

'O jee,' zeg ik. 'Wat had hij dan gedaan? Toen de politie hem meenam.'

'Niets,' zegt Hanna en ze knijpt haar lippen op elkaar en schudt ijverig haar hoofd. 'Hij had niets gedaan. De politie deed dom, ze namen hem mee terwijl hij niets had gedaan.'

'O jee,' zeg ik. 'Wat dom.'

Hanna tuit haar lippen en knikt ijverig.

Maar ze vertelt niets meer, we zitten zwijgend in de wachtkamer. Hanna is haar blaadje vergeten, ze kijkt met een peinzende uitdrukking op haar gezichtje uit het raam.

Haar gezicht is een open boek. Ik zie dat ze verdrietig wordt, haar mondhoeken beginnen te trillen.

'Zeg, Hanna, mag ik je wat vragen?' zeg ik.

'Mm.'

Ze draait zich niet naar me toe.

'Hoe heet je van je achternaam?'

'Hoff-Hansson,' mompelt ze.

Hanna Hoff-Hansson, arm kind, denk ik maar ik zeg:

'Wat een mooie achternaam. Ik heet alleen maar Persson. Hoff-Hansson is veel mooier. Niet zo gewoontjes.'

'Mijn Jonatan heet ook Persson,' mompelt Hanna.

Een paar lange minuten blijven we zo nog zwijgend zitten, ik bekijk Hanna en zij zit in het niets te staren, maar dan draait ze zich naar me toe en toont me haar glanzende ogen.

'Nu wil ik naar mijn Jonatan toe,' zegt ze. Haar stem trilt van het ingehouden huilen.

Ze geeft me geen keus.

'Kom,' zeg ik, er klinkt een knetterend, krakend geluid als ik opsta uit de stoel. 'Ik weet waar hij is. Ik zal het je wijzen.'

'Weet jij het? Echt?'

Ik knik en ik steek m'n hand naar haar uit.

'Kom,' zeg ik.

Ze staat op, legt haar zachte handje in de mijne en loopt met me mee naar binnen door de deur en de gang.

239

DE VADER, DE ZOON, DE JONGE VROUW, DE MOEDER, HET KLEINE MEISJE EN DE NIEUWE MAN

Malmö Allmänna Ziekenhuis, een kamer op de afdeling spoedeisende hulp, een zondagochtend in mei 2001.

In de kamer staan een klein bureautje, een kast, wat aggregaten en slangen, een beklede bureaustoel van een eenvoudig model en een roestvrijstalen kruk. Op de grond ligt een matras. Aan het plafond is de tl-verlichting nog aan. Buiten schijnt de zon aan een wolkenloze hemel.

In de kamer zijn ook zes mensen.

Op de matras ligt Jonatan Persson, 17 jaar.

Naast hem zit Josefine Modigh, 17 jaar.

Op de bureaustoel naast de matras zit Karin Hoff-Hansson, 45 jaar.

Rechts naast het raam staat Claes Hansson, 49 jaar.

Door de geopende deur komt Hanna Hoff-Hansson, 5 jaar.

In de deuropening staat Göran Persson, 46 jaar.

Zes heel gewone mensen.

Het lijkt wel of er een filmscène gespeeld gaat worden, een slotscène, de ontknoping van een drama.

Wat er gebeurt, is dat Hanna naar voren rent en zich boven op haar grote broer stort, ze kust hem op zijn wang en slaat haar armen om hem heen.

Karin kijkt naar Hanna. Dan kijkt ze naar Göran. Dan kijkt ze naar Hanna en Jonatan.

Claes kijkt de hele tijd naar Göran.

Josefine kijkt naar Jonatan en aait Hanna over haar rug.

Göran laat zijn blik langs iedereen gaan, hij aarzelt voordat hij de kamer binnengaat en de deur achter zich dichtdoet. Hij blijft vlak bij de deur staan.

En Jonatan, wat doet hij? Jonatan doet zijn ogen open, hij duwt Hanna voorzichtig van zich af, knippert met zijn ogen, kijkt rond, probeert zijn hoofd op te tillen, kreunt van de pijn en trekt een gezicht.

Nu kijkt iedereen in de kamer naar Jonatan. Nu is hij definitief de hoofdpersoon. Göran, die bij de deur staat, lacht opeens en zegt: 'Je hebt hem gewekt met een kus, Hanna. Net als in Doornroosje. Alleen dan andersom.'

Jonatan zoekt moeizaam met zijn blik totdat hij degene vindt wiens stem hij zojuist hoorde.

'Pappa,' zegt hij. 'Hallo, pappa, ben je er nog?'

Daar zouden we kunnen ophouden. Daar zou de aftiteling kunnen gaan lopen, de muziek zou kunnen starten, het licht zou kunnen aangaan en de zaal zou langzaam kunnen leeglopen. Er zouden alleen nog snoeppapiertjes, colabekers en popcornbekers liggen als de woorden THE END op het filmdoek verschijnen.

Maar dit is niet het einde. Dit is ook niet het begin van iets nieuws.

Het is gewoon tot waar we zijn gekomen.

Josefine heeft nog steeds niet verteld.

Nu draait Jonatan zich om naar Josefine.

'Sorry.'

Hij weet natuurlijk niet dat het woord sorry vannacht versleten is geraakt, dat het zijn kracht heeft verloren.

'Hoe voel je je?' fluistert Josefine.

'Zoals ik verdien. Is dat niet wat ze zeggen?'

Nu kijkt hij weer naar Göran, alsof de vraag voor hem was bedoeld.

'Ik heb je gewekt met een kus,' zegt Hanna tevreden. 'Maar ik wilde je eigenlijk bijna niet kussen. Je stinkt als een dode rat.'

'Je bent zelf een dode rat, Hanna-panna.'

'Jonatan-de-ponatan,' zingt Hanna.

'Ach, je hebt gelijk. Ik stink vast als een dode rat. Ik heb ook de smaak van een dode rat in mijn mond.'

'Getver,' zegt Hanna en ze trekt een gezicht.

'Mm. Ik denk dat ik in een dode rat ben veranderd.'

'Maar waarom dan?' vraagt Hanna.

Jonatan richt zijn blik op Josefine. Ze schudt haar hoofd.

'Ik ben in een dode rat veranderd omdat ik zo… dom ben geweest,' zegt Jonatan. In zijn stem klinken nu ernst en verdriet door. 'Omdat ik zo dom ben geweest en… gemeen. Heb je het niet verteld?'

Josefine schudt weer haar hoofd.

'Ik… Er is zoveel gebeurd vannacht, terwijl je daar lag…'

Ze lacht.

'… te luieren.'

Jonatan kreunt en laat zich terugzakken op de matras.

'O, mijn hoofd,' kreunt hij. 'Maar dat is net goed voor me.'

Moeder Karin en haar mannen, de huidige en de ex, zijn publiek geworden, figuranten. Maar als Jonatan zwijgt, vullen hun gedachten de kamer, hun gedachten stijgen op naar het plafond en maken de lucht dik en zwaar.

Karin denkt: Nu wil ik naar huis ik ben moe en ik wil alleen maar dat dit nu voorbij is ik kan niet meer ik wil niets meer horen het kan me niet schelen wat er is gebeurd en ik heb geen slipje aan en thuis op de keukentafel daar is het allemaal begonnen het lijkt wel een eeuwigheid geleden of misschien is alles bijna dertig jaar geleden begonnen op een voetgangersoversteekplaats in de Söderstraat en Göran staat daar maar en Claes is natuurlijk razend hij begrijpt er niets van de stakker en stel je voor jullie staan hier alletwee al zolang als ik jullie ken maar nu wil ik naar huis en douchen en Hanna moet om elf uur paardrijden en ze had een partijtje vanmiddag of haal ik de dagen nu door elkaar het is toch zaterdag vandaag of is het zondag ik wil naar huis en douchen en slapen en ik moet een slotenmaker zoeken hoewel het weekend is en ik moet Jonatans VISA-card blokkeren ook al staat er geen geld op toch kan iemand hem gebruiken en dan heeft Jonatan straks een enorme schuld en waarom komt die verpleegkundige niet en waarom doet Claes niets jij bent toch degene van wie ik houd Claes maar juist vannacht was je een bijfiguur stel je voor dat ik nu ongesteld word het voelt alsof het bijna tijd is en is het dat ook niet stel je voor dat het bloed langs mijn benen loopt ik wil naar huis.

Claes denkt: Wat doet hij hier, die klootzak? Toen hij binnenkwam, hield hij Hanna's hand vast, hoe durft hij, dat varken, na alles wat hij ons heeft aangedaan. Nu staat hij daar maar te grijnzen, ik haat hem, waarom ga ik niet naar hem toe en geef hem een oplawaai, ik wil hem tussen zijn benen schoppen, ik wil hem horen janken van de pijn, waarom doe ik het niet? Hij is een walgelijk figuur, een walgelijk, waardeloos figuur, verdomme wat haat ik hem.

Göran denkt: Tot hier zijn we gekomen, hier komen alle draden bij elkaar. Hier is het raakpunt. 'Pappa,' zei hij. 'Pappa, ben je er nog?' zei hij. Hij heeft alles gehoord. Niets kan mij nog schaden, nooit meer. Ik zie dat Karin nu iemand anders is. Ik wil niets dan goeds voor haar, ik wil dat ze gelukkig is. Ik wil dat Jonatan gewoon gelukkig is. Dat wijze Josefine en lieve Hanna gewoon gelukkig zijn. En Claes, lelijke, domme klootzak, ik wil dat jij ook gewoon gelukkig bent, voor Karin en voor Jonatan. Ik ben Jezus, ik ben Boeddha. Jullie hebben mijn zegen. En Jonatan, Jonatan, jij bent mijn jongen, een dode rat, ha…

'Over dode ratten gesproken…'

Iedereen draait zich om naar Göran bij de deur.

'Over dode ratten gesproken; weet je nog dat we in Griekenland waren toen je klein was, Jonatan? Op Lesbos, we zaten in een pension. Je was nog maar drie. Er waren daar heel veel katten, weet je nog? Zielige, magere katten die overal om eten bedelden. Jij vond die katten prachtig maar Karin wilde niet dat je ze aaide, ze was bang dat je ongedierte zou krijgen of dat ze je zouden krabben. Er was een hele lieve rode kat die altijd op ons balkon wist te komen. Op een ochtend hoorden we een kat krijsen op het balkon en Karin en ik renden naar buiten. Toen stond jij met die kat te vechten om een dode rat die hij had meegebracht, jij trok aan de staart en de kat rukte en trok om zijn buit te kunnen houden. Weet je dat nog?'

Karin denkt: ik wil naar huis, ik wil slapen.

Claes denkt: is hij dronken, de klootzak?

Jonatan denkt na en zegt:

'Nee. Maar ik dat balkon herinner ik me wel. Geloof ik. We hingen onze badlakens altijd op om ons tegen de zon te beschermen. Dat weet ik nog. Heb ik daar toen zoveel gezwommen? O nee, dat was op de Canarische eilanden, waar ik heb leren zwemmen. Maar dat was... met Claes.'

Göran knikt en glimlacht en Claes kijkt hem met een donkere blik aan en denkt: Nu sta je daar te grijnzen, klootzak, maar je weet toch wel waarom wij op de Canarische eilanden waren, of niet soms? Je weet waarvoor we gevlucht waren, of niet? Nu sta je daar en je ziet er zo verdomd heilig uit en je denkt dat alles vergeven en vergeten is. Nooit. Ik hoop dat ik je nooit meer hoef te zien, klootzak. Als je Hanna nog een keer aanraakt of met haar praat, zal ik zorgen dat je ergens wordt opgesloten. Wat jij ons hebt aangedaan, zal nooit verjaren, begrijp je dat?

Maar Jonatan is overeind gekomen en leunt op zijn elleboog. De blik die hij zijn vader Göran schenkt, is vol zonneschijn.

'Maar weet je wat ik me nog wel herinner, pappa? Ik herinner me de meeuwen. Toen we op die boot stonden. Jij hield me in je armen en ik voerde de meeuwen met brood, ze zweefden met ons mee. De lucht was zo blauw en de meeuwen waren zo glanzend wit en mooi en ze pakten het brood uit mijn hand. Ik was niet bang.'

Göran kijkt naar hem knikt. Zijn glimlach is zo zonnig als een Griekse zomerdag.

'Ik droom soms over die meeuwen,' gaat Jonatan verder. 'Dat is mijn fijnste droom. Ik voel me altijd zo gelukkig als ik wakker word uit die droom. Gelukkig en verdrietig.'

Nu draait hij zich om naar Josefine, hij ziet er bijna verbaasd uit. Alsof wat hij zelf heeft verteld hem verbaast.

Nu gebeurt er niets meer. Niets belangrijks.

Jonatan zal nog een keer sorry zeggen tegen Josefine, hij zal haar vragen of ze wil vertellen wat er de vorige avond is gebeurd. Josefine zal aarzelen, Jonatan zal zeggen:

'Ja. Ik wil dat iedereen het weet.'

Josefine zal zuchten en knikken, maar net als ze wil gaan vertellen, zal de deur opengaan. Er zal een verpleegkundige binnenkomen. Niet dezelfde als tijdens de nacht, niet zuster Anna, nee, een nieuwe. Ze zal wat tegen Jonatan zeggen, een paar vragen stellen, en dan zal ze zeggen:

'Nu kunnen jullie allemaal naar huis gaan. Nu is dit avontuur voorbij. Het is goed afgelopen dit keer.'

Ja, dat is alles wat er nog zal gebeuren.

Per Nilsson
De geur van Melisse

Als in een film trekken de gebeurtenissen van de afgelopen maanden aan hem voorbij. Bij elk voorwerp dat voor hem op tafel ligt, heeft hij herinneringen: een buskaartje, een grammaticaboek, een briefkaart, een plantje citroenmelisse, een pakje condooms, een in elkaar gerold laken en een scheermesje.

Iedere dag gaat hij met de bus naar school en op een dag ziet hij haar. Als ze uitstapt hangt er nog even een zweem van de geur van citroen, citroenmelisse ontdekt hij later. Na maanden spreekt ze hem onverwachts aan, en hij kan zijn geluk niet op.

Gek. Hij had het altijd moeilijk gevonden om te praten. Met haar was het makkelijk. Het ging als vanzelf. Hij hoefde niet naar woorden te zoeken, hij bedacht zijn antwoorden niet tien minuten te laat, zoals hij anders altijd deed, en er was altijd wel iets om over te praten. Ontzettend veel om over te praten. De busreizen waren hopeloos kort.

Allerlei dingen uit die tijd bewaart hij zorgvuldig, ook het laken waarop ze één keer hebben gevreeën. Zijn verlangen naar haar groeit, maar zij kan zijn gevoelens niet beantwoorden. Nu gooit hij één voor één de voorwerpen die aan haar herinneren weg en probeert hij weer grip op zijn leven te krijgen.

De geur van Melisse werd bekroond met een Zilveren Zoen en won de Deutsche Jugend Literatur Preis.

Per Nilsson
Het lied van de raaf

De veertienjarige David en zijn zusje Tove reizen met hun vader
door Zweden om op jaarmarkten worst te verkopen. Hun leven is
avontuurlijk en vrolijk, maar onregelmatig; David krijgt wel eens
vrij van school om zijn vader op de markt te helpen.

Op een dag, als hij na twee weken marktleven weer op school
komt, hoort hij tot zijn verbijstering dat een vriend van hem van
een vijftig meter hoge landbouwsilo is gevallen – dood. Was het
een ongeluk? David probeert erachter te komen wat Linus daar
boven op die silo deed. Maar veel van zijn vragen blijven onbeant-
woord.

Weken later ontdekt David dat Ritva, een meisje dat hij op de
voorjaarsmarkt heeft ontmoet en op wie hij verliefd is, in het
ziekenhuis ligt. Als hij haar opzoekt lijkt het alsof ze in de ban van
iets is, van iets kwaads. Alle vrolijkheid is bij haar verdwenen. Hij
probeert te achterhalen wat er gebeurd is, maar naarmate hij
meer te weten komt, stapelen de raadselachtige gebeurtenissen
zich op.